고1이지만 이세계 성주로 부임했습니다
13

카가미 히로유키 지음 | **고반** 일러스트 | **정우** 옮김

목 차

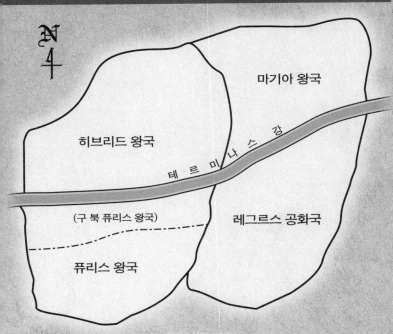

히브리드 왕국
히로토가 변경백을 맡은 나라. 오랫동안 이어져 온 평화 속에 순조롭게
경제적 발전을 이룩했지만, 그 대가가 돌아오기 시작했다.

퓨리스 왕국
이슈 왕이 다스리는 강국. 8년 전 북 퓨리스 왕국을 멸망시키고 병합했다.

마기아 왕국
평화를 원하는 명군 나사르 왕이 통치하는 나라. 50년 전에 히브리드와 교전했다.

레그르스 공화국
엘프가 다스리는 나라. 주민은 거의 전부 엘프로 학문이 발달했다.
각국에서 인간 유학생을 받아들이고 있다.

커버 그림, 본문 일러스트 | **고반**

서장 죽으러 가는 자

1

불안감이 스멀스멀 밀려오는 검고 깊은 숲이었다. 너도밤나무 아래로 작은 대나무가 울창하게 나 있다. 괴물이라도 나올 것 같은 분위기이다. 히브리드 왕국의 동쪽, 마기아 왕국에 들어선 참이다.

숲속을 말을 타고 지나는 이는 마기아 귀족 남자와 포니테일의 여자였다.

여자는 어른스럽고 기세 당당하게 생긴 미인이었다. 표정에 요염함이 있다. 눈가와 두툼한 입술에 남자의 몸을 달게 하는 요염함이 배여 있다.

상당히 자극적인 육체에 에로틱한 의상이었다. 노출이 많은 붉은 하이레그 코스튬 위에 금속으로 된 견갑과 팔다리에 갑옷을 두르고 있었다. 목도 금속이 감싸고 있지만, 옷은 흉부 위쪽에서 복부에 걸쳐 트여 있었다. 그 구멍으로 성대한 연한 갈색의 둥그런 가슴 두 개가 들여다보였다. 두 개의 구체는 중력에 저항이라도 하듯 높다랗게 전방을 향해 돌출돼 있었다. 신장 150cm의 몸에 열린 쾌락의 야자 열매였다.

그것만 보면 요부 같겠지만, 양팔은 탄탄하고 넓적다리는 근육이 발달해 요염함과 강인함이 넘쳐흘렀다. 착 위로 달라붙은 엉덩이는 운동선수 같았다.

마기아 왕국 우르세우스 왕자의 경비대 대장, 네스트리아였다.

한편 귀족은 육각형을 허물어뜨린 듯한 윤곽의 얼굴을 하고 있었다. 짧은 콧수염과 턱수염, 구레나룻이 얼굴을 덮고 있다. 하지만 품위 있어 보이는 건 고귀한 신분 때문이리라.

"흡혈귀는 안 나오는구나."

귀족 쪽이 여자에게 말을 건넸다. 네스트리아는 대답하지 않았다.

"이쪽엔 도적은 안 나오겠지. 루시니아에선 마구 날뛰는 모양이던데. 나 같은 건 딱 좋은 먹잇감이지."

역시 여자는 대답하지 않았다.

루시니아는 국경 너머 히브리드 왕국의 루시니아 주를 말한다.

"내가 싫으냐? 마음이 안 맞느냐?"

대답하지 않고 네스트리아는 화살을 메겼다.

돌연 큰소리가 났다. 짐승들이 다니는 좁은 길에서 말이 달려왔다. 맨 앞에 가고 있는 덩치 큰 사내는 더럽고 꾀죄한 짐승 털로 된 윗옷에 어울리지 않는 호화로운 반지를 끼고 있었다.

도적이었다.

네스트리아가 10발 연속으로 화살을 당겼다. 10명의 도

적이 마치 끈으로 당긴 것처럼 똑같은 간격으로 낙마해갔다. 하지만 네스트리아는 결과를 보지 않았다. 그녀는 말을 돌려 원래 왔던 길로 질주했다. 검은 장발을 목 언저리에서 묶은 덩치 큰 사내가 말을 타고 달려오던 참이었다. 덩치 큰 사내가 장검을 뽑았고 곧 네스트리아의 검과 교차했다.

네스트리아의 팔이 재빨리 오른쪽 위에서 아래로 움직였다. 덩치 큰 사내가 탄 말이 도중에 멈춰 섰고, 목 언저리에서 머리가 묶여 있던 머리통이 퉁 둔탁한 소리를 내며 떨어졌다.

"퇴각! 퇴각!"

도적들이 일제히 숲속으로 사라졌다. 네스트리아는 천천히 귀족——파르바이 백작 곁으로 돌아왔다.

"실례 많았습니다. 도적 떼가 잠복한 걸 알고 있었던 터라. 각하는 노려지기 좋으니까요."

그녀는 요염한 목소리로 그리 말하며 웃었다.

2

국경 주변을 어지럽히는 도적들이 목숨을 잃었을 무렵, 나라의 왕 역시 생명의 불씨가 꺼져가고 있었다. 그 왕의 침실에 흑발의 왕족 여자가 모습을 드러낸 참이었다. 턱을 조금 넘긴 지점에서 흑발을 가지런히 잘랐다. 눈초리가 길게 찢어진 검은 눈동자는 조금 긴장감이 감돌고 있었다.

여자는 피부가 갈색이었다. 양어깨에서 목까지 갈색 피부가 드러나 있고, 목 언저리에서 옆구리까지 하얀 천으로 가려져 있다. 가슴 부분이 성대하게 돌출돼 있었다.

북 퓨리스 왕국 제2왕위 계승자 라켈 공주였다. 히브리드 왕국의 사자 자격으로 마기아 왕궁에 막 도착한 참이었다.

침대 주위엔 시중을 드는 여자들, 마기아 국의 정령교회 대사제, 그리고 근위병들이 어두운 표정으로 대기하고 있었다. 이상하게도 엘프의 모습은 한 명도 보이지 않았다.

침대엔 너무 말라 마치 뼈만 남은 듯한 노인이 드러누워 있었다.

마기아 왕국, 국왕 나사르 1세——.

덕망 있는 인물이라 알려진 명군이다. 역병으로 인구가 감소한 마기아 왕국을 재건해 40년 통치 기간에 전쟁을 피하고 나라를 발전시켜온 주역이다. 그 왕이 저승길에 오르려 하고 있었다.

"라켈 공주로군……."

힘없는 쉰 목소리로 이름을 부르더니 나사르 1세는 눈을 뜨고 웃었다.

"파노프티코스 님은 건강하신가? 모르디아스 1세는 새 애첩을 들였다고 들었는데, 분명 정무에도 힘이 되겠구나."

하며 웃는다. 건강했을 땐 마음씨 좋은 할아버지 같은 분위기였는데, 지금은 연약해져 그 모습이 보는 이로 하여금 슬픔을 자아냈다.

"폐하."

라켈 공주는 침대로 다가갔다. 근위병이 가로막아 섰다.

"괜찮다……. 공주는 그런 분이 아니다. 파노프티코스 님과 모르디아스 1세를 대신해 짐을 배웅하러 온 것이다…….."

온화한 어조의 명령에 근위병이 물러났다. 라켈 공주는 나사르 1세의 손을 잡았다.

가늘고 가벼웠다.

얼굴을 봐도 곧 갈 시간이 다가왔다는 걸 알 수 있다.

"잘 왔다……이걸로 안심하고 떠날 수 있다……."

나사르 1세가 웃으며 말했다.

"……실은 공주가 오기 전에 꿈을 꿨다."

"꿈을?"

라켈 공주는 물었다.

"뱀파이어족 꿈이었다. 짐은 딱 한 번 뱀파이어족을 만난 적이 있다."

나사르 1세가 얘기하기 시작했다.

"길을 헤매다 어느샌가 국경을 넘었다……. 정신을 차리자 뱀파이어족이 높은 나무 위에서 짐을 내려다보고 있었다. 뱀파이어족은 짐에게 《숲을 뺏으러 왔느냐?》 하고 물었다. 《사냥하러 왔다, 길을 잃은 것뿐이다. 길을 가르쳐주기 바란다. 짐은 마기아 왕국의 나사르다》. 그리 대답하자, 짐을 가만히 보고 나서, 따라오라는 양 날아가 버렸다. 뒤를 쫓아가자 숲을 빠져나와 있었다……. 뱀파이어족은 결코 함부로 사람을 공격하는 자들이 아니었다."

나사르 1세는 연약하디 연약한, 하지만 부드러운 미소를 짓는다.

"히브리드와의 사이에 긴 평화의 시간을 쌓아 올릴 수 있었던 건, 짐이 자랑할 수 있는 얼마 안 되는 업적이다. 평화만큼 귀중한 건 없다. 우르세우스처럼 매번 누가 위험하다고 떠들어봐야 평화는 찾아오지 않는다."

한순간 말투가 강해졌다. 평화에 대해 말하자 다소 건강했을 때의 기운으로 돌아오는 모양이다.

"변경백을 한번 만나보고 싶었지만, 이것도 숙명이겠지⋯⋯. 모르디아스 1세에겐 잘 부탁한다고 전해다오. 둘이서 엮어낸 평화의 시간은 즐거웠고, 사냥은 좋은 추억이었다고⋯⋯앞으로도 우리나라와의 우호와 평화를 부탁하고 싶다고⋯⋯."

"반드시 전하겠습니다."

라켈 공주의 대답에 안심한 듯 나사르 1세는 눈을 감았다.

"오늘은 좋은 날이다. 앞으로 1년은 더 살고 싶었는데 그것도 끝이구나⋯⋯."

나사르 1세가 온화하게 숨을 들이켰다. 비쩍 마른 얼굴에 한순간 모든 것에서 해방된 듯한 안도감과 편안함이 깃든 표정이었다. 부자연스러울 만치, 마치 병환에서 해방된 듯한 표정이었다.

가슴은 미동조차 하지 않았다. 안식에 든 채로 표정은 굳어져 있었다.

라켈 공주는 불길한 예감이 들었다.

"폐하?"

말을 걸었지만 돌아오는 대답은 없었다.

"폐하!"

재상 라고스가 왕의 이름을 불렀다. 왕의 시간은 이미 멈춰져 있었다. 눈은 영원한 안식에 들어 굳게 감겨 있었다.

재상 라고스의 낯빛이 바뀌었다.

"즉시 왕자님을 불러라! 지금 당장!!"

제1장 마기아 국의 왕

1

히브리드 왕국의 수도 엔페리아 근교──.

50㎡쯤 되는 방에 벽화가 그려져 있었다. 황색과 초록색이 주 색상으로, 수렵과 채집의 한 장면을 담고 있다. 천정엔 짙은 녹색을 배경으로 금색의 원이 그려진 정방형 무늬가 빼곡히 채워져 있고 묵직해 보이는 호화로운 샹들리에가 달려 있었다.

소파에는 저택 주인이 앉아 있었다. 펑퍼짐한 사각형 얼굴로 고슴도치처럼 회색 머리가 나 있었다. 자존심과 냉엄함을 조각한 듯한 엄격한 인상이었다. 키는 크지 않지만 다부진 몸을 하얀 실크 상의와 번쩍이는 붉은 코드로 감쌌고 하얀 타이츠를 신고 있었다. 왼손 중지엔 메추리 알쯤 되는 크기의 사파이어 반지를 끼고 있다.

귀족계의 중진이자 왕국의 실력자 중 하나인 벨페골 후작이었다. 집사로부터 이웃 나라 왕의 죽음을 들은 참이었다.

나사르 1세는 평화를 중시하는 인물이었다. 자신도 재상 시절에 만난 적이 있지만, 평화야말로 나라 번영의 초석이라 믿어 의심치 않았다. 히브리드 왕국과 마기아 왕국 사이의 40년 평화는 나사르 1세에게 의존한 부분이 크다.

그 나사르 1세가 서거했다. 마기아 왕국과의 관계도 아마 변하겠지. 좋은 쪽일 것 같진 않지만. 다만—— 나에겐 어떨까?

벨페골 후작은 자문했다.

인생엔 천운이 필요하다. 정치 역시 그렇다. 한 달 전, 변경백을 위기로 몰아넣고 이제 조금만 더 가면 이긴다고 생각하던 참에 변경백이 공격을 피했다. 변경백에 관한 왕령도 개정하지 못하고, 변경백은 방목 상태다. 변경백과 뱀파이어족의 위세는 꺾이지 않았다.

하지만 이웃 나라 왕의 죽음은 자신에겐 순풍이 될지도 모르겠다. 적어도 마기아 국왕은 변경백에겐 역풍이 될 것이다.

내버려 두면 변경백은 반드시 이 나라의 중추로 파고들어 이 나라의 중심적인 인물이 된다. 대신 자신들 대귀족이 퇴장하게 된다. 어디서 굴러먹던 뼈다귀인지도 모르는 자가 이 나라를 좌지우지하게 되는 것이다. 그런 일은 용납할 수 없다. 국가는 외부자가 아니라 그 나라를 잘 아는 자가 조정해야 한다. 어디서 굴러먹던 뼈다귀인지도 모르는 자 따위 논외다. 변경백은 국방의 핵이긴 하나, 정치의 중추엔 도달하지 못하도록 족쇄를 채워둬야 한다.

2

왕국 안에서 가장 고귀한 자가 쉬는 침실에서, 산뜻한 주홍색 외투를 걸치고 수염을 기른 조금 신경질적인 듯한 남자가, 왼쪽 눈에 안대를 찬 키 큰 남자의 보고를 들은 참이었다.

히브리드 왕국의 국왕 모르디아스 1세와 재상 파노프티코스이다.

"그래……나사르 왕이 죽었구나……."

다소 쓸쓸하게 모르디아스 1세가 중얼거렸다. 모르디아스 1세는 직접 나사르 왕과 친분을 쌓아왔다. 같이 사냥을 나간 적도 있다. 나사르 왕은 나이가 더 많았는데도 연하인 자신을 절대 하대하지 않는 사람이었다.

"나사르 왕의 공적은 지대합니다. 폐하도 익히 아시는 대로 50년 전, 우리나라는 마기아 국을 침공했습니다. 나사르 왕이 즉위했을 무렵엔 우리에게 보복하자는 가신도 많았다고 들었습니다. 그걸 억누른 분이 나사르 왕입니다. 그 후 40년. 마기아 국과는 완전한 평화가 이어져 왔습니다."

파노프티코스도 보기 드물게 주저리주저리 말을 늘어놓는다. 재상 자신도 몇 번이고 나사르 왕을 만났다. 자신이 재상에 취임하기 전에도 취임한 후에도──.

"변경백이 뱀파이어족을 거느리고 퓨리스 군을 무찔렀을 때, 히브리드 위협론이 들끓었다고 들었습니다. 그걸 억누른 것도 역시 나사르 왕이었다고 합니다."

"나사르 왕은 덕망이 높은 분이었다……."

다시 모르디아스 1세가 중얼거렸다.

마기아 왕국은 히브리드 왕국 동쪽에 인접해 있다. 국경엔 깊고 검은 숲이 가로놓여 있지만 넘지 못하는 건 아니다. 하지만 이 두 나라는 50년 가까이 전쟁이 없었다.

"——라켈 공주는?"

"즉위식을 끝까지 지켜보고 나서 귀국한다고 합니다."

모르디아스 1세는 고개를 끄덕였다.

"우르세우스가 뒤를 잇나?"

"아마도 그럴 겁니다. 하지만 나사르 왕처럼 우호를 기대하긴 어렵겠지요."

파노프티코스는 어두운 표정을 지었다.

"어째서냐?"

모르디아스 1세가 묻는다.

"그건——."

3

붉은 하이레그 코스튬 안에 싸인 터질듯한 엄청난 가슴을 덜렁덜렁 흔들며 포니테일의 여자가 크림색 복도를 걷고 있었다. 마기아 왕국 바후람 궁전이 자랑하는 폭 3m, 길이 50m 정도의 긴 복도다. 벽엔 초록빛의 작은 덩굴풀이 그려져 있지만, 포니테일의 여자는 쳐다보지도 않았다.

마기아 왕국의 친위대 대장 네스트리아는 왕국 제일의 여검객이다. 줄곧 왕자의 경비대 대장을 맡았고, 왕자의 즉위와 함께 친위대 대장으로 영진(榮進)했다.

겨우 긴 복도 모퉁이를 왼쪽으로 꺾자 중앙 정원이 보였다. 네스티리아가 정원 오른쪽으로 꺾자 방 입구에 친위대원이 서 있었다.

"폐하는?"

요염하고 늠름한 목소리로 묻자,

"방에서 기다리십니다."

친위대원은 대답했다. 네스트리아는 왕의 방으로 들어갔다.

방엔 장대한 검은 책상이 떡 놓여 있었다. 짧은 머리에 엄청 가슴이 큰 안경잡이 여성이 관료들의 선두에 서 있었다. 여재상 자리아다. 관료들은 모두 인간들이었다. 엘프는 없다. 그 관료들 앞에서 어깨 근육이 울룩불룩 나온 신장 190cm 정도의 거구의 남자가 검은 장대한 책상에 앉아 책을 펼치고 있었다.

부왕 나사르 1세의 뒤를 이어 막 즉위한 마기아 국 국왕, 우르세우스 1세다. 자신이 이 세상에서 가장 경애하는 분이다.

"기다리고 있었다. 네스트리아."

우르세우스가 책상 앞에서 몸을 옆으로 돌렸다. 네스트리아는 다가가 한쪽 무릎을 꿇고 왕의 손등에 경의와 충성의 입맞춤을 했다. 박력 있는 몸이었다. 선왕보다도 강한 패기가 느껴졌다. 실로 왕의 아우였다.

대성당에서 대사제가 왕관을 씌웠을 때도 자신이 모시던

왕자가 드디어 국왕이 된다는 감동과 흥분에 몸을 떨었지만, 다시 왕의 집무실에서 만나자, 아아, 역시 왕이 되셨구나, 하는 실감이 밀려와 다시 몸이 떨릴 것 같았다.

"이걸로 모두 모였습니다."

안경잡이 재상 자리아가 딱딱한 목소리로 고했다.

"먼저 통고해두마."

깊고 낮은 우렁찬 목소리로 우르세우스 왕은 관료들에게 말을 하기 시작했다.

"40년이라는 건 생각을 바꾸기 충분한 시간이다. 짐은 선왕의 생각을 모두 답습할 생각이 없다. 세상은 변하고 있다. 인근 제국의 상황도 변하고 있다. 변화를 깨닫지 못하고 보수를 지켜봐야 망할 뿐이다."

침묵이 흘렀다.

"짐은 5년간 레그르스 공화국에 유학했다. 코그니타스 최고 집정관하고도 자주 술을 마셨다. 레그르스하곤 지금 보다 더 우호를 쌓을 것이다."

우르세우스가 자신만만하게 말했다.

레그르스 공화국은 엘프만 사는 나라다. 테르미나스 강을 사이에 두고 마기아 남쪽에 인접해 있다. 군주제가 아니라 최고 집정관이 수장인 공화제를 채택하고 있다.

"하지만 히브리드와의 관계는 재고해야 한다. 마기아를 향한 위협이 계속 커지고 있다."

우르세우스는 효과를 높이려는 듯 일단 말을 끊었다.

"하늘은 힘이다. 히브리드는 최고의 기동력을 가지고 있다. 바로 하늘이다. 상상하거라. 땅으로 국경을 넘어 퓨리스 수도에 당도해 퓨리스 군의 목을 버려두고 가는 게 얼마나 어려운 일인지. 하지만 뱀파이어족은 하늘을 날아서 넘어, 퓨리스 수도에 인간의 목을 내던졌다. 같은 일이 우리나라에서도 일어나지 않는다고, 어떻게 말할 수 있느냐?"

반론은 없었다.

"지배적인 힘을 가진 자는 반드시 야심을 가진다. 지금은 얌전하더라도 머지않아 야욕을 보일 거다. 왕이 생각을 바꿀 수도 있다. 선왕께선 낙관적이었지만, 짐은 그렇지 않다. 짐은 엘프로부터 가장 새로운 사상을 배웠다. 오직 한 나라만 하늘의 힘을 가지는 건 힘의 불균형이며 위협이다. 퓨리스는 이 때문에 히브리드와 평화조약을 맺고 위협을 피하려 했다."

우르세우스는 그리 단언하며 가신에게 눈길을 주었다. 전왕의 재상 라고스가 가만히 보고 있다.

"너희들도 잊지 않았을 터. 50년 전, 역병이 우리나라와 인근 제국을 덮치기 전, 히브리드가 이 나라에 발을 들인 것을──. 처음이 있으면 두 번째도 있는 법. 지금의 히브리드는 유례없는 힘, 퓨리스를 굴복시킨 하늘의 힘을 가지고 있다. 히브리드가 퓨리스와 싸우고 있을 때는 차라리 안전했다. 하지만 히브리드가 퓨리스와 평화조약을 맺은 지금, 히브리드의 적의는 우리나라로 향할 수도 있다. 짐은 그 위

힘을, 위협을, 어떻게든 줄일 생각이다. 힘의 불균형은 당장 바로잡아야 한다."

그리 말하고 나서 우르세우스는 덧붙였다.

"의견은 허하나 이의는 용납하지 않겠다. 이건 이미 결정한 일이다. 그대들은 숙연히 선왕의 장례식 준비를 진행하라."

4

관료들이 퇴실하자 집무실은 우르세우스와 여재상 자리아, 그리고 친위대 대장 네스트리아 셋만 남았다. 자리아도 네스트리아도 왕자였을 때부터 자신에게 충성을 다해온 사람들이다.

우르세우스는 자신의 시대가 왔다고 직감했다. 선왕에게 막혀 못했던 일을 실현할 수 있다. 이 나라의 미래를 구축할 수 있다.

우르세우스는 여자 심복 둘에게 얼굴을 돌렸다.

"아까도 말했다만, 짐은 히브리드의 위협을 피하고 싶다. 준비할 화살은 총 넷. 첫 번째는 히브리드의 두 사람에게, 두 번째는 국가를 향해, 세 번째는 히브리드 왕에게다. 마지막은——힘으로 보여주거라. 그걸로 하늘의 힘을 봉쇄할 수 있을 것이다. 이건 짐과 파르바이와 너희들만 아는 일이다. 다른 사람에게 발설해선 안 된다."

여자 둘은 고개를 끄덕였다. 우르세우스 왕은 재상 자리아에게 얼굴을 돌렸다.

"너에겐 두 번째 화살과 세 번째 화살을 부탁하마. 우선 즉위식 준비를 진행하거라. 라고스의 움직임을 조심하거라."

자리아가 고개를 끄덕였다. 라고스는 부왕을 모시던 전 재상이다.

우르세우스는 이어 네스트리아에게 두 눈동자를 돌렸다.

"너에겐 첫 번째와 두 번째 화살을 부탁하마. 히브리드에서 만나줬으면 하는 자가 둘 있다. 하나는——."

"벨페골 후작이지요."

네스트리아의 대답에 우르세우스는 웃었다.

"어떻게 해서든 후작과 연결고리를 만들고 오거라. 짐의 바람을 이루기 위해선 후작을 끌어들이는 일이 필요하다. 히브리드를 안에서 붕괴시켜야 한다."

네스트리아는 고개를 끄덕였다.

"그러고 나서 사라브리아로 가, 또 다른 한 사람에게 일격을 가하고 오너라. 히브리드에서 가장 만만치 않은 남자다. 누군지 알겠지?"

"압니다."

네스트리아는 요염한 입술에 미소를 지으며 고개를 끄덕였다.

제2장 고기를 못 잡는 장군

1

처진 커다란 눈이 작은 배 위에서 투명한 호수 면을 들여다보고 있었다. 순진무구한, 이 세상의 더러움을 모르는 듯한 동그란 눈동자였다.

물 아래로 물고기가 헤엄치고 있었다. 당당한 등지느러미에 통통한 몸통, 그리고 화려한 꼬리지느러미—— 송어였다. 근처에 빙어 같은 물고기도 보였다.

처진 눈의 소유자는 작은 배에 타 낚싯대를 잡고 있었다. 하얀 퍼프 반소매에 짧은 치마를 입고 물고기 모습에 정신이 팔려있었다. 아직 외관은 꼬맹이였지만 접은 날개는 위엄을 자아내고 있었다.

뱀파이어족 사라브리아 연합대표 젤디스의 차녀, 큐레레였다.

배에는 장신의 안경잡이 청년도 타고 있었다. 1년 수개월 전 일본 도신엔 고등학교에서 이 세계로 온 소다 소이치로이다. 동경대를 목표로 하고 있었지만, 지금은 이 히브리드 왕국에서 변경백 고문관을 맡고 있다.

(아까부터 줄곧 들여다보고 있네.)

하며 소다 소이치로가 옆에서 큐레레를 관찰하자,

"물고기."

꼬맹이가 말했다.

"힘껏 헤엄치고 있는 거야?"

소이치로가 묻자.

"물고기."

큐레레가 대답했다. 헤엄치고 있는 모양이다. 큐레레가 물고기를 모르는 건 아니지만, 이렇게 투명한 호수를 보는 건 처음이었던 모양이다.

파란 하늘엔 구름이 흘러가고 있었다. 우리는 자유다, 이제 우리를 속박하는 건 아무것도 없다……는 듯이.

소이치로는 낚싯대를 확인한 후, 조금 떨어진 곳에 있는 배에 눈길을 돌렸다. 그쪽에는 청년 하나와 뱀파이어족 여자 둘이 타고 있었다.

청년은 하얀 셔츠 위에 베이지색 상의를 걸치고 베이지색 바지를 입고 있었다. 소이치로처럼 1년 수개월 전 도시엔 고등학교에서 이 세계로 온 죽마고우 키요카와 히로토이다. 이제는 사라브리아 변경백── 귀족이다.

그 히로토에게 로켓 미사일처럼 높이 솟은 폭발할 듯한 가슴을 밀어붙이며 누워있는 트윈테일의 뱀파이어족 소녀는 발큐리아. 장난기 있는 야성적인 빨간 두 눈동자가 보이는 걸 봐선 자는 건 아닌 것 같았다. 오히려 히로토에게 어리광을 부리고 있다. 그녀는 큐레레의 언니이며 변경백 히로토의 고문관이자 애인이다.

27

나머지 한 명은 히로토와 나란히 앉아 빨간 날개를 접고 호수 면을 보고 있었다. 상당히 야성적이고 날카로운 눈동자를 갖고 있으며 동시에 멋진 폭발할 듯한 가슴의 소유자이기도 했다. 비키니 같은 마이크로 톱에 싸인 가슴은 도발적으로 높이 툭 튀어나와 있다.

　히로토에게 협력하는 뱀파이어족 연합 중 하나인 게젤키아 연합의 대표 게젤키아다.

　오늘은 게젤키아를 환대하는 날이었다. 히로토가 접대로 택한 건 낚시였다. 뱀파이어족은 낚시할 일이 거의 없다. 히로토는 그걸 알고 고른 거다. 소이치로와 큐레레는 같이 나왔을 뿐이다.

　호숫가엔 변경백의 호위병이 모여 있었다. 게젤키아 연합의 뱀파이어족 남자 모습도 보였다. 붉은 날개가 그들의 특징이다.

　(대낮부터 느긋하게 낚시나 하고 있어도 되는 걸까.)

　소이치로는 생각했다.

　이 1년 반 사이, 히로토는 엄청난 기세로 승진했다. 이쪽 세계로 건너와 며칠 만에 성주가 되고, 4개월 만에 주장관이 되더니 8개월 만에 변경백이 되었다. 이제는 히브리드 왕국의 중신이다. 국왕이 "그대 이외에 누가 변경백을 맡을 수 있다는 게냐!"라고 말할 정도의 인물이 되었다.

　그런데 자신은 어떤가.

　일단 직책은 있었다. 사라브리아 변경백의 수행 고문관.

어엿한 정무관이다. 히로토 대리로서 주내 성주를 만나거나 히로토와 함께 주정 보고를 듣거나, 뱀파이어족과의 연락 창구로 뱀파이어족을 응대하고 있지만, 히로토 정도로 눈에 띄게 군사나 정치 분야에서 활약하고 있는 건 아니다. 오히려 주 업무는 큐레레 돌보기—— 큐레레와 함께 외출하고 큐레레에게 책을 낭독하는 것이었다. 이 1년 반 동안 늘어난 실력이라곤 낭독뿐이었다. 자신이 히브리드를 위해 도움이 된 건 거의 없었다. 히로토는 그만한 힘이 있으니 저 위치에 있는 거지만, 자신은 자신의 능력으로 올라온 게 아니다. 히로토의 죽마고우라서, 히로토와 같은 이세계 사람이라서, 변경백 고문관을 맡고 있을 뿐이다. 자신보다 능력이 뛰어난 사람, 고문관에 어울리는 사람은 이 주에 가득 있다.

(2년째도 이대로 괜찮을까. 경력도 못 쌓고, 그저 큐레레에게 책을 읽어주기만 해도 괜찮을까? 아무런 성장도 없이…….)

그런 생각을 하던 순간, 쑥 낚시찌가 가라앉았다. 그 순간 큐레레가 낚싯대를 들어 올렸다. 물보라가 일고 낚싯밥이 달린 낚싯줄이 돌아왔다.

"큐레레, 조금 더 기다려야지. 바로 당기면 안 돼."

큐레레는 손가락을 물고는 소이치로에게 얼굴을 돌렸다.

"책."

평소처럼 책을 읽어달라고 보챘다.

"여기서?"

"책."

큐레레는 말을 꺼내면 멈추지 않는다. 소이치로는 보자기에 싸둔 책을 꺼냈다. 기다렸다는 듯이 큐레레가 손뼉 쳤다.

"옛날 옛적에 정직한 나무꾼이 살고 있었습니다. 나무꾼은 독신으로 아내도 아이도 없었습니다. 어느 날 나무꾼은 호수 근처까지 갔습니다. 그곳에서 나무를 베기 시작했는데, 무심코 그만 도끼를 호수에 빠뜨렸습니다. 도끼가 없으면 나무를 벨 수 없습니다. 가지고 있는 도끼는 하나뿐입니다. 빨리 찾지 않으면 일을 할 수 없어, 아니, 굶어 죽어…… 하며 어쩔 줄 몰라 하고 있는데, 쏴~아! 요란한 물소리를 내며 여신이 모습을 드러냈습니다. 무슨 일인지 여신의 머리에 쇠도끼가 꽂혀 있습니다."

큐레레가 눈을 끔뻑댔다. 소이치로도 깜짝 놀랐다. 꽤 초현실적인 장면……이랄까, 호러였다.

"여신은 물었습니다. 《네가 빠뜨린 도끼는 금도끼? 은도끼? 쇠도끼?》. 《쇠도끼입니다》. 대답한 순간 《네 녀석이구나~~아!》 하고 여신은 외치며 나무꾼을 죽여버렸습니다."

소이치로는 말문이 막혔다.

(뭐?! 나무꾼이 죽었다고?! 뭐야, 왜 이리 짧아! 기승전결의 전으로 가기 전에 이미 끝나버렸잖아!)

아직 뒷얘기가 있나 싶어 뒤를 봤지만, 다음 한 행으로 이야기는 끝나 있다.

"그 후 마을에선 호수 근처에서 나무를 베지 않게 되었다고 합니다. 끝."

큐레레가 두 눈을 동그랗게 뜨며 몇 번이고 깜빡깜빡 깜빡댔다.

2

사라브리아 변경백인 키요카와 히로토는 발큐리아의 로켓 가슴을 느끼며 게젤키아와 나란히 낚싯줄을 늘어뜨리고 있었다. 귀족의 반감을 수면 위로 끌어올리는 건 어렵지 않았지만, 물고기는 그렇지 않았다.

(왜 못 잡지……?)

히로토는 자문했다. 이대로 잡은 고기가 하나도 없으면 나라도 얼굴이 굳어질 거다. 물고기들이 날 싫어하나? 싫어해도 접대가 잘 이뤄지면 괜찮지만——.

국경 방비를 맡은 히로토에게 뱀파이어족 연합과의 동맹, 우호적인 관계 유지는 상당히 중요한 일이다. 한 번 만나 악수하고 뒷일은 잘 부탁해~ 하고 끝날 문제가 아니다. 관계를 유지하기 위해선 정기적으로 서로 방문해 얼굴을 보고 얘기를 거듭해서 나눌 필요가 있다. 인터넷에서 다운로드하는 것처럼 한 번 다운로드 버튼을 누르면 끝인 게 아니다.

물론 히로토가 게젤키아를 만난 건 그저 뱀파이어족 연합과의 관계를 유지하기 위해서만은 아니었다. 게젤키아와 만남은 늘 즐거웠다. 게젤키아는 메티스와 마찬가지로 히로토에겐 없는 호쾌함과 용맹함을 가지고 있다. 게젤키아의 본거지에 묵은 적도 있어 게젤키아에겐 맹우라는 의식도 있었다.

무슨 일이 있어도 뱀파이어족과의 관계는 흔들림이 없어야 한다. 뱀파이어족이 볼고르 백작을 죽인 사건으로 귀족들의 비난이 나날이 커지고 있긴 하지만.

그의 죽음을 내가 후회하냐고?

아니.

이건 뱀파이어족이 나를 동족으로 봐주기에 일어난 일이었다. 볼고르 백작이 동포에게 악의를 향했기에 보복이 일어난 거였다. 뱀파이어족과 친하지 않으면 일어나지도 않았을 일이었다. 이 관계가 달갑지 않을 리가 없다. 그들이 볼고르 백작을 국왕 앞으로 연행해줬다면 더할 나위 없었겠지만, 최선이 아니었다고 해서 동료를 책망할 생각은 없다. 히로토에게도 뱀파이어족은 동포다.

현재 국왕 모르디아스 1세도, 재상 파노프티코스도 귀족의 비난을 정면으로 문제 삼을 생각은 없는 듯했지만, 귀족이 모여서 항의하면 모른 척할 수는 없을 거다.

뱀파이어족을 법정에 억지로 끌어낸다거나?

그런 일은 결코 있어선 안 된다. 벨페골 후작은 기회를 살피고 있을지도 모르지만, 후작의 의도대로 되게 둘 순 없다. 이 나라의 국방이 걸린 문제다. 법정에 억지로 끌어내면 뱀파이어족이 히브리드 왕국에 격분할 것이다. '너와의 우호

관계는 사라지지 않지만, 히브리드는 돕지 않을 거다'는 말을 할 수도 있다. 귀족과 관계개선을 하긴 해야겠지만, 그걸 위해 뱀파이어족과의 관계가 희생되어선 안 된다. 변경백에게 가장 중요한 건, 국방 즉 국경 방위며 그 국경 방위를 성립하게 하는 뱀파이어족과의 관계 유지인 것이다.

(귀족 모두와 사이좋게 지내는 건 불가능할지도…….)

하고 히로토는 생각했다. 어차피 자신은 신출내기. 다른 세계에서 온 타인. 귀족이라는 기존 보수계층과 마음이 안 맞을지도 모른다. 귀족 전체와 잘 지내는 것이 아니라, 누군가 대귀족 하나를 아군으로 만드는 걸 생각하는 편이 좋을지도 모르겠다.

히로토 일행에게서 꽤 떨어진 곳에서 미라족이 배를 엄청난 속도로 젓고 있는 게 눈에 들어왔다. 미라족이 있는 게 더 경비가 튼튼하다고 히로토가 데려왔다.

미라족 남자는 거인이다. 멋지고 넓은 등판이 있는 만큼, 그들이 노를 저으면 차원이 다르다.

(엄청난데…….)

넋을 잃고 보고 있자 갑자기 게젤키아의 낚시찌가 툭 가라앉았다. 한 번이 아니라 두 번 세 번, 낚시찌가 물속에 가라앉기를 반복하고 있었다.

접대 중인 히로토에겐 좋은 전개였다. 자기한테 터무니없이 큰 고기가 오는 것보다 훨씬 낫다.

"물은 것 같은데."

"알고 있어."

게젤키아는 낚싯대를 조금 끌어 올렸다. 게젤키아는 낚싯대를 통해 처음으로 고기의 입질을 느꼈을 거다.

"천천히 해."

히로토의 말에 고개를 끄덕이면서 게젤키아가 한층 더 낚싯대를 잡아당겼다. 찰싹찰싹 물소리가 나고 한순간 은색 등과 지느러미가 보였다.

그 순간 게젤키아의 눈동자에 야성의 빛이 떠올랐다. 히로토가 말할 사이도 없이 게젤키아는 반사적으로 낚싯대를 잡아당겼다.

거의 감── 아니, 반사 신경이었다. 은색 몸체가 공중에서 빙빙 날았다.

크기는 50cm 정도였다.

가늘고 긴 것이 작은 나이프 같았다. 그게 공중에서 팔딱거리는 모습이 슬로모션으로 보였다.

고기가 작은 배에 날아들었다. 게젤키아는 즉시 한 손으로 고기를 낚아챘다. 인간이라도 잡아 올린 고기를 한 손으로 낚아채기는 어렵다.

(굉장해…….)

뱀파이어족의 신체능력, 운동능력에 감탄하자 게젤키아는 손바닥을 펼쳤다. 팔짝 은색 몸체를 빛내며 고기가 작은 배 바닥에 떨어졌다.

고기는 일본 빙어와 비슷했다. 크기도 몸집도 똑같다. 히로토의 식탁에도 몇 번이고 등장한 적이 있다.

"작은데."

게젤키아는 솔직하게 감상을 늘어놓았다.

"제법 맛있어."

히로토가 말하자,

"그래?"

하며 얼굴을 돌렸다.

"역시 제일 맛있는 걸 들고 가네."

히로토의 농담에 게젤키아는 빙긋이 미소를 지었다. '너, 또 쓸데없는 농담 하는 거지' 하는 표정이었다.

누워있던 발큐리아가 부스럭부스럭 몸을 일으켰다.

"낚았어?"

"게젤키아가 낚았어. 난 못 낚았어."

"히로토, 낚시 잘 못 하는구나."

"1년 반 전에 최고로 예쁜 뱀파이어족을 낚아서 그럴지도."

발큐리아가 픽 웃었다. 최고의 미인이 자신인 걸 안 모양이다. 히로토의 목덜미를 껴안았다. 이래도 안 넘어올 거냐는 양 등에 가슴을 밀어붙인다. 늘 하던 애정표현이다.

기분 좋은 듯 두 개의 로켓 가슴이 축 늘어지고, 히로토는 부르르 떨었다. 변함없이 높다랗게 도출된 탄력 발군의 가슴이었다. 부드러움보다도 뭉실뭉실한 탄력 쪽이 훨씬 존재감이 크다. 히로토가 제일 좋아하는 가슴이다.

"꼬옥~ ♪"

발큐리아가 한층 더 가슴을 축 늘어뜨렸다. 뭉실뭉실한 로켓 가슴이 찌부러지고 히로토의 등에 탄력을 마구 흩뿌렸다.

　(위험해, 기분 좋다!)

　히로토는 다시 부들부들 떨었다. 발큐리아가 옷 너머로 로켓 가슴의 앞부분을 일부러 문지르기 시작한다. 유달리 뾰족하게 튀어나온 부분이 느껴졌다.

　"기분 좋아지잖아."

　하며 히로토가 얼굴을 돌리자,

　"일부러 그러는 거니까."

　하며 이번엔 히로토의 얼굴에 가슴을 밀어붙여 왔다. 히로토도 몸을 발큐리아에게 돌려 얼굴에 가슴을 밀어붙였다. 발큐리아의 등에 팔을 감아 한껏 두 개의 탄력 넘치는 가슴에 얼굴을 묻는다.

　(아아, 기분 좋다…….)

　히로토는 욕망과 안도감을 느꼈다. 이렇게 있으니 변경백으로서 해내고 있는 격무 중에 아주 잠시나마 편안함을 느꼈다.

　발큐리아가 상냥한 여신 같은 미소── 여자가 사랑하는 남자와 만나 서로 다정히 지낼 때만 보이는, 황홀한 표정을 지었다.

3

도미나스 성으로 돌아가는 마차 안에서 게젤키아는 신이 나 있었다. 히로토 바로 옆에서 자꾸 어롱 안을 들여다보고 있다. 낚은 빙어는 20마리 남짓——. 모두 게젤키아가 낚은 것이다. 한 번 송어 같은 고기가 걸렸지만 그건 놓쳤다. 그래도 첫 낚시는 즐거웠던 모양이다.

히로토가 낚은 고기는 하나도 없었다. 댄스도 서툴지만, 낚시는 더 절망적이었다.

게젤키아가 자신의 어롱을 보고 그러고 나서 히로토의 어롱을 들여다보았다.

"어이. 아무것도 없잖나."

알면서 일부러 말한다. 히로토를 놀리는 것이다.

"안 보이는 고기가 들어 있어."

"아, 그거 잘 알지. 허세라는 녀석이지?"

"기발한데."

게젤키아가 히죽히죽 웃는다.

마차 안은 화기애애한 분위기였다. 히로토 바로 오른쪽 옆은 게젤키아, 맞은편은 발큐리아다. 대각선 맞은편엔 하얀 퍼프 소매에 폭발할 듯한 가슴을 감싼 중간 기장의 금발에 푸른 눈의 소녀가 사과를 깎고 있다. 히로토의 시녀로 미라족 미미아이다. 히로토 일행의 마차 뒤엔 큐레레와 소이치로가 탄 마차가 따라오고 있다.

마차는 온천으로 향하고 있었다. 모두 온천에 몸을 담그며 친목을 도모하려는 것이다.

"그러고 보니, 마기아 왕이 바꿨다며?"

게젤키아가 묻자,

"응, 새로 즉위한 사람은 28살이라고 들었어. 조만간 폐하께 사자를 보내지 않을까."

"너한테도?"

게젤키아의 질문에 히로토는 웃었다.

"나한텐 안 오지. 게젤키아는 마기아에 간 적 있어?"

"없어. 하지만 씨족 중에 멀리까지 간 자가 있어."

게젤키아는 대답했다.

"꽤 멀지 않아?"

"마기아에선 개발령은 시행하지 않는 모양이야. 아직 손대지 않은 숲이 남아 있어. 하지만 승냥이는 적다고 했어. 그리고 비가 많이 와."

뱀파이어족은 그다지 비가 많은 오는 곳은 좋아하지 않는 모양이다. 날개가 젖어 날기 어렵기 때문인지도 모르겠다.

밖을 보자 미라족 모습이 눈에 들어왔다. 마차 쪽을 보며 폴짝폴짝 뛰고 있다. 평소 주행 중엔 변경백을 상징하는 깃발을 세우기 때문에, 분명 "히로토 님 마차다!" 하고 외치고 있는 게 틀림없다.

히로토는 얼굴을 내밀어 손을 흔들었다. 미라족은 와~아, 소리를 높이며 성대하게 손을 흔들어 답례했다. 노브레시아의 미라족 소녀를 구한 이래, 미라족 사이에서 히로토의 지지는 절대적이었다.

갑자기 호위병이 수런대는 소리가 들렸다. 마차 천정에서 쿵 소리가 났다. 마차가 급정차했다.

"히로토 님이시지요? 에크세리스 님의 부탁을 받고 왔습니다."

천정에서 남자의 목소리가 들렸다. 내리는 소리가 들리고 천정에서 검은 날개의 남자 뱀파이어족이 뛰어내린다. 히로토는 문을 열었다.

"급한 일이야?"

"마기아에서 사자가 왔습니다. 친위대 대장이랍니다."

마기아?

친위대?

왜?

히로토는 놀라 어안이 벙벙했다. 마기아 왕국이 히브리드 국에 사절을 보낸다면 먼저 국왕에게 파견하는 게 도리다. 하지만 사절단이 왕도를 방문했다는 얘기는 듣지 못했다.

"용건이 뭐래?"

"마기아의 왕 우르세우스의 명령으로 왔다고 했습니다."

우르세우스—— 새 왕이다.

"그거 봐라. 왔잖아."

하며 옆에서 게젤키아가 히죽히죽 웃는다.

"에크세리스 님은 어서 만나봐야 한다고 했습니다만, 엘빈은 만나지 말라고 했습니다. 그래서 제가 왔습니다."

뱀파이어족 남자가 설명했다. 의견이 갈렸다는 것이다.

어쩐다?

히로토는 망설였다. 자신은 게젤키아를 접대 중이다. 이후 온천에 가기로 돼 있다. 도중에 게젤키아를 내버려 둘 순 없다. 하지만 마기아 왕국의 사신을 너무 기다리게 하는 것도 실례가 된다. 나중에 트집을 잡을지도 모른다. 양국 간의 문제로 발전할 가능성도——.

고민하는 게 귀찮지도 않냐고?

딱히 그렇진 않다. 아무리 고민되더라도 선택지가 있는 편이 행복하다. 선택지가 없는 쪽이 괴롭다.

"손님과 중요한 얘기를 하는 도중이라, 저녁이라면 괜찮다고 전해 줘. 일부러 전하러 와줘서 고마워."

뱀파이어족 남자는 고개를 끄덕이며 휙 날아갔다.

"딱히 상관없거든. 이미 고기는 낚았으니까. 온천 정도는 혼자 갈 수 있어."

이건 날 시험하는 거군, 하고 히로토는 생각했다. 자신을 어디까지 챙길지 보려는 거다.

(뭐 이런 것도 나쁘진 않지만.)

히로토는 장난기 넘치는 미소를 지우며 대답했다.

"마기아 국보다 게젤키아 쪽이 중요해. 못 잡은 고기의 설욕이 단연 우선이야. 아마도 온천에서 고기는 못 낚겠지만."

풉, 게젤키아가 뿜었다. 그러고 나서 유쾌한 듯이 크게 폭소를 터뜨렸다.

제3장 마기아의 사자

1

마기아 왕국 친위대 대장 네스트리아는 마기아 사람이 경영하는 여관으로 돌아와 욕조에 몸을 푹 담그고 있던 참이었다. 갈색까지는 아닌, 짙은 살구색의 알몸에 향유를 문질러 바른다. 앞으로 만날 소년한테도 향기가 전해지도록——.

요염한 피부에 요염한 가슴이었다. 뜨거운 물 안에서 가슴이 가볍게 떠올랐다. 풍만이라는 말이 어울리는 볼륨이었다. 한 손으로 감싸기엔 어려워 보였다. 이 가슴에 변경백은 넋을 잃을까?

프리마리아 거리를 방문하는 건 처음은 아니었다. 반년 정도 전에 이 도시엔 온 적이 있다. 마침 페오의 위기(페르키나 사건)가 일어나기 직전이었다. 퍼레이드가 거행 중인 가운데, 변경백과 퓨리스 군 장군의 모습을 보았다.

당시에는 변경백의 젊은 나이에 놀랐다. 뱀파이어족을 아군으로 만든 자가 이토록 젊은 청년인가, 하며 전율했다. 그땐 그저 멀리서 바라보고만 있었지만, 오늘은 직접 만날 수 있을 거다.

우르세우스 왕은 일격을 가하고 오라 했다. 이걸로 상대의 실력을 볼 수 있겠지. 본심도 읽을 수 있을 거다. 이번 명

령은 그걸 살피고 오라는 뜻이다. 한 걸음 더 나아가 승리
할 수 있다면 더 좋고.

　변경백은 달변가로 명성이 높다.

　혹시 우리가 우호를 다지기 위해 왔다고 생각하고 있으
려나?

　하지만 이쪽은 친구가 되기 위해 온 게 아니다. 마기아의
미래를 만들기 위해 온 것이다. 그러기 위해선 일격을 가해
야 한다. 오만방자하다고 느끼더라도——.

　(철부지 꼬마는 어떻게 반응할까.)

　왕의 사신을 기다리게 했으니 조금은 즐겁게 해줬으면.

　(침대 위의 풋내기 동정남처럼 바로 절정에 다다르면 곤
란하지만.)

　네스트리아는 조금 짓궂은, 하지만 요염한 미소를 지었다.

2

　히로토는 겨우 도미나스 성에 돌아온 참이었다. 발큐리아
와 함께 집무실에 들어가자, 등을 훤히 드러낸 베어백의 파
란 드레스를 몸에 걸친 금발의 여자 엘프가 눈에 들어왔다.
상당히 노출도가 높은 옷이다. 가슴 노출도 엄청났다. 풍만
한 두 개의 둥그런 옆 가슴과 가슴골이 가차 없이 엿보였다.

　사라브리아 주 부장관 에크세리스다.

　"히로토."

히로토의 모습을 알아보고 에크세리스가 돌아보았다. 옆에서 신경질적인 표정을 짓고 있던 체격 좋은 남자 엘프도 히로토에게 얼굴을 돌렸다. 엘프 검객이자 히로토의 고문관 엘빈이다.

"왜 허가하신 겁니까? 전 반대입니다."

엘빈이 갑자기 부정적인 의견을 토해냈다.

"마기아 사자?"

히로토가 묻자 엘빈은 단숨에 숨도 쉬지 않고 퍼부었다.

"아직 마기아의 사절은 아직 국왕을 만나지 않았습니다. 히로토 님이 먼저 그들과 만난다면 반드시 문제가 생길 겁니다. 폐하도 좋아하지 않으실 겁니다."

"상대는 마기아의 왕이라고. 이걸 거절했다간 무슨 일이 일어날지 모른단 말이야. 폐하의 심기가 다소 불편해지더라도 어쩔 수 없어."

에크세리스가 반론을 펼쳤다.

"만나고 싶다고 하면 만나주면 되잖아. 단단히 우리 동료의 호위를 붙여서."

발큐리아가 히로토 옆에서 참견했다.

"저쪽은 뭣 때문에 왔는지 말했어?"

히로토는 에크세리스에게 물었다.

"인사차 왔대."

"틀림없이 거짓말입니다. 인사라면 우선 폐하께 먼저 하는 게 도리지요. 그걸 건너뛰고 갑자기 히로토 님께 인사한다는 건, 뭔가 꿍꿍이가 있습니다."

엘빈이 덧붙였다.

"꿍꿍이라. 재밌겠네."

"히로토 님!"

엘빈이 노려보았다.

뒤늦게 방에 소이치로와 큐레레가 들어왔다. 손에 어룡을 들고 있었다. 큐레레가 "물고기" 하고 말했다. 어룡은 비어 있었다.

두 사람을 한 번 흘끗 보더니 엘빈이 다짐을 해왔다.

"그를 나사르 1세와 같다고 생각하지 마십시오. 나사르 1세는 참으로 평화적인 분이셨습니다. 마음 깊은 곳에서 우리나라와의 우호를 바라고 있었습니다. 40년간 이어진 평화가 그걸 말해주고 있습니다. 하지만 그 나사르 1세와 우르세우스 왕은 다른 생각을 하고 있습니다. 반년 전부터 외교를 둘러싸고 언쟁을 하기 시작했다고 합니다. 아버지는 틀렸다, 히브리드는 우리를 위협하고 있다 하고요."

"위협이라니?"

히로토는 되물었다.

"오직 히브리드만이 하늘을 지배하고 있다. 이는 심각한 위협이다—— 그런 느낌입니다."

엘빈의 설명에 히로토는 생각에 잠겼다. 위협이란 건 과장이다. 그가 말하는 하늘은 틀림없이 뱀파이어족을 뜻한다.

"마기아 왕의 논리는 레그르스 엘프들의 생각입니다. 일부 엘프들은 이런 식으로 생각하는 듯합니다. 예를 들어 4개의 나라가 있는데, 각각 같은 힘을 가지고 있다면, 어느 한 곳을 공격했을 때, 다른 나라에 뒤를 공격당할 수 있기에 균형이 있는 동안은 전쟁이 일어나기 어렵습니다. 하지만 어느 나라 하나가 갑자기 강력해진다면, 전쟁을 벌일 수 있게 되죠. 실제로도 그 나라가 이길 테고, 평화는 사라질 겁니다."

엘빈이 설명했다. 군사력이 같다면── 즉, 균형이 잡혀 있으면 서로 침략하기 어렵기에 평화가 이어진다. 하지만 군사적인 균형이 깨지면 그만큼 유리해지기에 전쟁이 일어나기 쉽다. 그런 생각인 모양이다.

"하지만 레그르스는 딱히 히브리드를 적대하는 것도, 비난하는 것도 아니잖아."

"레그르스는 지금이 그 '균형'이라고 보고 있겠지요. 아니면 지금은 아직 지켜볼 때라고 생각하고 있거나. 하지만 코그니타스의 속내는 알 수 없습니다. 코그니타스도 경계하고 있을지도 모릅니다. 히로토 님이 뱀파이어족의 지지를 얻어 퓨리스 군을 격퇴한 후, 마기아 관료 일부가 뱀파이어족의 공격이 자신들에게 향하는 건 아닌가, 수런거렸다고 합니다. 나사르 1세는 전혀 상대하지 않은 모양이지만 반년 전에 왕자가 귀국하고 나서는──."

그 후 나사르 왕과 우르세우스 왕자의 충돌이 시작된 듯하다.

엘빈이 말을 이었다.

"관료 중엔 국경 부근에 부대를 보내야 한다든지, 무슨 일이 생겼을 때를 대비해 새로이 병사를 징집해야 한다든지, 화살 생산을 늘려야 한다고 진언한 자도 있었다고 합니다만, 나사르 1세는 모두 고개를 가로저었습니다. 왕자가 설득하려 해도 듣지 않았다고 합니다. 우르세우스 왕은 아마 선왕의 반대에 부딪힌 자들을 하나씩 모았겠지요. 전 재상 라고스처럼 나사르 1세에게 융화론을 주장했던 자들은 멀리 내쳐지겠지요."

히로토는 고개를 끄덕였다. 즉 우호적인 얘기일 가능성은 작다는 것이다.

"친위대 대장이라는 건 측근 중의 측근입니다. 우르세우스 왕의 지론을 쏟아낼 작정일 겁니다. 게다가 일부러 왕을 건너뛰고 히로토 님을 가장 먼저 만나러 왔다는 건 지론뿐만 아니라, 요구도 해올 가능성이 큽니다."

"요구?"

소이치로가 물었다.

"하늘의 힘을 억제하라고?"

히로토가 묻자 엘빈을 고개를 끄덕였다.

"억제할 리 없잖아. 퓨리스에도 하지 않았는데."

히로토는 밝게 대답했다. 히브리드 왕국이 퓨리스 왕국과 평화협정을 맺을 때, 국경을 넘어 군대를 진군시키지 않겠다고 서로 약속했다. 하지만 그 '군대' 안에 뱀파이어족은 포함되지 않았다. 뱀파이어족은 히브리드 왕국의 병사가 아니기 때문이다.

"하지만 그러면 수긍하지 않을 겁니다. 즉위식은 아직이지만, 새로이 왕에 즉위한 자는 자신의 위엄을 높이려 들지요. 자신이 얼마나 힘이 있는지를 내보이려 합니다. 그걸로 가신들의 복종심을 높이고, 다른 나라가 경의를 표하게 할 생각인 겁니다. 대개 우호적인 회담은 이뤄지지 않습니다. 히로토 님에겐 이득이 없는 일입니다. 그래서 전 반대하는 겁니다."

엘빈의 어조엔 지금이라도 철회를 요청하는 분위기가 있었다. 히로토에겐 어떻게든 접견을 멈춰줬으면 하는 모양이다. 확실히 친위대 대장을 접견해도 히로토에게 이점이 있을 것 같진 않았다. 손실밖에 없을지도 모른다.

"어쩔 거야?"

소이치로가 물었다.

지금 중지할까?

몸이 안 좋다든지 하는 이유를 붙여서?

멋대로 만나면 모르디아스 1세도 심기가 언짢을지도 모르지.

하지만.

재미있잖아.

비난과 비판은 고명하다는 증거. 직위가 올라가면 비난이

나 비판하는 자가 늘어나기 마련. 비난과 비판을 무서워하면 높은 자리에 있을 수 없다.

"역시 만나자. 발큐리아를 데리고."

하며 히로토는 웃었다. 히로토! 발큐리아가 히로토에게 안기며 매달렸다. 엘빈은 어찌할 바를 몰랐다.

"상대를 자극하실 생각입니까!"

"저쪽도 그럴 생각으로 왔잖아? 이쪽도 그냥 당할 순 없지."

"뭐야, 예고 없이 덮치는 거야?"

발큐리아는 즐거운 듯하다.

"얼마나 뱀파이어족이 미인인지 보란 듯이 내보이는 것뿐."

히로토의 농담에 크크크, 하고 발큐리아가 웃었다.

3

마기아 왕국 친위대 대장 네스트리아는 비로소 도미나스 성내로 안내된 참이었다. 성내에 들어가는 건 처음이다. 도미나스 성 계단을 오르자, 엘프가 날개 있는 남자와 얘기하는 모습이 눈에 들어왔다.

뱀파이어족이다.

히브리드 왕국의 다른 곳에선 성내에서 뱀파이어족 모습을 본 적은 없다. 하지만 사라브리아에선 변경백의 성에 아무렇지도 않게 뱀파이어족이 있다.

실로 이국의 땅.

마기아 사람인 그녀에겐 히브리드 왕국은 이국이지만, 이국이라는 단어가 가지는 의미 이상의 이국이다. 수도 엔페리아보다도 훨씬 더.

(정말로 재미있는 성이야. 가슴이 두근거려.)

안내역 병사가 문 앞에서 멈췄다. 드디어 변경백 알현이다. 문이 열렸다.

안내된 곳은 접견실이었다. 천정이 높은 넓은 공간이다. 방 양측에 수비병이 10명 나란히 서 있었다. 변경백 주위엔 엘프 병사의 모습이 보였다.

나팔소리가 울리고 이어 키가 큰 다부진 체격의 엘프가 모습을 보였다. 그가 엘프 검객이자 히로토의 고문관 엘빈일 거다. 그 뒤로 하얀 차이나 드레스 풍의 의상을 몸에 걸친 폭발할 듯한 가슴의 여자 엘프와 보통 키의 소년이 파란 상의와 파란 바지를 입고 나타났다.

퍼레이드에서 봤던 소년이다. 야무지고 영리해 보이는 생김새. 표정도 밝았다. 지금 한창 위세를 떨치고 있는 인간의 얼굴. 운이라는 건 얼굴에 드러나는 법이다.

변경백 뒤엔 붉은 눈동자의 육감적인 흡혈귀가 떡하니 있었다. 그녀가 애인일 거다. 그밖에도 해골족 병사와 인간 병사가 나란히 서 있었다.

(뱀파이어족과 함께 날 맞이하다니, 자신이 뱀파이어족과 함께 있다는 걸 보여줄 심산이군.)

네스트리아는 요염한 눈을 반짝반짝 빛냈다. 이거 점점 더 재미있어질 것 같다. 상대는 우리 왕이 히브리드에서 가장 만만치 않다고 평가하는 남자다.

(자. 애송이의 힘을 좀 볼까.)

4

당당한 발걸음으로 입실하자, 히로토는 2인용 좌석에 앉았다. 바로 옆에 발큐리아가 앉아 풍만한 몸을 착 밀어붙인다. 가슴이 닿아 조금 처진다. 언제든 어디서든 애정표현을 하고 싶어 하는 게 뱀파이어족이다.

게젤키아와 큐레레는 별실에서 솔세르와 호위병들과 즐겁게 공차기를 하고 있을 것이다. 소이치로는 호위병에 뒤섞여 귀를 쫑긋 세우고 있다.

친위대 대장은 아주 성숙한 미색을 가진 여자였다. 화려한 화류계에 있을 법한 요염함과 화사함이 있었다. 친위대 대장이 맞는 거 싶을 만큼 아름다운 몸이다. 공연스레 안고 싶어지는 분위기가 흐르고 있었다. 특히 가슴의 볼륨과 골이 엄청났다. 솔세르의 어머니인 레스리아에게도 꿀리지 않을 정도다. 둘레가 1m는 될 것 같다. 가슴 사이에 끼면 엄청 기분이 좋겠지.

하지만 이 여자가 그저 그런 에로틱한 여자일 리 없다. 친위대라 한 이상 분명 무술과 검술이 뛰어날 것이다.

(자. 어떤 인사를 해올까.)

히로토가 기대하는 가운데,

"변경백 히로토 님과 고문관 발큐리아 님, 그리고 부장관 에크세리스 님이다."

엘빈이 히로토 일행을 소개했다. 히로토의 머릿속에서 땡 소리가 울렸다. 라운드, 스타트.

"마기아 왕국에서 우르세우스 왕의 명을 받잡고 찾아온 네스트리아입니다. 잘 부탁드리겠습니다."

하며 네스트리아는 인사했다. 앞으로 몸을 숙인 탓에 한 층 더 가슴골이 깊숙한 곳까지 들여다보였다.

(엄청난 가슴골…….)

넋을 놓고 보고 있자 에크세리스가 힐끗 히로토를 보았다. 물론 히로토는 알지 못했다.

"우르세우스 왕의 즉위를 축하드립니다. 이걸 기회로 양 국이 한층 더 평화와 우호가 증진되길 바랍니다."

히로토는 축사부터 시작했다. 바로 네스트리아가 되받 는다.

"저희 폐하께서도 양국의 평화와 번영을 간절히 바라고 계십니다. 하여 폐하께서는 부디 변경백께서 힘을 빌려주 시길 바라고 계십니다."

힘?

조금 마음에 걸리는 어조였다. 엘빈에게서 사전에 사정을 들었던 만큼 수상함이 느껴지는 말투다. 솔직히 '내가 할 수 있는 일이라면' 하고 대답하면 어처구니없는 요구를 해올 것 같다.

"폐하께는 인사를 드리셨습니까?"

히로토는 확인하고 싶었던 걸 물었다.

"아닙니다. 맨 먼저 변경백을 찾아뵈러 왔습니다."

"폐하께서 섭섭하게 생각하실 겁니다."

"폐하껜 즉위식 후에 다시 찾아뵙지요. 각하는 꼭 뵙고 싶었던 터라. 이 나라에서 가장 만만치 않은 상대는 각하라 들었습니다."

네스트리아는 히로토를 치켜세웠다.

수상하다. 말꼬리를 잡아 히로토를 깎으려는 자는 이미 국내에 우글우글하다── 아마 국외도 마찬가지.

"그런 절 변경백으로 세우신 분이야말로 가장 만만치 않은 상대 아니겠습니까."

하며 히로토는 피했다. 이런 상황에서 '아니, 그 정도는 아닌데' 하고 대답했다. 그걸 국왕에게 고자질해 국왕과의 관계를 악화시켜선 안 될 일이다.

"각하는 유례없는 힘을 가지신 분. 마기아 왕국의 평화에 아주 큰 영향력을 가지셨습니다. 지금 인접국에서 각하를 당할 자는 없을 터. 하지만 그게 인근 제국에게 얼마나 위협이 되고 있는지, 아시지 못하는 모양입니다."

(이런. 갑자기 비판인가.)

엘빈이 예상한 대로의 전개다.

네스트리아는 조금 몸을 앞으로 숙였다. 가슴골이 깊이 들여다보였다.

(에크세리스 쪽이 가슴골은 에로틱하려나.)

쓸데없는 걸 생각하고 있자니,

"저희는 평화의 균형이 깨지길 바라지 않습니다. 이 균형이야말로 평화를 이어가는 열쇠이지요. 꼭 각하께서도 협조 부탁드리고 싶습니다. 설마 히브리드가 압도적인 힘을 가져야 한다고 생각하진 않으시겠지요?"

온화하게 요구해왔다.

점점 엘빈이 말한 대로 돼가고 있다. 히로토는 가슴이 두근대기 시작했다.

압도적인 힘.

평화의 균형.

각하께 협력을.

히브리드가 압도적인 힘을 가져야 한다고——.

혼자만 앞질러 가는 건 허용 못한데이. 너도 우리랑 동등하게 군사력을 억제해라이. 머릿속에서 어설픈 사투리가 들려왔다. 엘빈이 간파한 대로의 전개다. 게다가 되받아치기 어려운 질문이다. 그렇다고 끄덕이면 당장이라도 추궁하려 들 거고, 고개를 저으면, 평화를 깰 셈이냐 따질 거다. 상당히 성가신 질문이다. 그래서 안 만나는 편이 좋다고 엘빈은 충고한 것이다.

(자, 어떻게 대답할까?)

네스트리아는 기대와 해학을 담아 히로토를 응시했다.

히브리드 왕국이 하늘의 힘을 가진 건 틀림없다. 하늘의 힘이 있기에 퓨리스 군을 격퇴하고 퓨리스와 평화협정을 맺을 수 있었다. 하늘의 힘이 없다곤 부정하지 못할 것이다.

자, 어떻게 반론할까. 얼떨결에 인정할 텐가?

(자, 아가야. 힘을 보여다오.)

네스트리아는 고혹적인 시선을 던졌다. 살짝 몸을 앞으로 숙여 풍만한 가슴골을 보란 듯이 내보인다. 변경백이 반격해온 건 그 직후였다.

"모두 같은 힘을 가져야만 평화가 유지된다면, 평화가 이어지는 지금이야말로 모두 같은 힘을 가지고 있다는 의미가 아닙니까? 우리나라는 퓨리스 왕국과 견고한 평화를 실현하고 있습니다. 즉 저희도 다른 곳과 같은 힘을 가지고 있다는 의미겠지요. 귀하가 걱정하는 압도적인 힘이 정말 있다면, 퓨리스와 평화는 실현되지 않았을 터. 기우이신 건?"

네스트리아의 두 눈동자에서 미소가 사라졌다.

(그래…… 그렇게 나온단 말이지…….)

균등한 힘만이 평화를 유지한다──. 히로토는 그걸 중점삼아 추궁해왔다. 확실히 보통 소년은 아니다.

(하지만 아직이다.)

네스트리아는 끈덕진 반격에 나섰다.

"그런 힘이 있었기에 퓨리스의 침공을 몇 번이나 막을 수 있었던 게 아닙니까?"

즉시 히로토가 되받아쳤다.

"귀하의 생각대로 다른 힘이 있어 퓨리스의 침공을 막을 수 있었다면, 그야말로 필요한 힘이란 뜻이겠지요. 설마 아무런 힘도 없이 퓨리스에게 졌어야 했다고 말씀하실 생각은 아니시겠죠?"

네스트리아는 잠자코 있었다.

예기치 못한 반격이었다. 퓨리스에게 졌어야 했다니, 대답할 방도가 없다.

(하지만 변경백은 이걸로 힘을 인정한 꼴이군? 그걸 붙잡고 파고들면——.)

다그치려던 그 순간 히로토는 바로 말을 이었다.

"저는 균일한 힘을 가지고 있었기에 퓨리스의 침공을 막을 수 있었고, 그래서 퓨리스와의 평화를 구축할 수 있었다고 생각합니다. 총명한 우르세우스 왕이시니 분명 제 뜻을 이해해주실 테지요."

히로토는 먼저 종지부를 찍었다.

틈이 없는 답변이었다.

균일한 힘으로 공격해도 탁 되받아치고 압도적 힘으로 공격해도 탁 되받아쳤다. 변경백의 언변 공격은 보통이 아니다.

"하지만 유례없는 힘인 건 사실일 터. 으레 힘을 가진 자는 남에게 보이고 싶어 하는 법입니다."

네스트리아는 유도해봤다.

"우르세우스 왕께선 그런 분입니까?"

히로토는 되레 질문해왔다.

"아닙니다."

"저도 같습니다."

"하지만 유례없는 힘이 있으면——."

"말씀드린 것처럼, 히브리드가 가진 건 균일한 힘입니다. 남들과 같은 힘을 굳이 보이고 싶어 하는 자는 없지요. 네스트리아 님은 오로지 침략만을 말씀하십니다만, 그 이후는 말씀이 없으시군요. 어떻게 지배할지, 침공의 결과 생긴 긴 전선을 어떻게 유지할지, 병참은 어떻게 확보할지. 여러모로 보지 않으면 국경을 지키긴 어렵습니다. 친위대 대장인 네스트리아 님이시라면 잘 아시겠지요."

속공으로 반론했다.

견고하다.

변경백은 침략을 꿈꾸는 야심적인 인간은 아닌 듯하다. 매우 현실적이다.

(그럼——.)

네스트리아는 방법을 바꿨다.

"폐하께서는 히브리드와 평화와 우호를 바라고 있습니다.

그러기 위해선 위협을 제거하는 게 마땅한 길이지요."

"전 두 나라 사이에 그런 위협이 있다는 생각이 들지 않는 군요. 귀국과 우리나라는 오랫동안 평화를 유지하고 있습니다. 아무런 위협이 없다는 의미가 아닙니까?"

히로토는 바로 되받아쳤다.

답변이 빠르다.

"위협이 있었기에 퓨리스가 평화의 길을 선택한 게 아닙니까?"

"진정 그렇다면 그 위협이 평화의 주역인 거겠지요. 평화의 주역을 굳이 제거할 필요가 있습니까?"

역시 견고하다. 변격백의 언어의 방벽은 철벽이다.

"듣자 하니 그 위협이 오랫동안 폐하를 모셔온 주장관의 목숨을 앗아갔다고 하더군요. 너무 위험한 게 아닙니까?"

네스트리아는 볼고르 백작 일을 넌지시 언급했다.

"볼고르 백작이 그런 행동을 한 건 안타깝습니다. 하지만 그건 백작이 왕을 거역했기에 심판받았을 뿐. 폐하께 거역 했으니 마땅히 그리돼야 하지요. 뱀파이어족이 양국에 위 협적이었던 적은 없었고 지금도 위협적이지 않습니다. 굳 이 말씀드리자면 귀하가 말씀하시는 위협이라는 단어는 마 치 방향에 따라 달리 보이는 비단벌레의 날개처럼 이리저리 의미가 바뀌는군요. 저에겐 그쪽이 위협적입니다. 신뢰 관 계를 쌓을 생각이라면 더욱."

네스트리아는 할 말을 잃었다.

어린 녀석에게 호되게 당했다. 히로토를 공략하려고 방향을 틀었는데, 그걸 되려 이용당했다.

신뢰 관계에 위협적.

바른 말이었다.

(강하군······.)

네스트리아는 감탄했다.

소문대로 막강한 언변이었다. 우르세우스가 간파한 대로 이 나라에서 가장 만만치 않은 건 눈앞의 히로토이다. 이 나라의 가장 위협적인 존재는 뱀파이어족이 아니라 변경백일지도 모르겠다.

제4장 폭발

1

마기아 왕국의 사자들이 접견실에서 사라지자, 발큐리아는 함박웃음을 지우며 히로토에게 안겨 왔다. 꼬옥, 로켓 가슴을 밀어붙인다. 뾰족하게 솟은 풍만한 탄력이 강렬한 압력을 히로토 몸에 퍼붓는다. 뾰족한 유두가 옷 너머로 살갗을 간질였다.

(우하하, 기분 좋다……!)

무심결에 황홀해질 것 같았다.

"히로토를 이기려 하다니. 나한테 압도적이 어쩌고저쩌고하고."

발큐리아가 말했다.

"그거, 가슴 말하는 거 아냐?"

"이거 말이야?"

하며 발큐리아가 한층 더 가슴을 비벼댄다.

(흉악!)

히로토는 저도 모르게 미소 지었다. 하지만 가슴속은 겉과 달리 반드시 미소로 충만했던 건 아니었다.

마기아 왕국 사자는 히브리드 왕국을 비난하러 왔다. 거기다 힘의 불균형을 해결하라 했다. 물론 불리한 언질은 일

절 하지 않고 격퇴했지만, 히로토는 어딘가 마음에 걸렸다.

저 사자는 이쪽이 실수하길 바랐나? 내게 언질을 취하면 폐하 앞에서도 유리할 줄 알았나?

하늘의 힘이 위협적이라 말하면 이쪽이 당연히 응할 리 없다. 모르디아스 1세도 마찬가지다. 퓨리스에 대항할 가장 유효한 방패를 국왕이 손 놓을 리 없다. 그럼 이건 엘빈이 말한 대로 새 왕이 위엄을 보이기 위한 퍼포먼스인가?

"제 걱정은 쓸데없었던 것 같군요."

하며 엘프 검객 엘빈이 웃어 보였다. 히로토는 웃지 않았다.

"이상해. 왜 싸움을 걸어왔을까."

"히로토 님을 이길 수 있다고 생각했겠지요. 아니면 히로토 님의 언변 능력을 알고 싶었든지."

"무슨 연습 같은 건가?"

"정찰일지도 모르죠."

"뭐를 위한? 전쟁?"

다시금 히로토는 질문을 연거푸 퍼부었다.

"히브리드는 마기아 왕국과 이렇다 할 문제가 없습니다. 큰 다툼이 있는 것도 아니고 뭔가 협정을 맺어야 하는 것도 아니죠. 문제가 있다면 50년 전 전쟁 정도입니다만, 마기아의 선왕이 있을 때 마무리됐지 않습니까."

엘빈의 대답에 히로토는 침묵했다.

변경백의 담당은 히브리드 왕국 서부다. 마기아 국은 히브리드 동부와 국경을 접하고 있다. 즉 히로토와의 접점이 없다. 그런데도 군이 히로토와 뱀파이어족을 견제하러 왔다.

"저는 왕의 위엄을 보이러 온 게 아닌지, 히로토 님에게 언질을 받으려는 게 아닌지 생각했습니다. 그거면 새 왕에게 선물이 될 테니까요."

엘빈이 견해를 말했다.

(그런 거로 정말 날 만나러 올까?)

히로토는 의문을 느꼈다. 정찰이라는 게 마음에 걸린다.

(설마 전쟁을 할 작정은 아니겠지?)

히브리드 왕국 중에서 마기아 국과 접하고 있는 건 루시니아 주다. 루시니아 주에 쳐들어갈 생각일까? 하지만 그곳은 검고 깊은 숲이 가로지르고 있다. 마기아 왕국이 쳐들어오려면 그 숲을 건너야만 한다.

(역시 전쟁은 아닌가.)

전쟁은 상정 밖에 있는 미래라 해도 좋을 듯하다. 퓨리스건이 있었기에 자신은 무심코 그만 전쟁 가능성을 생각해버리는지도 모르겠다.

(하지만 가능성이 없다고, 상정 밖이라고, 시뮬레이션이 필요 없는 건 아니야.)

하며 히로토는 생각을 고쳐먹었다.

(공격한다면 어떤 식으로 공격해올까. 페르키나에게 물어볼까. 메티스 장군한테도 다음에 만날 때 물어보자.)

"정찰을 보낼까요? 레그르스에 유학 중인 왕자께 물어보는 방법도 있습니다만……."

엘빈의 어조가 약해졌다. 히브리드 왕국의 왕자가 레그르스 공화국에 유학 중이지만, 좋은 소문은 듣지 못했다. 엘빈의 제안에 히로토는 고개를 가로저었다.

"됐어. 나중에 라켈 공주한테 물어볼게."

라켈 공주는 병든 나사르 1세를 병문안하러 가 있다. 그대로 임종을 지켜보기로 했다. 귀국 소식은 전해지지 않았으니까 마기아에 체류하고 있을 것이다. 그녀라면 우르세우스 왕을 만나 무슨 정보를 얻었을지도 모른다.

"페르키나한테도 편지를 적어둘게."

"적어도 소용없지 싶습니다만. 그녀는 답장 따위 안 합니다."

엘빈이 떨떠름한 표정을 지었다. 몇 번인가 페르키나 백작에게 편지를 보냈지만, 답장이 온 적은 한 번도 없다.

"혹 올지도 모르니까."

"안 와요."

엘빈은 단언했다. 히로토도 항변하지 않았다.

자신과는 생각이 다른 여성이지만, 속으론 페르키나를 높이 평가하고 있다. 그 행동력과 국가에 대한 정열은 벨페골 후작보다도 높다. 벨페골 후작은 당파적으로(즉 귀족을 위해) 움직이는 듯이 보인다.

갑자기 누군가가 째려보는 듯한 시선이 느껴져서 고개를 돌리자 에크세리스가 이쪽을 보고 있었다. 의혹에 찬 시선이다.

(아니? 뭐지?)

엘빈이 에크세리스의 시선을 가렸다.

"그럼, 전."

하며 엘빈은 접견실을 나갔다.

(조금 전의 에크세리스의 시선——.)

확인하기 전에 발큐리아가 히로토의 팔짱을 꼈다. 뭉실뭉실한 로켓 가슴을 밀어붙였다.

"방으로 돌아가자♪"

하며 솔선해서 걸어가기 시작한다. 앞장서 걸어가는 호위병에게 안내를 받으며 통로를 나왔다. 히로토는 발큐리아와 함께 집무실로 돌아왔다. 파란 차이나 드레스를 걸친 금발에 푸른 눈의 미미아가 게젤키아에게 잔을 직접 건네던 참이었다. 바로 옆에선 큐레레가 재빨리 꿀꺽꿀꺽 따라준 하얀 포도주를 들이켜고 있다. 조금 떨어진 곳에서 안경을 끼고 양어깨가 그대로 드러난 니트 같은 옷을 입은 엄청 가슴이 큰 고문관이 사람 수만큼의 잔에 하얀 포도주를 따르고 있다. 솔세르이다.

"우리 아버지 술이에요."

솔세르가 히로토에게 잔을 내밀었다. 네카 포도주인 모양이다. 솔세르의 부친은 네카 성 성주다. 히로토는 받아들고 집무실 책상에 앉았다. 발큐리아도 잔을 받아들었다.

하지만 에크세리스는 잔을 받아들지 않았다.

"히로토, 잠깐 보자."

조금 심기가 언짢은, 지나치게 진지한 얼굴로 히로토에게 말을 건넸다. 평소와 다르게 표정이 딱딱하다.

"무슨 얘기야?"

"됐으니까 와."

하고 말끝에 엄격함을 담아 먼저 침실 쪽으로 걸어가기 시작했다.

(뭐지?)

히로토는 잔을 놓고 에크세리스를 쫓아갔다. 침실에 들어가 문을 닫자, 히로토에게 갑자기 몸을 바싹 붙이며 세게 몸을 부딪치는 모양새로 문에 양손을 탁 짚었다. 엉겁결에 히로토의 등은 문에 닿았다. 연인을 벽에 '탁'이 아니라, 문에 '탁' 밀어붙이는 것 같다.

(아니……? 음……뭐지……?!)

히로토는 초조했다.

나, 뭐 잘못했나?

"줄곧 보고 있었지?"

에크세리스의 목소리는 노여움이 담겨 있었다.

"뭘?"

"가슴 말이야!"

가슴?

가슴이라니, 누구의——?

"그렇게 마기아 여자가 좋아?"

뭣이?!

히로토는 절규할 것 같았다.

가슴이 마기아 왕국 사자를 말하는 거였나!

나, 그렇게나 봤던가?!

확실히 힐끗거렸지만, 대체로 얼굴을 보고 얘기했는데…….

근데 자문자답하고 있을 상황이 아니다. 뭔지 모르겠지만 에크세리스가 화내고 있다. 어서 달래야 한다.

논리적으로?

화내고 있는 여자에게 논리적인 말을 불가능.

"나는 에크세리스가 좋아."

히로토는 담백하게 대답했다.

"그럼, 왜——."

"에크세리스 가슴이랑 어느 쪽이 에로틱한지 비교했어."

아름다운 엘프가 한순간 멍한 표정을 짓더니, 다음에 얼굴을 갸우뚱하며 얼굴을 붉혔다.

해냈다!

먹혔다! 이걸로 난국을 극복할 수 있다!

하지만 착각이었다.

"증거를 보여줘."

"증거?!"

히로토는 궁해졌다.

증거라니 뭐야?! 무슨 증거가 있어?! 그보다, 에크세리스가 이렇게 질투가 심했어?!

"이쪽으로 와."

에크세리스가 히로토의 손을 잡고 걸어가기 시작했다.

2

히로토는 모종의 장난이 아닐까 생각했다. 욕정의 증거가 아니라 욕조의 증거……

수영장같이 커다란 욕조에 몸을 담그고 있는 건 두 사람뿐이었다. 한 명은 히로토이다. 그리고 다른 한 명은——.

"히로토♡"

전라의 에크세리스였다. 이런, 또 등에 한껏 하얀 맨 가슴을 밀어붙였다. 미끈미끈하고 뭉실뭉실한 풍만한 구체가 히로토의 등에 밀착돼 축 늘어졌다. 부드러움과 매끈한 질감과 탄력을 작열시키면서, 두 개의 구체가 모양을 바꿔나간다. 두 개의 구체 한가운데에 불룩 솟아 있는 두 개의 물체가 히로토의 살갗을 간질였다.

그만두면 좋으련만, 평소보다 불룩 솟아 있다.

(으아앗……!)

히로토가 씰룩대는 걸 보고 에크세리스는 히로토의 가슴에 양손을 돌렸다. 도망치지 못하도록 꽉 껴안고 집요하게 등에 달라붙었다.

(위험하다니까!)

히로토는 몸부림쳤다.

"나, 나, 나, 욕조에서 나가서, 아니, 몸 씻을까."

위험해져서 히로토가 자리를 피하려 하자,

"도망치려는 거지?"

들켜버렸다.

위험해.

"이쪽 봐."

히로토는 흠칫 놀랐다. 돌아보면 평소처럼 정면에서 안으려 들 게 틀림없다. 그랬다간 끝장이다. 건강해진 걸 들킬 거다.

"돌아 봐주지 않는 거야?"

돌아볼 수밖에 없었다. 마기아 사자는 격퇴했어도 에크세리스를 피하는 건 무리였다.

히로토는 꿈지럭꿈지럭 에크세리스 쪽으로 돌아보았다. 그 순간 에크세리스가 정면에서 히로토에게 안겨 왔다. 힘껏 히로토의 가슴팍에 가슴을 밀어붙였다. 그리고 아래로——.

(거긴 안 돼!)

히로토는 저도 모르게 허공을 보며 저항했지만, 허망하게도 히로토는 패배했다.

에크세리스가 기쁜 듯이 더욱더 밀착했다.

"다른 사람의 유혹에 넘어가면 안 돼."

"이런 걸 또 누가 한다고."

히로토가 대답하자,

"또 있어 ♪"

활달하고 구김살 없는 목소리가 들려왔다. 에크세리스가 돌아보자 발큐리아가 서 있었다. 히로토와 에크세리스가 사라져서 상황을 보러 온 듯하다.

에크세리스가 어서 들어오라는 양 뒤로 물러나고,

"히~로토♪"

발큐리아가 힘껏 히로토에게 정면으로 안겨 왔다. 가슴팍에서 튕겨 나올 듯이 부풀어 오른 가슴을 들이댔다.

에크세리스보다 탄력 발군의 로켓 가슴이, 존재감이 넘쳐 나는 폭발할 듯한 가슴이, 이래도 안 넘어올 테냐는 듯 히로토의 몸을 간질였다.

"아니 잠깐……!"

히로토는 또 패배하고 말았다.

3

네스트리아는 흔들리는 마차에 몸을 싣고 사라브리아를 남하하던 참이었다.

히로토의 언변은 철벽이었다. 게다가 방패로서 막강할 뿐만 아니라 창으로서도 뛰어났다. 아무리 공격해도 틈을 발견하지 못하고 역습을 당했다.

(정말로 엄청난 꼬마다.)

변경백은 강했다. 아마 자리아보다도 강할 거다. 외교의 장에서 퓨리스 재상과 장군 둘을 끙끙대도록 했다는 건 헛

소문이 아니었다. 우르세우스 왕이 가장 쉽지 않은 인물이라 평가할 법했다. 레그르스 공화국의 코그니타스 최고 집정관도 변경백을 히브리드에서 중요한 인물로 평가한다는 얘기를 들은 적이 있다.

보기 좋게 완패했다. 하지만 원하는 건 손에 넣었다. 상대의 힘을 확인할 수 있었다.

교섭장에 저 애송이가 나오면 모든 게 뒤집힐 것이다. 그를 막는 최선의 수는 아예 교섭장으로 끌어내지 않는 것이다.

어쨌든 첫 번째 임무는 끝났다. 남은 건 두 번째 임무다.

2인승 마차가 멈췄다. 문을 열고 내리자 항구가 보였다. 테르미나스 강이 펼쳐져 있었다.

호위병에게 안내를 받으며 네스트리아는 배에 올라타 바로 안쪽 선실로 쑥 들어갔다. 시녀가 포도주를 내밀었다.

"파르바이 백작은?"

"이미 후작에게. 지금쯤 설명하고 있겠지요."

네스트리아는 고개를 끄덕였다.

"배를 띄워라. 우리도 합류하겠다."

제5장 대귀족

1

높은 곳에선 코스 전체가 잘 보인다. 장대한 미끄럼틀이 오른쪽으로 왼쪽으로 커브를 그리다 마지막에 풀장으로 쑥 돌진하듯 되어있었다. 안셀 주 주장관 별채의 워터 슬라이드이다.

왜 난 또다시 여기에 온 걸까, 하고 소이치로는 자문했다.

임무?

답은 눈앞에 있었다. 소이치로 앞에서 보드에 탄 자그마한 뱀파이어족 소녀가 돌아보았다. 워터 슬라이드에서 놀고 싶다고 말을 꺼낸 장본인, 큐레레이다.

큐레레와 있으면 천진난만 그 자체다. 왜 마기아 왕국이 이런 천진난만한 소녀들을 몹시 싫어하는지, 소이치로는 이해할 수 없었다.

레그르스 공화국은 이 주변에서 가장 학문이 발달한 곳이라는 이야기를 들은 적이 있다. 그래서 소이치로 일행이 있던 세계의, 세력균형 같은 걸 생각해낸 것이리라.

하지만 소이치로가 살던 세계의 세력균형은 적대 세력과 아군 세력의 균형이었다. A국과 B국 사이의 균형이 아니라, A국 진영과 B국 진영 사이의 힘의 균형이다. 엘프들이 주장하는 건 진영과 진영 사이의 힘의 균형이 아니다. 즉 엄밀히 말하면 세력균형이 아니다.

마기아 사절은 위협이라는 단어, 균일한 힘이라는 단어를 강조했다. 그렇게 위협적인가 하고 소이치로는 생각했다. 매일 아침 책, 책, 하며 조르지만, 딱히 위협적이지 않았다.

"소이치로, 가자, 가자~ ♪"

큐레레가 신나게 떠들었다. 빨리 출발하고 싶은 모양이다.

"그래, 가자."

소이치로는 보드를 발로 차 급경사로 기세 좋게 내달렸다. 큐레레가 두 손을 놓고 괴상한 소리를 질렀다.

2

온화한 햇살이 광대한 저택의 정원을 내비치고 있었다. 네모나게 공을 들여 다듬은 어린아이 키 정도의 정원수가 몇 미터 간격으로 에워싸고 있었다. 하늘에서 보면 정원수는 미로처럼 보였으리라.

정원에는 흔들의자가 놓여 있었다. 의자에는 깃털 장식의 모자를 쓴, 폭발할 듯한 가슴의 귀부인이 앉아 있었다.

칠흑 같은 머리에 귀족다운, 고귀한 푸른빛의 밝은 눈동자. 모성적인 온화함을 띠는 둥그스름한 콧등.

페르키나 드 라렌테 백작이다. 폭발할 듯한 가슴의 백작은 진홍빛 드레스에서 하얀 가슴골을 내보이면서 험악한 표정으로 편지를 읽고 있었다.

편지를 보낸 상대는 변경백 히로토였다.

《최고법원의 심문 요구에 대해, 각하는 동의 성명을 하지 않았다고 들었습니다. 각하의 후의에 깊이 감사드립니다.》

댁을 기쁘게 하려고 서명을 거절한 게 아니야, 하고 페르키나는 가슴속으로 중얼거렸다. 본심을 말하면 서명하고 싶었다. 자신과 요아힘 전하의 꿈을── 퓨리스와 전쟁의 실마리를 마련해 북 퓨리스 왕국을 재건한다는 꿈을 깨부순 남자다. 한껏 골탕 먹이고 싶었다. 다만 그러지 않았던 건 정치적 후각 때문이었다.

변경백은 가끔 편지를 보내온다. 이쪽은 아직 한 번도 답장하지 않았다. 요아힘 전하를 테르미나스 강 건너편 기슭으로 데려다준 일은 감사하지만, 그것뿐이다.

《일전에 마기아 왕국의 친위대 대장 네스트리아와 얘기를 했습니다. 예전 왕자의 경비대 대장을 맡았던 여성입니다. 히브리드의 하늘의 힘은 주변 나라를 위협하고 있으며, 힘이 균등해야만 평화가 유지될 수 있다고 하기에, 그래서 평화가 성립한다면, 지금은 모두 균등한 힘을 가지고 있어 평화로우니 비난은 합당치 않다고 돌려주었습니다. 조금은 이해한 모양이지만, 우르세우스 왕의 이해를 얻었는지는 모르겠습니다. 꼭 각하의 교시를 받고 싶습니다.》

편지엔 그리 적혀 있었다. 네스트리아가 누군지는 알지 못했지만, 마기아 왕국의 우르세우스는 알고 있었다. 그와는 왕자 시절에 만난 적이 있다. 북 퓨리스를 구하기 위해 싸웠던 자신들에게 자금을 제공해줬다.

《반드시 빚은 돌려받습니다.》

그리 말하며 웃었던 걸 기억한다. 아직도 빚을 갚지 못했다. 언젠가 반드시 갚을 생각이다. 빚은 갚는 게 히브리드 귀족의 오래된 법도다. 빚을 모른 척한다면 귀족의 불명예. 하물며 대귀족이 그럴 수는 없다.

페르키나는 히로토의 편지를 둘둘 말아 난로에 던졌다. 그러고 나서 다음 편지를 집었다. 보낸 이를 안 순간 성모 같은 미소를 띠었다.

편지 상대는 북 퓨리스 왕국 제1왕위 계승자 요아힘이었다. 요아힘이 12살 때 조국을 빼앗기고 히브리드 왕국으로 도망쳐온 이래, 줄곧 요아힘을 보살펴왔다. 같이 북 퓨리스 국 재건의 꿈을 그려왔다. 반년 전엔 마음을 정하고 안셀까지가, 퓨리스를 자극해 전쟁의 실마리를 마련해 북 퓨리스 재건을 향한 전쟁을 일으키려 했다. 하지만 변경백에게 저지당해, 지금은 얌전히 영지에서 근신 중이다. 지금은 만날 수도 없다. 할 수 있는 건 편지뿐이다.

같이 꿈이 좌절된 몸이지만, 이 수개월 사이 요아힘은 급속히 어른으로 성장했다. 세상 물정 모르던 왕자에서 세상을 알고 분별력이 생긴 왕자로 완전히 변모했다.

《북 퓨리스 재건의 꿈은 왕자로서 물론 버리진 않았습니다. 하지만 북 퓨리스 인을 불행에 빠트려가며 재건할 생각은

없습니다. 조국 재건은 우리 백성의 행복이 되어야만 의미가 있습니다.》

반년 전이라면 이런 말을 했을 리가 없다. 요아힘은 조국 재건의 꿈을 꾸기만 하던 왕자에서 좋은 정치가로 변신 중이다. 그 계기를 부여한 사람이 조국 재건을 방해하던 변경백 히로토라는 게 참으로 아이러니하지만——.

《실은 또 키가 조금 자랐습니다. 늘 누님은 절 내려다보며 말을 거셨는데, 머지않아 제가 내려다보게 생겼습니다.》

그런 식으로 농담이 적혀 있었다.

만나고 싶다.

슬쩍 보는 것만으로도 좋으니까, 뒤에서라도 좋으니까, 전하의 건강한 모습을 보고 싶다.

하지만 재회는 엄격히 금지돼 있다. 요아힘에게 쓸데없는 바람을 불어넣어 나라를 흔들지도 모른다고 모르디아스 1세가 경계하고 있기 때문이다. 그만큼 자신은 신용이 없는 것이다. 얌전히 있는 것 이외에 길이 없다. 세상으로 가는 길은 자숙으로 막혀 있다.

3

예전 히로토를 유죄로 만들려고 결집했던 자들이 히브리드 왕국의 수도 부근, 벨페골 저택에 모여 있었다. 벽화가 그려진 50㎡ 정도 되는 방 천장엔 묵직해 보이는 샹들리에

가 달려 있다.

히브리드 귀족 네 사람은 제각기 긴 테이블 의자에 앉아 있었다. 한 사람은 귀족계의 중진이자 전 재상인 벨페골 후작이었다. 그 옆에 격식 없이 편하게 앉아 있는, 네모진 바위 같은 얼굴과 멀뚱거리는 듯한 눈을 한 남자가, 라스무스 백작이었다. 직선적인 콧날과 아주 펑퍼짐한 콧방울이 인상적이었다.

조금 떨어진 의자에 앉아 있는 이가 회색빛 머리를 7대3으로 가른, 얼굴이 장방형인 남자였다. 자못 문학적인, 유약하고 비위에 거슬리는 분위기가 있다. 붉은 타이츠를 신고 그 위에 목에서 넓적다리까지 덮는 하늘색 상의를 입고 있었다. 피나스 재무장관이다.

세 사람에게서 가장 떨어진 의자에는 아름다운 장방형 얼굴에 가는 콧날, 눈썹이 긴 아름다운 눈과 치아를 가진 미남자가 앉아 있었다. 몸은 홀쭉했지만, 근육이 탄탄했다. 귀족계 최고의 검객, 르메르 백작이었다. 2년 전 막 집안을 이어받은 25세의 청년이다.

"왜 누구도 소리 높여 항의하지 않는 겁니까? 이국의 자가 법을 무시하고 우리 동포를 멋대로 죽였습니다! 지금 항의하지 않으면 언제 항의합니까?!"

조금 히스테릭하게 들릴 만큼 높은 목소리로 르메르 백작이 연상의 세 사람에게 물었다. 그는 당장이라도 폭발할 것 같았다.

벨페골 후작은 쓴웃음이 났다. 젊음은 건 늘 분노와 함께 한다. 그건 사람을 파멸에 이끌기도 하지만, 이해 못 할 일은 아니었다.

사건의 발단은 3개월 전으로 거슬러 간다.

노브레시아 주장관 볼고르 백작의 아들이 미라족 소녀를 강간했다. 미라족은 고등법원에 고소했지만, 증거 불충분으로 받아들여지지 않았다. 그래서 변경백 히로토에게 직소, 히로토가 노브레시아 주로 향했고, 볼고르 백작 아들을 처형까지 이끌었다.

벨페골 후작 일행은 변경백의 행위가 왕령 위반 가능성이 있다고 보고, 고등법원의 심문을 요청. 변경백은 왕도로 가 심문을 받았다. 하지만 변경백은 무죄를 받아냈다. 그 일로 분개한 볼고르 백작이 귀향 중인 변경백을 습격, 불을 내 태워 죽이려 했으나, 변경백은 미라족의 도움으로 목숨을 구했고 도리어 볼고르 백작의 범행이 밝혀져 뱀파이어족에게 살해당했다.

대귀족들은 백작을 동정했고 뱀파이어족에게 분개했다. 귀족의 처분은 국왕의 권리다. 그런데도 뱀파이어족이 멋대로 귀족을 죽이다니, 이게 무슨 짓인가. 변경백은 왜 그들을 말리지 않았는가. 변경백이 지시한 일이 아닌가. 변경백도 뱀파이어족도 퓨리스로부터 나라를 지켰다고 교만해진 거 아닌가 하고 분노하는 귀족도 있었다.

"뱀파이어족에게 귀족을 단죄할 권리는 없습니다! 귀족을 단죄할 권리를 가진 건 오직 국왕 한 분뿐입니다!"

르메르가 열변했다.

"그럼 그리 폐하께 말씀드리시죠. 출입금지를 당해도 저는 모릅니다? 폐하는 필시 화를 내실 거요. 네 얼굴 따위 보고 싶지 않다, 두 번 다시 오지 말라고 말씀하실 테지. 볼고르의 '불'자만 꺼내도 폐하는 심기가 언짢아지신다고 하니까. 폐하가 총애하는 변경백을 살해하려고 했으니까 말이오."

라스무스가 쌀쌀하게 대답했다.

"하지만──."

"조금은 페르키나를 본받아 얌전히 있으시오."

라스무스가 다시금 진압하러 나섰다. 페르키나는 르메르와 같은 국경기사단 멤버로 기사단의 중심적인 존재다.

"저 암여우를 본받을 필요는 없네. 최고법원의 심문 요청 때도 저 암여우는 서명을 거절했어. 빌어먹을 기회주의자."

벨베골이 투덜댔다.

한순간 침묵이 흘렀다. 벨페골과 페르키나 사이엔 갈등이 있다는 걸 여기 모인 이들은 다들 알고 있다.

"어쨌든 할 말은 해야지요. 그게 지금이라고 말씀드리는 겁니다."

르메르가 끈덕지게 물고 늘어졌다.

"지금이 아닐세. 우리가 이러지 않아도 조만간 기회가 올 거야."

벨페골 후작은 조용히 되받아쳤다. 르메르가 쳐다본다. 벨페골은 설명을 계속했다.

"마기아는 반드시 움직일 걸세. 나사르 1세는 확고한 신념의 평화주의자였지만, 아들 우르세우스는 달라. 우르세우스는 히브리드가 하늘의 힘을 가지고 있다고 생각하지. 그는 그게 위협이라고 나사르 1세에게 줄곧 진언해왔어. 우르세우스는 레그르스 엘프의 생각에 영향을 받았네. 평화는 균등한 힘 위에 성립한다는 생각 말이야. 이제 왕이 되었으니, 그 생각을 밀어붙이려 하겠지.

"그럼 그땐 볼고르 백작의──."

"백작 일은 잊게. 결말이 어찌 됐든 사형은 면할 수 없었네. 변호할 여지가 없어."

벨페골은 딱 잘라 말했다.

"하지만 아무것도 안 하고 모른 척할 순 없습니다. 하다못해 간접적이라도 변경백을 견제해야 하지 않습니까?

하고 피나스 재무장관이 제안했다.

"변경백이 건설한 사라브리아 주에서 안셀 주에 걸친 감시탑 말입니다만, 꽤 숫자가 많은지라 어느 정도 인건비가 든다는 모양입니다."

"그건 국고에서 지원하는 게 아니요?"

라스무스 백작이 피나스에게 추궁한다.

"네, 그렇습니다만, 감시원의 70%는 인간, 나머지 30%가 미라족입니다. 다만 미라족에게도 인간과 같은 금액을 주는 모양이더군요. 지금의 3분의 1로 하든지, 2분의 1을 세금으로 부과해 인건비를 바치게 하는 건 어떨까요."

"긁어 부스럼 만드는 꼴이 될 거요. 미라족을 건드는 건 변경백을 건드는 거나 마찬가지. 저 남자를 끌어들여선 안 되오."

라스무스가 못을 박았다. 피나스는 침묵했다. 계속 부정당해 조금 불만인 듯하다.

벨페골 후작이 끼어들었다.

"변경백에게 목줄을 달 기회는 반드시 올 걸세. 우르세우스가 압력을 가하면 가할수록 우리에겐 좋은 기회가 되겠지. 직접 실각시키는 건 불가능해도 족쇄라면 어려울 것 없을 거야."

"어떻게 말씀입니까?"

르메르가 묻는다.

"법안이라는 건 불사조 같은 걸세. 하나가 폐기되면 다시 제출하면 되는 게 법이지."

르메르가 침묵했다.

2달 정도 전에 벨페골 후작 일행은 모르디아스 1세에게《변경백에 관한 법령》개정안을 제출했다. 개정안은 다음과 같았다.

하나. 변경백은 사라브리아, 오르시아, 하갈, 안셀 4개 주에서 밖으로 나올 수 없다.

둘. 변경백은 자신이 통치하는 주의 주민이 접수하는 진정만을 받도록 한다.

셋. 변경백은 추밀원에 가입할 자격을 가지지 못한다.

넷. 변경백 임기는 최장 2년으로 한다.

다섯. 변경백이 왕령 위반을 범했을 경우, 즉시 해임한다.

변경백의 행동 범위를 제한해, 영향력을 억제하고자 했던 안이었으나 모르디아스 1세는 속공으로 거절했다.

"통하겠나?"

라스무스가 물었다. 벨페골 후작은 즉답했다.

"마기아가 움직이면 통하기 쉽지."

"우르세우스 왕이 시끄럽게 떠드는 정도론 폐하는 움직이지 않아. 파노프티코스도 반대할 거고."

"그건 우르세우스 왕이 얼마나 애쓰는지에 달렸지."

벨페골 후작이 히죽 미소를 짓는 참에 집사가 방으로 들어왔다.

"파르바이 백작이 오셨습니다."

일동은 서로 마주 보았다. 파르바이 백작은 마기아 왕국의 대귀족이다. 네 사람 다 친분이 있는 인물이다. 그리고 백작 뒤엔 마기아 왕이 있다.

"아무래도 하늘이 도우시려는 모양이군."

벨페골 후작은 웃어 보였다.

4

방에 모습을 보인 건 위아래를 마름모꼴로 잘라 육각형으로 만든 듯한 윤곽의, 온화한 털보 남자였다. 품위 있는 콧수염에 짧은 턱수염, 그리고 공을 들여 다듬은 구레나룻이 품격을 보여주고 있었다. 이마는 넓고 머리 회전이 빨라 보였다. 알맞은 몸집에 보통 키지만, 궁술이 특기라고 들었다.

마기아 왕국의 대귀족, 파르바이 백작이었다. 바로 뒤엔 하늘색의 화려한 드레스를 입은 가슴이 빈약한 젊은 여자가 있었다. 막 결혼한 새 신부가 있다고 들었는데 그녀가 그런 모양이다. 새 신부는 마기아 사람과 히브리드 사람 사이에서 생긴 딸로, 반은 히브리드 인의 피가 흐른다. 막 결혼한 참에 히브리드 왕국까지 여행하러 온 것이리라.

재상 시절, 파르바이 백작하곤 몇 번이나 만났다. 왕국 내부를 살피기 위한 연락망이었다. 동시에 만일에 하나 왕국과 문제가 생겼을 경우를 대비한 열쇠이기도 했다. 그건 서로가 그랬을 터이다.

"심신이 건강해 보이시는 부인의 마음에 사랑의 화살을 꽂으셨군요. 역시 탁월한 궁술이십니다."

벨페골 후작은 일어서 유쾌한 농담으로 맞았다. 파르바이 백작도 미소로 농담을 받으며 두 사람은 포옹을 나눴다.

"실력은 꽤 떨어졌습니다. 마기아에 오랫동안 전쟁이 없었던지라 이제 녹이 슬었어요. 아내 마음을 명중시키는 게 고작입니다."

파르바이 백작이 대답했다.

"이런, 아직 큰일이 남아 있지 않습니까. 강한 사내아이를 낳으셔야지요."

벨페골 후작이 격려했다. 파르바이 후작은 웃었다. 그러고 나서 이번엔 라스무스 백작과 악수했다.

"부디 마음껏 여기서 지내주세요. 뭐, 제집은 아니지만."

라스무스 백작의 농담 섞인 말에 파르바이 백작이 웃는다.

"귀국하기 전까지 여러분의 후의를 감사히 받겠습니다."

파르바이 백작이 대답하자,

"지금 마기아와의 국경지대엔 도적이 출몰한다고 들었습니다. 깊은 숲속에 숨어 있지요. 전부 개간해버리는 게 좋을 것 같습니다. 개간하면 안 되는 건 늙은이 머리뿐이에요."

"아니, 정말 어찌 그리도 옳은 말씀을."

라스무스 백작의 농담에 파르바이 백작이 양 입가를 올리며 웃어 보인다. 폭소하는 모습을 보이지 않는 게 대귀족답다.

"파르바이 백작님, 꼭 궁술을 저에게 가르쳐주시지요. 검은 자신이 있으나 궁술이 서툰지라. 백작님이 계시는 동안 극복할 수 있으면 돌아가신 부친께서도 기뻐하실 테지요."

하며 르메르 백작이 악수를 청했다. 파르바이 백작은 손을 잡으며,

"얼마나 도움이 될지는 모르겠지만, 저 같은 사람도 괜찮으시다면."

하고 겸손하게 대답했다. 그러고 나서 피나스와 악수하고, 새 신부가 대귀족들에게 인사를 마치고 나서 파르바이 백작

부부는 자리에 앉았다. 포도주가 나오자,

"재회를 즐기는 자리에서 이런 말씀을 드리는 건 좀 부적절할지도 모르지만, 볼고르 백작이 돌아가신 일은 안타까웠습니다. 지난번에 히브리드를 여행했을 땐, 백작 저택에서 체류했었습니다."

파르바이 백작이 말을 꺼냈다.

"안타까운 일이지요."

벨페골 후작이 동의한다.

"이번에도 노브레시아에 가시는 겁니까?"

라스무스 백작이 물었다. 볼고르 백작은 노브레시아 주의 주장관이었다.

"아닙니다. 이번엔——."

"잘 생각하셨습니다. 지금은 노브레시아에도 흡혈귀가 날고 있어서 말이죠. 엘프들이 사라브리아와 연락할 때 이용하는 모양이더군요. 실로 한탄스러운 일입니다. 하늘은 오직 구름과 새들의 것입니다. 흡혈귀의 것이 아니에요. 괴물 모습을 봐야 한다니, 여행의 감흥도 마치 안개처럼 사라질 겁니다."

벨페골 후작의 말에 파르바이 백작은 고개를 끄덕였다.

"참, 지인한테서 편지를 받아서 왔습니다. 부디 읽어주시지요."

하며 백작은 벨페골 후작에게 편지를 건넸다.

"고귀한 분이 보내셨습니다. 아주 중요한 소식입니다."

하며 파르바이 백작이 속삭였다. 후작은 이미 편지를 펼쳤다.

《아주 고귀하고 용맹한 마기아 왕 우르세우스로부터, 히브리드의 주옥이신 벨페골 후작에게 삼가 보낸다. 짐의 소망은 마기아와 히브리드, 양국이 평화와 우호를 지속하는 것. 그러나 그 길을 방해하는 위협이 두 가지 있다. 첫째로는 뱀파이어족, 둘째로는 변경백. 한 나라만 하늘의 힘을 가지는 당치 않은 일. 짐과 귀하가 힘을 합쳐 인근 제국의 평화를 실현해야 한다. 상세한 이야기는 친위대 대장에게 일임하니 꼭 후의를 베풀기 바란다.》

편지는 마기아 왕이 보낸 것이었다. 왕이 직접 한 협력 요청이다.

(허, 나에게——.)

저도 모르게 미소가 기분이 좋아지면서,

(역시 예상한 대로다.)

하며 자신의 지성에 대한 만족의 미소가 배어 나왔다. 마기아 왕이 교체된 순간, 자신은 간파했던 일이다.

(문제는 내용인데, 이걸로 일이 재미있어지겠는걸.)

벨페골 후작은 편지를 접고 호호야 할아범처럼 활짝 웃음꽃을 피웠다.

"아주 명예로운 일입니다. 이 벨페골, 상당히 흥미롭습니다. 상세한 이야기를 기대하고 있겠습니다."

제6장 왕의 원점

1

지름 수 미터의 거대한 빛의 구슬이 엄숙한 분위기 속에 높다란 거치대 위에서 빛나고 있었다. 마기아 왕국의 수도에 우뚝 솟은 바후람 대성당의 정령의 불이다. 즉위식도 거행된 정령의 불 아래에 거인이 무릎을 꿇고 있었다. 우르세우스 왕이다. 한쪽 무릎을 꿇고 일심으로 기도를 올리고 있다.

대성당은 왕궁에 인접해 있다. 비밀 통로를 이용해 누구도 알지 못하게 여기에 올 수 있다.

유학했던 레그르스에서 귀국했을 때도 종종 여기를 다녔다. 부왕이 의견을 들어주지 않았을 때도 여기에 왔다. 항상 여기에 오면 레그르스에서의 일을 떠올린다. 1년 전, 자신이 위협에 대해 생각하게 된 사건을──.

2

1년 전, 자신은 레그르스 공화국에 유학 중이었다. 그때 코그니타스 님으로부터 사라브리아 분쟁에 대해 들었다. 마침 코그니타스 님에게서 퓨리스의 육군은 최강이라고 들었던 터라 깜짝 놀랐다. 허둥지둥 네스트리아의 방으로 달려갔다.

《일만의 퓨리스 병이 흡혈귀한테 죽임을 당했다! 테르미나스 강의 상공은 붉고 검은 두 색으로 물들었다고 한다!》

우르세우스의 말에 네스트리아는 놀라워했다. 입을 벌렸지만 바로 말이 나오지 않았다.

《히브리드 군은——?》

《고작 천 명이다! 흡혈귀의 수는 모르겠다! 지금 코그니타스 님께 직접 들었다!》

네스트리아가 말을 잃었다. 입을 와들와들 떨고 있다.

《사라브리아 주장관이 아군으로 끌어들였다고 한다. 히로토라는 애송이다. 도하 중인 퓨리스 군을 흡혈귀가 습격한 모양이다.》

《흡, 흡혈귀가 말입니까? 하지만 뱀파이어족은 인간과 적대 관계 아니었습니까? 피를 빨려 몇이나 되는 인간이 죽었다고…… 인간들 편을 들다니, 들은 적이 없습니다. 무슨 착오가 있으신 건……?!》

우르세우스의 말에 네스트리아의 목소리가 확 올라갔다.

《엘프가 거짓말을 할 리 없다. 하지만 나도 정말인가 싶어 어찌할 바를 모르고 있다. 코그니타스 님은 곧잘 전해 들은 말만 믿으면 안 된다고 했었다. 젊을 땐 자기 발로 걷고 자기 눈으로 봐야 한다고. 지금이 그때가 아니겠느냐?》

즉시 네스트리아가 대답했다.

《폐하를 따르겠습니다.》

3

5개월 후——.

수수한 크림색 두건을 쓰고 남녀 둘이 프리마리아 항구를 방문했다. 엘프 상인과 함께 테르미나스 강을 보고 있다.

우르세우스와 네스트리아였다. 코그니타스에게 부탁해 엘프 상인을 따라 몰래 히브리드를 방문하고 있었다.

《배를 연결해 만든 다리는 딱 저 근처, 강 정중앙까지 뻗어 있었다고 합니다. 히브리드 군은 그걸 지켜볼 수밖에 없었다고.》

《그래서 뱀파이어족 수는? 몇 명이 퓨리스 군을 습격했느냐?》

《천 명 정도였다고 합니다.》

《천 명……?!》

우르세우스는 말을 잃었다.

《고작 흡혈귀 천 명에 일만의 퓨리스 군이 무너졌단 말인가?》

천 명의 히브리드 병사와 천 명의 흡혈귀—— 겨우 이 천의 병사로 일만의 퓨리스 군을 격퇴했다는 건가?

《도하 중에 들이닥쳤다고 합니다. 한 명이 맹렬히 강 위를 달려나가자, 배로 만든 다리는 모조리 뒤집히면서 도하

중의 퓨리스 군이 강으로 내던져졌다고 합니다. 그 퓨리스 군을 상공에서 뱀파이어족이 한 사람 한 사람 화살로 쏴 죽였다고 합니다. 물에 빠진 자도 많았다고.》

《히브리드 군은?》

《마찬가지로 천 명밖에 없었던 듯합니다. 히브리드 측 기슭에 당도한 자를 처리하는 역할이었던 모양입니다. 승리의 주역은 뱀파이어족입니다. 그리고 뱀파이어족을 데려온 건 변경백입니다.》

《히브리드 쪽 사망자는?》

《없습니다. 뱀파이어족도 마찬가집니다.》

우르세우스는 침묵했다. 더욱더 있을 수 없는 일이었다.

《화살은 녀석들에게 도달하지 않느냐?》

《그런 모양입니다. 화살이 닿지 않는 높이에서 퓨리스 군을 쐈다고 합니다. 강에 떨어진 걸 하늘에서 노리면 제아무리 퓨리스 군이라도…….》

《하늘…….》

우르세우스는 침묵했다. 우르세우스는 하늘에서 뱀파이어족이 덮쳐오는 모습을 상상해보았다. 하늘이 천 명의 뱀파이어족으로 메워지는 광경—— 흡사 이 세상의 종말이었다.

《흡혈귀들이 낮게 날지는 않느냐? 화살이 닿을 일이 있긴 하느냐?》

《뱀파이어족은 평소에도 높이 납니다. 너무도 높이 날기 때문에 지상에서 보면 새로밖엔 보이지 않습니다. 물론 화

살은 도달하지 않습니다. 마을 안에선 낮게 날지만, 애초에 화살을 겨누는 자가 없습니다.》

《요격 불가능인가…….》

위협적이라고 우르세우스는 생각했다. 뱀파이어족은 지금까지 히브리드 왕국 북쪽에서 가끔 인간을 습격하는 야만적인 종족이었다. 한 번도 인간 편에 선 적이 없었다. 그 뱀파이어족이 천 명이나 모여 인간을 위해 싸웠다.

《모든 흡혈귀가 변경백 편에 섰느냐?》

《편에 선 건 두 연합인 듯합니다. 하지만 그것만으로도 상당히 강합니다. 현재 뱀파이어족을 막을 수단이 없습니다. 뱀파이어족은 퓨리스의 수도 바비로스까지 날아가 변경백을 암살하려던 자의 목을 공중에서 내던졌다고 합니다.》

《목…….》

그리 말한 이후 우르세우스는 다시 침묵했다. 지상으로 가면 반드시 퓨리스 군이 오는 길을 막아선다. 퓨리스 국의 수도까지 도달하는 건 불가능할 터. 지상엔 반드시 장애가 있다. 하지만 하늘이라면──.

《그럼, 마을 안으로 갈까요.》

하며 엘프가 걸어가기 시작했다. 우르세우스도 엘프 뒤를 따라간다. 준비해둔 말에 올라탔다. 말이 거리를 걸어가기 시작했다. 저 너머로 변경백이 머무는 도미나스 성이 보였다.

하늘에 뱀파이어족의 모습은 없었다. 엘프의 설명으론 퓨리스에서 메티스 장군이 방문 중이라 뱀파이어족이 비행을 삼가는 거라고 했다.

올 시기를 잘못 골랐나 생각했을 때 그들이 나타났다.

그 V자 편대는 천공의 지배자처럼 다가왔다. 돌연 푸른 하늘을 가로막는 검은 그림자가 나타났나 싶더니만 상공을 20명의 편대로 죄다 메웠다.

뱀파이어족들은 마치 마왕 같았다. 검은 날개를 펼친 마왕. 뱀파이어족들은 하늘의 왕자였다. 육지는 너희들의 세상일지라도 이 하늘은 우리의 세상이라고 말하는 양 검은 위용을 보란 듯이 내보이며, 푸른 하늘을 가로질러간다. 게다가 그들에겐 누구도 손가락 하나 건들 수 없다. 화살도 도달하지 않는다. 우르세우스는 검은 V자 편대가 태양을 가로막는 마물처럼 보였다.

20명의 뱀파이어족은 바쁘게 동쪽으로 향하고 있었다. 동쪽—— 그 너머엔 조국 마기아 국이 있다.

(어디로 향하는 거냐?!)

(설마 우리나라?!)

불길한 모습에 불길한 예감이 스쳤다.

뱀파이어족 무리는 바로 검은 점이 돼 보이지 않았지만, 우르세우스는 압도당했다. 말은 나오지 않았다.

저것이 뱀파이어족이로구나.

저것이 일만의 퓨리스를 거의 전멸시킨 괴물이로구나…….

그 후 수일이 지나 우르세우스 일행은 그 뱀파이어족 편대가 페르키나 백작과 북 퓨리스 왕국 제1왕위 계승자 요아힘을 잡으러 간 걸 알았다. 고작 몇 시간 만에 뱀파이어족은 안셀 주에 도착, 두 사람의 신병을 확보했다고 한다. 놀랄 만한 기동력이었다. 테르미나스 강을 내려가는 것보다 빠르다. 변경백은 저런 자를 천 명이나 거느리고 있다.

돌아오는 배 안에서 우르세우스 왕자는 지도를 꺼냈다. 사라브리아 주 주 수도 프리마리아에서 안셀 주 수도 페오까지 손가락으로 더듬더듬 짚어보았다.

《여기까지를 몇 시간 만에…….》

마기아 왕국에서 테르미나스 강을 따라 서진── 즉 상류로 거슬러 올라가면 히브리드 왕국으로 들어간다. 마기아 왕국의 서쪽 옆이 히브리드 왕국이다. 엄청난 기동력을 가진 자가 옆에 있는 것이다.

《하늘의 힘인가…….》

하고 다시 우르세우스는 중얼거렸다.

《변경백은 비행 택배라는 걸 만들어 뱀파이어족을 파발꾼 대신으로 이용하고 있다고 합니다. 하늘을 나는 만큼 상당히 빨리 편지가 도착한다고.》

네스트리아의 설명에 지도를 본 채 우르세우스는 고개를 끄덕였다.

《코그니타스 님도 세력도가 변하려 한다고 말했어. 사라브리아 침공 이전과 이후로, 힘의 균형이 변했다고. 지금 가장 기세가 있고 힘이 있는 건 변경백이야. 하늘은 막을 수 없어.》

그리 말하고 침묵했다.

《하늘의 힘 앞에선 강도 방벽이 못 돼. 숲도 벽이 못 돼. 하늘의 힘을 가진 이상, 히브리드는 어디든 흡혈귀를 파견할 수 있어. 물론 우리나라에도 말이야.》

4

우르세우스는 회상에서 깨어나 아득히 높은 머리 위의 정령의 불을 올려다보았다.

이 나라의 방패는 너무나 무력하다. 변경백과 뱀파이어족 앞에선 너무나 무력하다. 히브리드 왕이 퓨리스 군에 대한 대비를 충분히 하지 않은 것처럼, 부왕도 히브리드 군에 대한 대비를 충분히 하지 않았다. 그 결과가 이거다. 변경백은 지금 언제든 마음대로 우리나라 수도를 노릴 수 있다——뱀파이어족을 이용해서.

하늘의 힘을 깎아야 한다. 시대는 변하고 있다. 그 시대에 필요한 나라의 방패가 필요하다.

그리 생각하고 부왕에겐 몇 번이고 진언했다. 하지만 들어주지 않았다. 뱀파이어족은 벌떼 같은 존재. 못된 장난을 하지 않으면 공격하는 일은 없다.

나사르 1세는 그 말을 반복했을 뿐이었다.

《전 봤습니다, 아버지. 20명의 뱀파이어족이 검게 하늘을 죄다 메우며 동쪽으로 날아가는 것을. 그 몇 시간 후, 페르

키나 백작이 체포되었습니다. 그들은 퓨리스 수도 바비로스에도 날아가 목을 공중에서 내던졌습니다.》

우르세우스의 열변에,

《그건 퓨리스 왕이 뱀파이어족을 화나게 했기 때문이다.》

하고 냉담하게 부왕이 대답했다.

《인근 제국 중에 하늘의 힘을 가진 나라는 없습니다. 가진 건 히브리드뿐입니다. 히브리드만 뱀파이어족을 다른 나라 수도에 파견해 목을 공중에서 내던질 힘을 가지고 있습니다. 겨우 몇 시간 만에 주동자를 체포할 힘을 가지고 있습니다. 코그니타스 님도 이걸로 힘의 균형이 변할지도 모른다고 말씀하셨습니다. 얼마 전까진 퓨리스가 강국이 되려던 참이었습니다. 하지만 지금은 히브리드가 강국이 되려 하고 있습니다. 그리고 히브리드는 우리 마기아 옆에 있습니다. 히브리드가 우리와 평화협정을 맺게 해야 합니다. 그런 가운데——.》

《뱀파이어족을 봉쇄하라 할 셈이냐? 모르디아스 1세는 호전적인 왕도 야심적인 왕도 아니다. 그런 왕에게 평화협정을 들이밀면 그에게 믿지 못하겠다고 말하는 거나 마찬가지다. 그런 짓은, 짐은 할 수 없다.》

《히브리드의 위협에 놓이셔도 상관없으십니까? 게다가 지금의 히브리드 왕자가 즉위하면 반드시 폭——.》

우르세우스의 열띤 질문에 부왕은 차갑게 대답했다.

《히브리드에 위협은 없다.》

부왕이 죽었을 때 천운이라고 생각했다. 정령은 자신에게 마기아의 방패를 적절하게 만들라고 명했다. 그래서 부왕을 죽게 하고, 자신을 왕으로 앉힌 것이다.

우르세우스는 눈을 감았다.

(짐을 바른길로 인도하소서……우리나라에 평화와 번영을 가져오소서…….)

기도했다.

(우리나라에서 모든 위협을 없애소서…….)

제7장 밀약

1

페르키나가 주장관을 맡은 시길 주——.

그 시길 주와 테르미나스 강을 사이에 둔 퓨리스 왕국 강가에 이백의 퓨리스 군이 나타났다. 퓨리스 장군 게르메슈 휘하의 기병대이다. 무장한 채 1km 가까이 연안을 행진하다, 일단 강에 들어갔다. 언제든 강을 건널 수 있다 하고 위협하듯 힘차게 물보라를 일으키며 앞으로 나아가다, 다시 땅으로 올라와 언덕 너머로 사라졌다.

2

넓은 정원에 한 연못이 눈부시게 햇살을 반사하고 있었다. 연못물은 조용히 물가에 밀려들고 있다. 광대한 울타리에 둘러싸여 있으면, 여기가 히브리드라는 걸 잊어버릴 것 같았다. 하지만 여긴 이국의 땅이다. 조국 북 퓨리스가 아니다. 그리고 조국은 이미 8년 전에 잃어버렸다. 라켈 공주의 동생이자 북 퓨리스 왕국 제1왕위 계승자 요아힘이다.

"이곳 모래는 역시 거칠어."

하고 중얼거렸다. 조금 쓸쓸해 보였다.

망명 생활은 숨이 막힌다. 누님을 향한 암살령은 사라졌지만, 자신을 향한 암살령은 아직 남아 있다. 게다가 자주 놀러 오던 누님이 마기아에 사자로 갔다. 마기아 왕이 죽었다고 하니 당분간 돌아오지 않을 것이다.

　하다못해 페르키나 백작을 만날 수 있으면……하고 요아힘을 생각했다. 나라를 잃고, 왕이 희생되고, 많은 친족을 잃고 상처 입은 자신을, 상냥하게 맞아주며 이 은신처를 마련해준 이가 페르키나 백작이었다.

　이후 8년――.

　항상 조국 재건의 길로 자신의 눈을 향하게 해주었다. 자신이 망명지에서 조금이라도 왕족답게 있을 수 있었던 건 누나와 페르키나 백작 덕분이다. 백작과 둘이서 엮어왔던 페오의 꿈은 무너졌지만, 후회는 없다. 하지만 그 일로 인해 백작과 만날 수 없게 되었다. 편지 왕래는 계속하고 있지만, 역시 쓸쓸하다.

　(빨리 폐하의 윤허가 나오면 좋겠는데…….)

3.

　큰 2층 창문으론 중정이 보인다. 페르키나 백작은 하얀 욕조에 풍만한 알몸을 담고 편지를 읽던 참이었다. 뜨거운 물 속에서 하얀 피부가 도드라지면서 가슴이 모습을 드러냈다. 실로 볼륨감 넘치는 폭발할 듯한 가슴이다. 이 가슴을 보고 싶다, 주무르고 싶다, 물고 빨고 싶다고 여기는 남자들은 분명 많으리라. 하지만 페르키나는 남자에게 몸을 허락하지 않았다.

편지는 두 통이었다.

《각하가 마기아 군이 돼 우리나라를 공격한다면 어떤 식으로 부대를 편제하고 어떤 식으로——.》

멍청한 짓을. 무슨 망상인가. 변경백이란 백일몽을 꾸는 자를 말했던가. 답을 하는 것도 멍청하게 느껴졌다.

페르키나는 욕조 옆에 편지를 버렸다.

두 통째는 북 퓨리스 왕족 요아힘이 보낸 편지였다. 순간 미소를 짓는다. 편지엔 누나 라켈 공주가 마기아 국을 방문 중인 사실이 적혀 있었다.

《누님도 이 저택엔 오지 않는 터라 찾아오는 이도 없고 줄곧 홀로 있습니다. 누님은 늘 절 훈계하려 하지만, 없으면 외롭습니다.》

자신이 갈 수 있다면……하고 페르키나는 생각했다. 그러면 전하의 외로운 마음을 달래줄 수 있는데…….

1년?

2년?

도저히 그때까지 기다릴 수 없다…….

4

왕의 집무실 소파에 앉아 모르디아스 1세는 심기가 불편한 표정을 짓고 있었다. 히로토가 마기아 국 친위대 대장 네스트리아와의 회담 내용을 소상하게 적어 보내왔다.

"왜 짐을 제일 먼저 만나러 오지 않는가? 이 나라의 왕은 짐이거늘?! 짐에게 먼저 인사하러 오는 게 도리일 터."

하며 울분을 풀 길이 없다.

"왜 히로토는 면회를 거절하지 않았지?"

"거절해서 양국에 문제가 생기는 걸 피했다고 편지엔 적혀 있습니다."

재상 파노프티코스가 대답한다.

"그래도 거절해야 하는 게 옳지 않나?"

역시 모르디아스 1세는 불만스러워 보였다. 하지만 파노프티코스는 침착했다.

"우르세우스 왕의 목적은 폐하와 변경백의 관계에 균열을 만드는 건지도 모릅니다. 이번 일로 확실해졌습니다. 우르세우스 왕에겐 선왕의 길을 이을 의사가 없습니다. 우르세우스 왕은 뱀파이어족의 힘을 약화할 작정입니다."

"변경백과 뱀파이어족은 우리나라 국경 방위의 주축이거늘."

"그걸 알기에 제일 먼저 변경백을 방문해 폐하와의 사이를 갈라놓으려는 심산이겠지요. 그런 도발에 걸려드는 건 명군이 아닙니다."

그 한 마디에 모르디아스 1세는 침묵했다. 겨우 수긍한 모양이다.

"또다시 올 것 같으냐?"

"아마도 오겠지요."

"짐은 받아들일 생각이 없다."

"하오면 물리치십시오. 어차피 허세입니다. 즉위한 왕이 자신의 위세를 과시하려는 목적으로 하는 짓거리입니다. 선왕이 위대했기 때문에 자신은 다르다는 걸 보여주고 싶은 거겠지요. 마기아 국엔 확실히 항의하겠습니다."

5

마기아 왕국 친위대 대장이 저택에 나타난 건 벨페골 후작이 광대한 저택 식당에서 파르바이 백작 부처와 저녁 식사 뒤의 디저트를 즐긴 후였다. 집사가 내방 소식을 전하러 왔다. 마기아 왕국 분이십니다, 하는 말에 벨페골은 파르바이 백작에게 얼굴을 돌렸다.

"친구분이 도착하신 듯한데."

백작은 누구인지 알아차린 듯하다. 바로 방을 나가 여자와 함께 돌아왔다. 찢겨 나올 듯한 엄청나게 큰 가슴이 붉은 하이레그 풍의 코스튬에 싸여, 걸으면 퉁퉁 튀었다.

"소개하지요. 이쪽은 친위대 대장 네스트리아입니다."

여자는 깊숙이 인사를 해 보인다. 가슴골이 차고 넘칠 만큼 보인다. 벨페골은 욕망을 느꼈다. 상당히 성욕을 부추기는 얼굴이었다.

"식사는 하고 왔느냐? 우린 이미 마쳤는데, 바로——."

"아닙니다, 마실 거면 충분합니다."

벨페골은 고개를 끄덕였다. 실로 요염한 목소리다. 늠름함과 함께 요염함이 목소리에 있다.

벨페골은 파르바이 백작과 함께 자신의 방으로 이동했다. 침실엔 자신과 파르바이 백작과 네스트리아뿐이다.

"각하께서 폐하의 얘기에 몹시 흥미를 느끼고 계신다."

파르바이 백작이 네스트리아에게 전했다.

"폐하께서도 분명 기뻐하실 겁니다. 양국의 평화와 우호는 서로의 노력으로 쌓을 수 있겠지요. 그러려면 양국에 가로놓인 위협을 제거해야 합니다."

하고 네스트리아는 전했다.

위협이라, 흥미진진한 말투다.

"위협이라는 건 지금 내 눈을 자극하는 매력적인 가슴골을 말하는가."

벨페골의 농담에 킥, 네스트리아가 웃었다.

"위협적인가요?"

"실로 위협적이다."

벨페골의 속이 훤히 들여다보이는 농담에, 네스트리아가 킥킥 웃었다. 네스트리아의 어깨가 들썩이고 가슴골이 출렁였다.

"법은 어떤 사람이든 보호해야 합니다. 이국에선 이방인은 이국의 법을 준수해야 합니다. 법을 어기는 자는 양국의 평화를 어지럽힙니다. 이국의 법을 존중하지 않는 자가 어떻게 평화와 안정을 가져올 수 있나요?"

여자의 말에,

(볼고르 백작 사건이군.)

하며 벨페골은 웃었다. 그 사건과 위협을 그런 식으로 연결했구나.

"마기아 왕은 뭘 바라시나?"

벨페골이 묻자,

"양국이 균등한 힘을 가지는 겁니다. 한 나라만 하늘의 힘을, 즉 압도적인 힘을 가지는 건 인근 제국의 평화를 어지럽힙니다. 저희 왕은 그런 상황을 바라지 않았습니다."

"즉 하늘의 힘을 없애라고?"

"그럴 수 있으면 가장 좋겠지요. 그렇지만 현실적으론 변경백 및 뱀파이어족에게 어떤 규제를 하든지, 혹은 변경백과 제휴하는 뱀파이어족 연합 수를 둘에서 하나로 줄이든지, 그런 식으로 마무리되겠지요."

네스트리아는 구체적인 안을 제시해왔다.

(규제인가.)

2달 정도 전에 벨페골 일행은 변경백에 관한 법령 개정안을 제출했다. 변경백의 행동을 제한하려던 것이었지만——.

"우리가 변경백에 관한 법령 개정안을 제출한 일은 알고 계시나?"

"네. 다섯 조항의 개정안이었다고. 우린 제1조에 관심이 있습니다. 거기다 뱀파이어족의 행동도 제한하면 양국의 평화는 확고해지겠지요."

네스트리아가 대답한다. 제1조란,

하나. 변경백은 사라브리아, 오르시아, 하갈, 안셀 4개 주에서 밖으로 나올 수 없다.

라는 것이다. 자세히 조사했군, 하며 벨페골 후작은 감탄했다. 제대로 진위를 확인했다. 제멋대로인 이상이나 믿음으로 움직일 인물은 아닌 듯하다.

"내가 다시 개정안을 제출했으면 하는 건가?"

"적당한 기회에."

하며 네스트리아가 웃는다. 외측에서 마기아 왕국과 손발을 맞추면 뱀파이어족 제한이 더 쉬워진다──그리 생각하는 듯하다.

(나라 안팎에서라니, 제대로 궁리했군. 그거라면 변경백과 뱀파이어족의 위세를 누를 수 있겠지.)

네스트리아는 말을 계속했다.

"저희는 지금 첫 번째 화살을 쏘고 있습니다. 조만간 두 번째와 세 번째 화살도 쏘겠지요. 모르디아스 1세에게 손을 쓰는 건, 필시 세 번째 화살을 쏜 뒤가 가장 효과적이지 싶습니다."

103

네스트리아가 설명했다.

"뭘 할 작정이냐?"

벨페골은 물었다.

"그건 아직 말씀드릴 수 없습니다."

"모르면 협력할 수 없다."

가볍게 협박해보자, 네스트리아가 파르바이 백작에게 얼굴을 돌렸다. 둘이서 얼굴을 바싹 갖다 대며 의논한다. 이윽고 네스트리아가 벨페골에게 얼굴을 돌렸다.

"두 번째 화살에 대해선 말씀드리지요. 우린 인사를 드리려 다닐 겁니다."

"인사?"

"새 왕이 즉위하신 터라 드리는 인사입니다. 히브리드 왕께도 퓨리스 왕께도 그리고 레그르스 국의 최고 집정관께도. 만나면 분명 이런저런 얘기를 하게 되겠지요. 흡혈귀 얘기나 위협에 관한 얘기를——."

벨페골 후작은 가만히 파르바이 백작을 보았다.

오늘 자신에게 한 얘기를 모든 왕에게 한다는 건가.

"포위군."

벨페골은 대답했다. 네스트리아가 웃는다.

"세 번째 화살은?"

"사후의 화살이라고만 대답해두지요."

"사후?"

"누군가를 죽이는 건 아닙니다. 하지만 세 번째 화살은 사후에 쏘게 됩니다. 지금은 거기까지밖엔."

벨페골은 고개를 끄덕였다. 친위대 대장은 대략 개요를 들려준 게 된다.

(하지만 그래선 미적지근해.)

벨페골 후작은 생각했다.

마기아 측의 세 번째 화살과 자신들이 쏜 내측의 화살로 모르디아스 1세를 협공하면 모르디아스 1세는 꺾인다는 생각인 듯하지만, 충분치 않다. 다른 하나, 몰아칠 방법이 필요하다.

"모르디아스 1세는 고개를 끄덕이지 않을 거야. 세 번째 화살을 쏘더라도 여전히 불충분해."

벨페골이 지적하자, 네스트리아가 웃었다.

"히브리드엔 주장관령이라는 게 있다고 들었습니다만."

뭐야, 알고 있었나……하며 벨페골 후작은 웃었다. 벨페골이 생각하던 것과 같았다. 주장관령으로 그걸 하는 것이다.

"하지만 변경백은 어쩔 거냐? 반드시 녀석은 주제넘게 나댈 것이다. 녀석은 강적이야."

"그 일에 대해선 생각이 있습니다."

"미인계로 무너뜨리려나?"

"실은 본인을 만나고 왔습니다."

벨페골은 저도 모르게 미소를 지었다. 꽤 만만찮은데.

"그래서?"

"아무리 흉악한 곰이라도 둥지에서 안 내보내면 아무 일도 없는 거 아닙니까?"

사는 동굴에서 나오지 않는다——.

그 비유에 벨페골은 웃었다.

"못 나오게 할 수 있다고?"

"그러기 위한 세 번째 화살입니다."

그리 말하자 네스트리아는 얼굴을 가까이 갖다 댔다.

"실은——."

하고 귓전에서 속삭였다.

(과연. 그거면 둥지에서 나올 수 없을 터.)

귓속말로 한 얘기 내용에 벨페골은 기분 좋은 듯한, 심술 궂은 미소를 지었다.

(자, 어쩔 거냐?)

벨페골은 생각했다.

만약 오늘 밀담을 모르디아스 1세에게 들킨다면? 자신의 정치적 생명은 끝난다?

상대는 신뢰할 수 있는 파르바이 백작이다. 우르세우스가 변경백과 뱀파이어족의 위협을 줄이고 싶어 하는 생각에 대해서도 의심은 없다. 아마 우려할 일은 없을 터.

위험한 일엔 손을 대지 않는다?

정치란 청렴결백만으론 할 수 없는 법이다. 청렴결백만으론 선택지가 한정돼 반드시 길이 막힌다. 목적을 실현하려면 모든 각도에서의 접근, 다양한 선택지가 필요하다. 세 번째 화살을 던질 수 있는 상황이 될지는 확실치 않지만, 그래도 선택지로 놔두는 건 나쁘지 않다.

다만——안전책은 챙겨둬야 한다. 만일에 하나 누설됐을 경우, 모르디아스 1세에게 변명할 수 있도록.

벨페골 후작은 만족해하며(보험을 깔면서) 대답했다.

"질서와 평화는 폭력에 의해서가 아니라, 법과 말에 의해서 지켜져야 한다. 또한, 양국의 위협은 제거돼야 한다. 양국이 손을 맞잡을 수 있다면, 그건 참으로 기쁜 일. 양국의 평화를 위해 나도, 우리 왕을 위해 그리고 우르세우스 왕을 위해 힘을 보탤 것이다."

네스트리아가 웃으며 정중히 고개 숙여 인사했다. 네스트리아도 큰 틀에서 벨페골 후작이 마기아 왕에게 협력하기로 했다고 이해한 것이다. 히로토와 뱀파이어족을 쫓아내기 위해 우르세우스 왕과 벨페골 후작이 손을 잡은 것이다.

제8장 바후람 왕궁

1

네스트리아가 파르바이 백작 부처를 남겨두고 벨페골 저택을 출발한 날, 마기아 왕국의 상인이 히브리드 궁정으로 호출되었다. 재상 파노프티코스는 엄격한 어조로 우르세우스 1세의 무례를 비난했다.

"이번 일은 우리 왕과 나사르 1세 사이에 오랫동안 키워 왔던 평화와 우호의 끈을 허사로 만든 것이다. 변경백에게 한 우리나라에 대한 비난도 양국 우호를 파괴하는 것이다. 변경백이 말한 대로 우리나라가 비난받을 이유는 없다. 일방적으로 인접국을 비난하는 자야말로 위협적이다."

2

라스무스 백작과 피나스 재무장관, 그리고 르메르 백작, 세 사람은 벨페골 저택에 모여 후작의 설명을 잠자코 듣고 있던 참이었다.

맨 처음 말을 한 건 라스무스 백작이었다.

"우리까지 총 네 개의 화살인가. 꽤 용의주도한데. 역시 화살 한 발론 죽일 수 없다고 생각했군."

"저 남자의 방패는 강렬해서 말이야."

벨페골 후작이 대답한다.

"우리가 왕께 심판받는 일은 없겠지요?"

피나스 재무장관이 말했다.

"귀하가 잠자코 있으면 그렇겠지. 애당초 우린 그저 변경
백에 관한 왕령을 약간 수정해 다시 제출하는 것뿐이야. 그
시기가 우연히 일치했을 뿐. 그렇지 않나?"

하며 벨페골 후작이 미소 지었다.

"주장관령은 어떻게 하지? 생각대로 잘 될까?"

라스무스 백작이 확인하자,

"노브레시아와 오제르, 에큐시아, 루샤리아는 곤란해. 정
무관이 엘프야. 눈치를 채고 변경백에게 통보할 거야."

"그럼 그 주들은 빼지. 세 번째 화살에 맞춰 우린 화살 두
개를 쏠 거야."

벨페골 후작은 대답했다.

"하지만 다 아직은 가정이야. 모든 건 세 번째 화살에 달
렸어. 세 번째 화살이 던져지지 않는 한 화살 두 개는 쏠 수
없어."

라스무스 백작의 지적에 벨페골 후작은 대답했다.

"하지만 세 번째 화살이 날아온 다음에 움직이면 늦어. 확
실한 기회를 놓칠 거야. 어차피 쓸 수 있는 카드는 많은 편
이 좋으니."

마기아 왕궁을 떠나기 전날, 라켈은 우르세우스 왕의 집 무실을 방문했다. 작별인사를 하기 위해서이다.

50m쯤 되는 긴 복도를 걸어 한참 지난 곳에 왕의 방이 있다. 화톳불이 피워져 있지만, 어두운 분위기가 있다. 아직 나사르 1세의 망령이 떠돌고 있는 듯하다. 분명 나라의 장래가 걱정돼 참을 수 없는 것이리라.

마기아 왕국엔 엘프가 별로 없다. 엘프가 습도 높은 곳을 싫어하는 탓이다. 마기아엔 엘프 대신 해골족이 많다. 수도 바후람으로 향할 때도 말 위에서 많은 해골족을 보았다. 하지만 궁전 안에서 해골족을 본 적은 많지 않다. 해골족은 히브리드의 미라족 같은 대우를 받고 있다. 구걸하고 있는 건 대부분 해골족이었다. 뼈로만 된 몸이 한층 더 곤궁해 보였다.

왕의 방에선 우르세우스 왕이 책을 넘기고 있었다. 독서를 좋아한다는 이야기는 들었다.

"귀하는 내 부친의 임종을 지켜보았다. 인생의 마지막에 귀하 같은 공주와 얘기를 할 수 있어, 부왕도 행복했을 것이다."

우르세우스 왕은 굵고 낮은 우렁찬 목소리로 말을 건넸다.

우르세우스의 체격은 상당했다.

눈앞에서 봐도 아우라가 세차게 뿜어져 나온다. 아우라만 보면 히로토보다 한 수 위였다. 하지만 라켈은 히로토의 아우라가 더 좋았다.

왕 뒤엔 여사제 자리아가 대기하고 있었다. 왕의 심복인가. 네스트리아라는 친위대 대장이 있을 테지만, 나사르 1세가 죽은 이후 모습을 볼 수 없었다.

"양국의 흔들림 없는 평화와 번영과 우호를 바라고 있습니다."

라켈이 말하자,

"짐도 바라고 있다. 금방 모르디아스 1세에게 사자를 보내 제안할 생각이다."

우르세우스는 대답했다.

(제안?)

신경이 쓰이는 단어였다.

"제안이라 하시면?"

"양국의 평화와 우호를 올바르게 구축하기 위한 제안입니다. 자세히는 사자가 전할 겁니다."

여사제 자리아가 덧붙였다. 라켈은 가만히 자리아를 보았다.

'올바르게'라는 단어가 신경이 쓰였지만 방심할 수 없는 여자였다. 눈동자를 보아도 이 사람에게 마음을 열 수는 없을 것 같았다.

이 여자는 비밀스러운 구석이 있다.

마음속 어딘가에 비밀이 깃들어 있다. 지금 말도 비밀을

숨기기 위한 궤변처럼 들린다. 대체 뭘 숨기는 걸까?

"그런데 퓨리스의 메티스 장군은 알고 계십니까?"

조심스레 라켈은 질문을 그쪽으로 돌려보았다.

"왕자 시절, 한 번 만난 적이 있다."

"마기아 국엔 메티스 장군 같은 분은 안 계십니까? 히브리드와 퓨리스의 우호는 변경백과 메티스 장군의 교류를 통해 깊어졌고 평화가 찾아왔습니다. 마기아와 히브리드에도 비슷한 교류가 필요하다고 생각합니다."

"짐의 바람을 이룸에 있어 교류는 필요 없다."

우르세우스 왕은 부정했다.

"그것도 제안에 적혀 있습니다."

재상 자리아가 보충 설명을 했다. 뭔가를 속이고 있다고 라켈은 느꼈다.

추궁해볼까?

교류 대신 뭐가 필요하다고 생각하십니까? 뱀파이어족에 대해선 어떻게 생각하십니까? 그렇게 정면에서 부딪혀볼까?

생각하는 사이에,

"공주는 변경백과 각별하다고 들었는데, 어떤 인물이냐."

되레 우르세우스 왕이 질문을 던져왔다.

"성의 있고 대담한 분이십니다."

"성의 있는 남자가 뱀파이어족에게 명해 수급(首級)을 퓨리스 수도에 내던지게 하느냐?"

적의를 담은 말투였다. 수급이란 쏘아 죽인 적의 머리를 말한다. 라켈은 의연하게 대답했다.

"히로토 님은 자신을 암살하려던 퓨리스 사람 50명을 미라로 만들어 목관에 넣어, 교섭 없이 퓨리스 장군에게 반환했습니다. 그런 행동이 무성의하다고 말씀하시는 건가요?"

"성의가 있으면 괴물과 교류할 수 있나?"

한층 더 독기 서린 말투였다. 괴물이란 뱀파이어족을 말하는 게 틀림없다.

"뱀파이어족은 사람 이상으로 사람의 마음을 가진 자. 성의 없이는 마음을 열지 못합니다. 그들은 자긍심 높은 종족입니다."

"그대는 마치 변경백의 아내처럼 변론하는구나."

저도 모르게 라켈은 얼굴을 붉혔다.

(아, 아내라니······.)

우르세우스 왕이 웃는다.

(놀리는 건가?)

"짐도 기회가 있으면 변경백과 얘기를 하고 싶지만, 변경백이 우리나라에 오는 일은 없을 테지."

우르세우스 왕은 진심인지 어떤지 알 수 없는 말을 했다.

"여행은 조심하거라. 무사히 히브리드에 귀국하길 바란다."

라켈은 머리를 숙이며 방을 나왔다. 나온 참에 딱 전 재상 라고스와 마주쳤다.

"아니 이게 누구십니까, 라켈 공주님."

"라고스 님."

놀라더니 저절로 미소를 짓는다. 이 사람하곤 진심으로 교류할 수 있을 것 같다. 체류 중 제대로 얘기를 나누고 싶었지만, 언제나 친위대의 눈이 있었다. 친위대는 자신과 라고스가 접촉하지 않도록 감시하는 듯했다.

"저는 선왕 폐하와 마찬가지로 우호와 평화가 돈독해지길 바라고 있습니다. 부디 잘 부탁드립니다."

하며 라고스는 머리를 숙였다.

"저도 조금이나마 진력할 수 있다면——."

"그땐——."

친위대가 다가와 라고스는 떨어졌다. 라켈은 자그마한 뒷모습이 집무실로 사라지는 걸 눈으로 좇았다.

제9장 두 번째 화살

1

라켈 공주가 퇴실하자 우르세우스는 침을 뱉고 싶어졌다. 그녀의 얼굴을 보고 있자 레그르스에 유학 중, 같은 처지였던 히브리드 왕자를 떠올랐다.

페오의 위기를 목격한 후 귀국해 히브리드 왕자에게 의견을 쏟아낸 적이 있다. 하지만 놀기 좋아하는 왕자는 여자를 안으면서 느긋한 대답을 내놓았다.

《변경백도 바보로군. 그대로 북 퓨리스를 다시 빼앗으면 좋았을걸.》

진심이냐고 묻자 왕자는 실실 웃었다.

《그러고 보니 50년 전 전쟁의 빚을 아직 청산하지 않았지? 녀석들을 이용해 내놓으라고 말해볼까?》

그리 말하며 다시 실실 웃었다.

한기가 들었다.

지금은 아직 레그르스에 유학 중이지만, 그는 모르디아스 1세의 후계자다. 머지않아 귀국해 왕정에 참가한다는 소문도 있다. 저 남자가 왕에 즉위한 뒤엔 늦는다. 부친이 왕위에 있는 동안 빨리 일을 진행해야만…….

재상 자리아가 안경 너머로 우르세우스를 보고 있었다.

"조심하십시오. 공주는 위험합니다."

자리아가 소리를 죽였다.

"힌트를 너무 줬나?"

"예."

우르세우스는 작게 신음했다.

"이미 화살은 날아갔거늘⋯⋯."

말은 화살과 같다. 한 번 입에서 나가면 되돌릴 수 없다.

"그것보다도 언제까지 라고스를 자유롭게 놔둘 작정입니까? 슬슬 처리하시는 편이 어떠신지요?"

"머지않아 입을 다물게 할 것이다."

대답한 참에 친위대 하나가 방에 들어왔다.

"라고스 님이 오셨습니다."

2

방에 들어왔을 때부터 라고스는 분위기가 달랐다. 평소 이상으로 평온함이 감돌았다. 어딘가 결의에 찬 구석이 있었다.

우르세우스는 라고스를 가만히 바라보았다. 라고스가 즉위 직후 자신을 응시했던 일은 알고 있다. 분명 말을 하고 싶어 견딜 수 없었으리라. 그게 드디어 오늘, 찾아온 것이다.

"짐에게 왔다는 건, 뭔가 말할 게 있는 게로구나."

유도하자,

"황송하지만 군소리를 허락해주십시오."

하며 라고스는 말을 시작했다.

"나라와 교류한다는 건 그 나라의 왕과 교류하는 것입니다. 왕이 바뀌면 나라도 바뀝니다. 히브리드는 여전히 모르디아스 1세가 통치하고 있습니다. 모르디아스 1세는 널리 가신의 의견을 들으려는 왕으로, 호전적이지 않습니다. 적어도 퓨리스 왕국의 이슈 왕 같은 야심가는 아니지요. 50년 전의 히브리드는 마기아 땅을 밟으려 했지만, 지금의 히브리드는 평화를 지키고 있습니다. 뱀파이어족도 퓨리스의 침략 말고는 공격에 나선 적이 없지요. 왕이 바뀌지 않는 이상, 관계를 재고할 필요는 없습니다. 선왕께도 같은 말을 드렸지만 걱정하실 필요는 없다고 생각합니다."

역시 평화주의를 호소해왔다.

"왕이 바뀌고 나서 움직이면 너무 늦는다. 그대도 히브리드 왕자가 어떤 인물인지 알잖느냐. 짐은 레그르스에서 같이 있었기에 잘 알고 있다. 위험한 불씨는 번지기 전에 꺼버려야지."

"그로 인해 마찰이 생기는 것 역시 불씨 아니옵니까."

라고스가 받아친다. 즉시 우르세우스는 되받아쳤다.

"그럼 볼고르 백작 건은 어떠하냐? 히브리드나 마기아나 할 것 없이 귀족의 처벌 권은 왕의 권한이니라. 그런데 한낱 뱀파이어가 멋대로 볼고르 백작을 처단했다. 변경백의 지시라는 소문까지 있지 않더냐."

"소문은 소문입니다."

라고스가 정정한다.

"설령 변경백이 관여하지 않았다고 해도 뱀파이어족이 왕권을 침해한 건 바뀌지 않는다. 그런 자들이 사는 나라가, 과연 우리나라에 위해를 가하지 않는다고 말할 수 있느냐? 왕 대신에 멋대로 귀족을 살해하는 자들이 위협이 아니라고 말할 수 있느냐?"

선왕의 재상, 라고스는 대답하지 않았다. 우르세우스는 말을 이었다.

"흡혈귀 무리는 왕의 권리를 짓밟고 법을 무시했다. 그런 무법자는 이 나라에도 해를 끼치겠지. 짐은 그런 짓을 허락할 생각이 없다. 이미 히브리드와의 국경 인근에서 흡혈귀 무리가 몇 번이나 목격되었다. 이 나라의 미래를 생각한다면 그들의 힘을 깎아야 한다."

"뱀파이어족은 위협이 아닙니다. 저들은 숲의 수호신입니다."

다시 라고스가 반론한다.

"그런 오래된 전설을 진심으로 믿는 것이냐?"

"나사르 왕은 평화와 우호를 바라셨습니다."

"짐도 바라고 있다. 그러기 위해서 이러는 것이니."

"그거야말로 평화를 혼란스럽게 하는 것입니다."

"그대의 생각이야말로 이 나라를 위험에 빠뜨리는 것이다. 북 퓨리스라는 완충지대가 있으니까 위협은 없다고 생각했던 모르디아스 1세가 어떤 꼴을 당했더냐. 북 퓨리스가 멸망하면서 퓨리스와 국경을 접하게 되지 않았더냐. 도리어 하마터면 사라브리아로 쳐들어올 참이었지."

"히브리드와 마기아는 다릅니다."

"본질은 다르지 않다. 짐은 의견은 허용하지만, 이의는 허용하지 않는다고 말했을 터이다."

라고스는 침묵하며 아무 말도 하지 않고 방을 나왔다. 라고스가 자신과 선왕이 충돌한다는 소문을 국외로 흘린 건 알고 있다. 이쪽을 경계하게 하려는 꿍꿍이일 테지만, 신용할 수 없는 남자다. 선왕에겐 충실한 신하였겠지만 아무래도 처리해야 할 것 같다——.

교대하듯 친위대가 들어왔다.

"네스트리아 님이 귀국하셨습니다."

3

우르세우스는 이제 막 귀국한 네스트리아에게서 보고를 다 들은 참이었다.

"역시 히브리드에서 가장 만만치 않은 자는 변경백이군. 논리의 허점을 순식간에 뚫고 반론했구나."

새삼 우르세우스는 감탄했다. 레그르스 공화국에 유학했을 때도 코그니타스 최고 집정관은 히브리드에서 가장 만만치 않은 자는 변경백이 아닐까 하고 말했었다.

《겨우 15살입니다.》

놀라 우르세우스가 말하자,

《나이로 사람을 판단해선 안 된다. 나이는 가장 마지막에 보아라. 지금까지 뱀파이어족을 아군으로 만든 자는 없었다. 뱀파이어족은 하늘의 힘이다. 그 하늘의 힘을 손에 넣은 자가 평범할 리가 없지. 게다가 그 퓨리스와 불리한 조건으로 조약을 맺으려던 참에, 한방 역전을 취해와 대등한 상태로 가지고 간 자가 그 변경백이다. 성가신 북 퓨리스 문제를 보류시키고 적당한 결과물로 대등한 평화조약을 맺는 것이, 가장 평화를 위한 길이라 호소했다고 한다. 히브리드 국내에서도 파노프티코스 이상, 어쩌면 라스무스를 뛰어넘을지도 모르겠다.》

하며 추측을 피로했다. 추측은 빗나가지 않았다.

"용케도 상대가 만만치 않음을 확인하고 왔구나. 고맙다."

우르세우스의 말에 네스트리아는 머리를 숙였다. 우르세우스는 여재상에게로 얼굴을 돌려,

"자리아. 너라면 이길 수 있겠나."

"흠, 어떨까요."

자리아가 말을 받아넘겼다.

"그 남자의 언변은 위험합니다. 뱀파이어족도 위험하지만, 그 이상으로 위험합니다. 교섭할 일이 생긴다면 그자는 빼는 게 현명할 듯싶습니다."

네스트리아의 어조는 긴박감이 담겨 있었다. 우르세우스

121

는 고개를 끄덕였다.

"그리고 벨페골 쪽은 어떠하더냐?"

"폭력이 아니라 법과 말에 의해서, 라는 조건이 붙었습니다만 협력한다는 의사표시를 했습니다."

네스트리아가 살짝 웃는다.

"어디선가 누설될 걸 걱정한 모양이군. 아직 반만 얘기를 들었겠지. 화살도 이제 막 첫 번째 화살을 던졌다. 이제부터 두 번째 화살을 쏘아야 한다."

그리 말하고 우르세우스 왕은 두 사람에게 얼굴을 돌렸다.

"자리아는 바로 떠나거라. 네스트리아는 이틀 쉰 뒤, 출발하라. 두 번째 화살을 쏘고 오너라. 히브리드를 포위한다."

두 여자는 고개를 끄덕였다. 히브리드 왕국을——히로토와 뱀파이어족을 봉쇄하기 위한 두 번째 화살이 지금 날아가려던 참이었다.

제10장 인근 제국(諸國)

1

레그르스 공화국.

대낮부터 가슴이 엄청 큰 여자 둘이 묘한 소리를 흘리고 있었다. 이국의 여자와 있는 건 부드러운 금발의 남자였다. 귀는 뾰족하지 않다.

한 사람은 머리 쪽에, 한 사람은 아래쪽에 앉아 있었다.

레그르스 공화국 수도에 있는 히브리드 왕국 왕자의 저택이었다. 4층짜리 건물엔 모두 히브리드 사람이 거주하고 있다.

누군가가 문을 노크했다.

"전하. 학우 우르세우스 님이 마기아 왕에 즉위한 모양입니다."

히브리드 남자의 목소리가 문밖에서 들렸다.

"그래서?"

금발의 청년은 물었다.

"축하는──."

"그 녀석하곤 딱히 친구도 뭐도 아니야. 어차피 적이 될 텐데 뭐하러 축하하나."

"하지만──."

"하찮은 일로 날 방해하지 마. 난 지금, 다른 문제로 정신이 없어."

금발 청년은 그걸로 말을 다 했다는 듯 다시 하던 일에 몰두했다.

2

그 왕의 침실엔 고대 그리스 양식을 상기시키는 열주가 8쌍 늘어서 통로를 이루며 침대까지 쭉 이어져 있었다.

하얀 침대에 앉아 보고를 듣고 있는 이는 파란 비단 가운을 입은 얼굴이 갸름한 남자였다. 이마는 넓고 사려 깊어 보이는 얼굴이다. 콧날은 직선적으로 쭉 뻗었고 콧수염을 기르고 있다. 입술은 조금 얇다. 귀에서 턱까지 풍성한 구레나룻과 턱수염으로 덮여 있다.

퓨리스 왕국의 국왕 이슈였다. 그 앞에 정좌해 보고하는 건 새까만 장발에 새까만 수염을 기른 남자였다. 퓨리스 왕국 재상 아브라힘이다.

"역시 우르세우스가 계승했구나. 자리아라는 자는 누구냐?"

이슈 왕이 묻는다.

"전 재상 라고스 밑에서 재무장관이나 서기 장관을 역임했던 자인데. 언변이 뛰어난 모양입니다."

"설마 변경백보다 말이냐?"

이슈 왕이 번쩍이는 눈으로 쳐다봤다.

"아니, 역시 변경백 쪽이 한 수 위겠지. 저 남자를 누가 이기겠느냐. 너도 졌는데 말이다. 우르세우스도 혹 상대하게 되면 고전할 거야."

하며 변경백을 옹호한다. 이슈 왕은 히로토를 마음에 들어 한다.

"그런데 게르메슈 녀석이 테르미나스 강을 따라 200명을 거느리고 행진했다고 들었는데. 너무 히브리드를 자극하지 말라고 전하라."

이슈 왕의 말에, 아브라힘은 반론했다.

"폐하, 말씀은 지당하시오나 아무리 평화협정이 있더라도 병사는 연마해야 하옵니다."

3

단단한 화강암으로 된 광대한 테라스가 1층에서 2층, 2층에서 3층, 3층에서 4층, 5층, 6층, 7층까지 이어지고 있다. 테라스엔 화강암 천정과 초록빛 정원이 보였다. 흡사 공중 정원 같았다.

단발에 윤곽이 뚜렷한 장방형 얼굴의 남자가 5층 창문에서 정원을 내려다보고 있었다. 남자는 미간 부분이 툭 불거져 나와 있었다. 쑥 들어간 곳엔 엄해 보이는 두 눈동자가 있다. 수염은 없다. 귀는 크고 뾰족했다. 엘프의 특징이다.

연령은 30대이다. 키는 180cm 정도, 한쪽 어깨에만 걸치는 하얀 망토를 걸치고 있다. 망토 아래 상의도 바지도 하얀색이다.

레그르스 공화국 최고 집정관 코그니타스다. 코그니타스가 보고 있는 건 정원 한가운데 있는 분수와 작은 연못이었다. 연못이라고 해도 딱 작은 배를 띄울 수 있을 정도의 넓이였다. 그리고 그 너머엔 하늘과 수도의 건물들이 늘어선 거리——.

두 귀 위에만 백발을 기른 대머리의 60대 남자 엘프가 걸어왔다. 전 원로회 의장 디아로고스이다. 디아로고스가 잔을 손수 건넸고 두 사람은 말없이 백포도주를 마셨다.

"우르세우스는 부친의 길을 밟지 않겠지."

디아로고스 의장이 말했다.

"히브리드가 곤경에 처할지도 모르겠습니다. 우르세우스는 행동하는 남자예요. 그 남자는 자신의 눈으로 하늘의 힘을 봤어요. 모르디아스 1세는 너무 이웃 나라 덕을 너무 많이 봤어요."

코그니타스가 대답한다.

"동포들에게 알리지 않아도 되겠나?"

디아로고스가 물었다. 동포란 히브리드 왕국에 거주하는 엘프를 말한다. 엘프끼리는 나라가 달라도 서로 연락을 한다.

"전 유니베스테르 님이 생각을 바꾼 게 아닐까 합니다."

코그니타스는 대답하며 말을 이었다.

"처음엔 국경 방위라는 나라의 중대사를 뱀파이어족에게 맡기는 건 위험하다고 주장했던 것 같습니다. 그래서 변경백의 위세를 꺾으려고 하셨죠. 하지만 요즘 그걸 잊어버린 것 같습니다."

코그니타스의 말에 디아로고스는 고개를 끄덕였다.

"뱀파이어족 없이는 이제 나라가 돌아가지 않는다고 간파한 건가. 하지만 그걸로 주장을 굽히면 결국 나라는 위기에 처하는 법이지."

제11장 히브리드의 중신

1

찬연하고 성스럽게 빛나는 지름 수 미터의 커다란 빛의 구슬을, 황색의 열주 같은 둥근 원형 모자를 쓰고 황색 로프를 걸친 흰 구레나룻에 흰 수염의 안경 낀 노인이, 올려다보고 있었다. 네모난 얼굴에 이마가 넓다.

소브리누스 대사제——히브리드 왕국 정령교회의 정점에 선 남자다. 평소처럼 기도를 마친 참이었다.

마기아 왕국의 사자가 방문했다는 얘기는 들었지만 소브리누스 대사제는 입회하지 않았다. 그것보다 신경 쓰이는 건 변경백 히로토의 일이었다.

히로토란 인물은 주장관일 때부터 높이 평가했었다. 이브리드 제도를 끝까지 지켜나갈 자로서 응원도 해왔다.

3주 전엔 참으로 간담이 서늘했다. 하마터면 화재로 목숨을 잃을 참이었다. 최고법원 심문도 가슴을 졸이게 했다.

대귀족들은 모르는 듯싶다. 히로토는 우리나라에 있어 실로 중요한 존재다. 귀족들이 흔들 상대가 아니다.

하지만 현실은 대귀족들이 발 벗고 나서서 공격하고 있다. 볼고르 백작 사건도, 멋대로 귀족을 죽였다, 실은 히로토가 명령한 게 아니냐, 하는 등 이상한 소리를 하는 귀족들도 있다고 들었다.

국경 좀 지켰다고 우쭐대는 거 아냐, 뭐라도 되는 줄 아나, 하는 소리도 나온다고 하지만, 귀족들도 뭐라고 할 처지는 아니다. 트집을 잡는 귀족이 국방을 위해 뭘 했는지. 퓨리스가 이 나라를 치고 들어오려 했을 때, 뭘 했다는 건지. 이브리드 제도를 지키려는 자세를 보였던가.

일전에도 퓨리스 군이 테르미나스 강 너머에서 군사훈련을 했다는 보고가 올라왔다. 평화협정이 있는 이상, 퓨리스 군이 갑자기 칼을 들이밀진 않겠지만, 속내는 알 수 없다. 그런 상황에서 대귀족들이 히로토 님을 흔들게 놔둬선 안 된다. 히로토 님은 본래라면 왕도에서 활약해야 할 인재다. 추밀원에 가입해도 이상하지 않다고 소브리누스는 생각하고 있다. 하지만 히로토는 변경백. 추밀원의 일원이 되면 왕도 상주가 의무화된다. 히로토 님이 추밀원에 가입하는 건 아직 불가능하다…….

2

대장로 유니베스테르는 따뜻하게 데운 와인을 방에서 마시던 참이었다. 혈류가 원활해져 기분이 좋아졌다.

마기아 왕은 꽤 무례한 남자인 듯했다. 레그르스 공화국의 동지 말에 의하면 상당히 행동파인 남자였다고 한다. 즉위하고 나서 바로 변경백에게 사자를 보낸 것을 보면, 틀린

말은 아닌 것 같다.

마기아 왕은 퓨리스의 패배와 페르키나 사건(페오의 위기)에 꽤 감명을 받았다고 한다. 코그니타스는 세상의 힘의 균형이 변할 거라 얘기했다고 한다.

힘의 균형——.

레그르스 공화국의 젊은 엘프가 꺼내든 정치철학이다. 유니베스테르는 그다지 좋게 평가하지 않았다. 정치의 세계는 힘과 힘의 세계가 아니다. 사람과 사람의 세계다. 그 사람 뒤에 야망이 있고 욕망이 있고 힘이 있다.

마기아 왕은 아마 사절단을 통해 뭔가 말해올 것이다. 아마 대부분은 변경백에게 말한 것과 같은 것이리라. 하늘의 힘을 견제하기 위해 굳이 요구를 들이댈지도 모른다. 하지만 떨쳐버리면 될 일이다.

문제는 대귀족들이다. 멀리는 페르키나 건이 최근엔 변경백 건이 신경 쓰인다.

노브레시아, 오제르, 에큐시아, 루샤리아, 네 주의 주장관에겐 모두 엘프 정무관을 붙일 수 있었다. 네 주 모두 귀족 주(州)—— 귀족이 주장관을 맡은 주다. 나쁜 소식은 오지 않았으니 귀족들은 얌전히 있는 것이리라.

신경이 쓰이는 건 벨페골 후작 일행이다. 벨페골, 라스무스, 르메르, 피나스 네 사람은 또다시 뭔가 공세를 취해올 가능성이 있다. 최고법원의 심문에선, 대귀족들은 변경백을 꼼짝 못 하게 만들려 했다. 자신들이야말로 이 나라의 주역이지 변경백이 아니라고 주장하려 했다.

추한 자기주장. 쓸모없는 당파주의. 그런 것들이 변화에 대한 대응을 늦추고 이 나라를 쇠망의 길로 이끄는 것이다.

대귀족은 꼼짝 못 하게 억눌러야 한다. 이 나라의 미래를 위해서——.

3

재상 파노프티코스는 하얀 고양이를 쓰다듬으며 궁전에서 창밖을 바라보고 있었다. 고양이는 눈을 감고 기분 좋은 듯이 있다.

재상 방에선 정원이 보였다. 여기에 있으면 이 나라를 지배하는 듯한 기분이 들 때가 있다. 하지만 시국은 항상 변한다. 지배는 착각일 뿐이다.

마기아 국은 언제 사절단을 보내올 작정일까, 하고 파노프티코스는 생각했다. 모르디아스 1세와의 관계를 악화시켜서 마기아가 얻는 건 없을 터이다.

설마 의도적으로 관계악화를 노리는 건가?

본격적인 싸움이 되면 우리 쪽엔 변경백과 뱀파이어족이 있다. 지는 일은 없을 터. 마기아도 역시 군사를 움직이지는 않을 것이다. 신경이 쓰이는 건 퓨리스 군이다. 최근 시길 주의 테르미나스 강 반대편 기슭에서 퓨리스 군이 여봐란듯이 행진했다고 한다. 퓨리스와의 사이엔 평화협정을 맺었지만, 재상 아브라힘은 좋은 기회라 생각하면 놓칠 리 없다.

벨페골 쪽은 한동안은 얌전히 있을 생각인 듯하다. 볼고르 백작 살해 건으로 궁전까지 올 줄 알았는데, 모습을 보이지 않았다. 기회가 오면 재빨리 움직일 것이다. 역시 재상을 맡았던 만큼 지금 폐하께 아뢰어도 역린을 건드리는 것뿐이라는 걸 간파했나. 그런 분위기로 이후에도 줄곧 얌전히 있으면 좋으련만——.

제12장 메티스

1

여자들이 새된 소리를 지르고 있었다. 남자 하인이 탬버린을 치고 피리를 불고 있다. 그 가운데 에크세리스와 미미아와 솔세르가 춤을 추고 있다. 소이치로는 정원의 벽에 등을 바싹 기대고 앉아 춤을 구경하고 있었다.

여자들의 기분전환──.

소이치로가 있던 세계와 달리 이 세계에선 놀이문화가 넘쳐나는 게 아니었다. 노래방도 게임 센터도 없고, 라인도 스마트폰도 없다.

소이치로 옆에서 큐레레는 눈을 빛내며 손뼉을 치고 있었다. 가볍게 몸을 들썩이고 있다. 큐레레도 춤은 좋아한다. 혹 큐레레도 끼고 싶은지도 모르겠다.

(이렇게 보니 모두 가슴이 큰데~.)

소이치로는 생각했다. 엄청나게 큰 세 사람의 가슴이 덜렁덜렁 흔들리고 있다.

(눈 호강…….)

춤을 추는 무리 속에도 구경하는 무리 속에도 히로토의 모습은 없었다. 히로토는 테르미나스 강에 밀회하러 나갔다. 오늘도 모래톱에서 메티스와 회식할 예정이다. 분명 또

선상 스모를 하고 흠뻑 젖어 돌아올 것이다.

"소이치로 님, 안 오세요?"

갑자기 솔세르가 쳐다봐 소이치로는 쩔쩔맸다.

(역시 넋 놓고 본 거, 들켰나?)

"출 거야~ ♪"

큐레레가 대신 대답하고,

"소이치로."

하며 소이치로의 손을 잡아당겼다. 자신과 함께 추라는 공주님으로부터의 요청이다. 공주님이 말한 거라 어쩔 도리가 없다. 소이치로는 일어섰다. 탬버린과 피리 소리는 멈춘 상태다.

피리와 탬버린이 울리기 시작했다. 오른쪽에서 스텝을 시작한다. 다음에 왼쪽, 오른쪽. 큐레레와 팔을 바꿔가며 빙글 한 바퀴 돈다. 그러고 나서 왼쪽으로 사이드 스텝. 오른쪽으로 사이드 스텝. 돌아와 큐레레와 짝짝 손을 마주친다. 큐레레가 신나게 떠든다.

갑자기 피리 리듬이 빨라졌다. 탬버린도 템포를 올렸다.

(더 빨리……?)

소이치로도 템포에 밀릴 수 없다는 양 재빨리 스텝을 밟고 큐레레와 팔을 교차해 회전. 왼쪽으로 오른쪽으로 사이드 스텝을 하고 돌아와 큐레레와 손을 마주친다.

한층 더 템포가 빨라졌다.

(어디까지 가려고?!)

소이치로는 초고속으로 오른쪽으로 왼쪽으로 스텝을 밟고 큐레레와 팔짱을 꼈다. 큐레레가 날개를 펼치고 가볍게 공중에 뜬다.

그러고 나서 왼쪽, 오른쪽으로 날듯이 사이드 스텝을 밟고 돌아와 큐레레와 손을 잡는다.

(해냈다, 끝까지 다 췄어, 이 녀석!)

미미아가, 에크세리스가, 솔세르가 새된 소리를 지르며 손뼉을 쳤다. 소이치로는 호들갑스럽게 손으로 빙글 원을 그리며 인사를 했다. 탬버린을 치던 남자가 기뻐서 가죽 공을 찼다. 큐레레가 있는 힘을 다해 그 공을 뻥 차버렸다. 공은 살인적인 스피드로 미미아를 스치고 지나, 뒤를 지나던 남자에게 명중되었다.

여자들이 전원 숨을 삼켰다.

정무관 퀸티리스였다. 이전에도 큐레레의 가죽 공을 정면으로 얼굴에 맞은 적이 있다.

"어째서⋯⋯."

공이 퀸티리스의 얼굴에서 떨어졌고, 퀸티리스는 터무니없는 운명에 투덜거렸다.

2

히브리드 왕국과 퓨리스 왕국을 가로막듯이 테르미나스 강이 흐르고 있다. 사람의 생각 따위 모른 체하는 얼굴로 유구한 세월을 새기듯 천천히 흐르고 있다. 그 강 위에 낚싯배가 있었다. 주위를 요란스럽게 호위하는 배가 둘러싸고 있다. 히브리드 병사의 배와 퓨리스 병사의 배였다.

느긋하게 낚싯배에서 낚싯줄을 늘어뜨린 건 변경백 히로토와 퓨리스 장군인 메티스였다. 메티스는 평소처럼 하얀 홀터넥 드레스를 입고 있었다. 가슴팍에선 압도적인 볼륨의 폭발할 듯한 가슴이 허리에 들어간 슬릿으로 넓적다리가 보였다. 하지만 눈초리가 길게 째진 눈은 무인다운 엄격함을 띠고 있다——허나 히로토와 있을 땐 다소 상냥함을 보였다.

메티스가 낚싯대를 끌어당겼다. 걸린 건 틀림없는 민물 꼬치고기였다. 얼굴이 꽤 일그러져 있다. 하지만 고기는 못생긴 쪽이 맛있다. 이름값대로 맛있는 고기다.

민물 꼬치고기를 발아래로 툭 던지자, 메티스는 히로토의 어롱을 들여다보았다. 어롱엔 작은 고기 한 마리도 들어 있지 않았다.

"너무 못하는 거 아냐?"

나직이 히로토를 향해 말했다. 히로토의 뺨이 경련이 일어난 듯 실룩거렸다.

"오히려 그쪽은 왜 그렇게 잘 잡는 거야?"

히로토는 약간 표정이 굳어지며 되물었다.

"네가 서툴러서 그래."

"그런가?"

히로토의 건조한 미소에 메티스가 웃었다. 무인으로 보이지 않는 허물없는 웃음이다.

"물고기와 대귀족한테 미움을 받고 있을지도."

"그럴지도 모르겠네."

메티스가 응답한다.

"하지만 음모는 날 좋아해."

"음모?"

메티스가 되묻는다.

"일전에 마기아 국 여자가 왔어. 모르디아스 1세에게 인사를 가지 않고 나한테 맨 먼저. 친위대 대장이래. 우르세우스가 왕자였을 때 경호대 대장을 맡았던 여자인 모양인데, 네스트리아라고 알아?"

"경호대 대장? 우르세우스 옆에 있던 여자 말이구나?"

메티스가 히로토에게 얼굴을 돌렸다.

"만난 적 있어?"

"한 번 레그르스를 방문했을 때 코그니타스가 우르세우스를 소개했어. 그때 곁에 경호하는 여자가 있었어. 네가 좋아하는 가슴이 엄청 큰 여자였지."

히로토는 뿜었다. 네가 좋아하는 가슴이 엄청 큰 여자라는 말은 실없이 하는 소리다.

"대단한 가슴이지?"

하고 메티스가 확인했다.

"무지막지했지. 엄청 요염해. 하지만 그만큼 또 강해 보이더라."

"그 여자가 확실하군."

"그쪽이 본 인상은 어땠는데?"

"대단했지."

"메티스와 그 여자 중, 누가 검술이 뛰어나?"

"그런 어리석은 질문을."

메티스가 코웃음으로 날렸다. 즉 자신이 강하다는 것이다. 하지만 검술은 상당한 모양이다.

"우르세우스 왕은 어떤 남자였어?"

"덩치 큰 꽃미남."

"뭐야 그게? 건방진 느낌인가?"

"적어도 난 맘에 들지 않았다. 입을 열자마자《북 퓨리스를 멸망시킨 게 그대군》하던데."

도발적이고 직선적인 말투를 좋아하는 왕인 모양이다. 갑자기 왕을 건너뛰고 히로토에게 사절단을 보내, 그 사절단에게 히로토를 비판했던 것과 비슷한 이미지다. 정면에서 비판하는 대담무쌍한 인물이다. 좋은 정보를 얻었다.

"아마 우르세우스 왕의 사주라 생각하지만, 그 여자 친위대 대장, 하늘의 힘은 위협이다. 압도적인 힘을 가진 나라는 평화를 어지럽힌다고 말했어."

"그런 힘이 있긴 하지."

메티스가 대답했다.

"설마. 퓨리스에 겨우겨우 닿을 정도의 힘밖에 가지고 있

지 않아."

히로토가 밝은 목소리로 말하자,

"농담이 지나치군."

바로 메티스가 추궁해왔다. 히로토는 명랑하게 반론했다.

"그런 힘이 있다면 8년 전 히브리드는 북 퓨리스를 구하기 위해서라는 명분으로, 퓨리스에 쳐들어갔겠지. 힘이 비슷했으니 그냥 넘어간 거 아니겠어?"

"그렇게 말해줬어?"

"평화를 유지하기 위해선 인근 제국이 균등한 힘을 가져야 한다길래, 평화를 유지하고 있으니 균등한 힘을 가지고 있는 거겠군? 하고 되돌려줬어."

크크, 메티스가 소리 죽여 웃었다.

"널 입으로 이길 수 있는 자는 없어."

"낚시로 이길 수 있는 자는 엄청 많은 것 같지만."

메티스가 우렁차게 폭소를 터뜨렸다. 기분 좋아 보이는 웃음이었다. 만날 때마다 메티스가 자연스럽게 웃는 게 전해져왔다. 각자의 마음의 벽이 점점 없어지고 국경을 초월한 친구 같은 감각으로 다가온다.

다시 메티스의 낚시찌가 가라앉고 메티스는 낚싯대를 끌어당겼다. 이번엔 작은 민물 꼬치고기였다. 메티스는 낚싯바늘을 떼어 내 강으로 돌려주었다.

"우르세우스는 쳐들어올 작정인지도 모르겠군. 혹은 쳐들어가게 할 작정이거나."

낮은 목소리로 돌연 메티스가 말을 꺼냈다.

"히브리드에?"

"그럼 퓨리스에 오겠나."

"화살 생산을 늘렸다는 말은 아직 못 들었는데. 메티스가 마기아 장군이라면 어떻게 히브리드를 공격할 거야?"

히로토가 진지한 얼굴로 묻자, 메티스는 한순간 장난스러운 표정을 지우며,

"넌 가슴 공격이면 충분하지 않나."

히로토는 폭소를 터뜨렸다.

(확실히 그게 가장 효과적일지도……가 아니지. 음, 아니야, 아니야.)

메티스도 히죽히죽 웃었지만 진지한 표정으로 돌아와 대답했다.

"나라면——."

3

촛불이 변경백 침실을 비추고 있었다. 발큐리아는 오늘은 세콘다리아에서 묵는다. 저녁에 젤디스가 거느리는 사라브리아 연합의 회의가 있어, 그대로 엘프 저택에 숙박한다고 한다. 세콘다리아의 엘프 사이에선 지금도 큐레레와 발큐리아는 아이들을 구한 영웅이다.

히로토는 책상에 앉아 지도를 노려보고 있었다. 테르미나

스 강이 흐르고 있다. 그 북측에 히브리드 왕국이 있다. 남측엔 퓨리스 왕국이 있다. 그리고 히브리드 동쪽에는 마기아 왕국이, 그 밑에는 레그르스 공화국이 있다.

지금 생각하는 건 마기아 왕국이었다. 마기아와 히브리드의 국경엔 큰 숲이 펼쳐져 있다. 국경에는 루시니아 주가 있다.

(메티스 지적대로라면——.)

히로토는 깃털 펜을 들었다.

(여긴가? 아니면 여긴가?)

모르겠다.

여전히 페르키나에게선 답장이 없다.

(루시니아 주 주장관과 직접 연락해볼까.)

(아, 하지만 루시니아는 귀족 주였지? 그럼, 엘프에게 연락하는 편이 빠르겠는데.)

미미아가 등을 돌려 옷을 벗었다. 노출된 하얀 살갗이 드러난다. 히로토는 슬쩍 보았다. 등 너머로 보이는 봉긋이 솟아오른 풍만한 가슴 언덕——.

미미아가 히로토에게 얼굴을 돌렸다.

"역시 보고 계시네요."

"미안."

미미아가 웃는다.

히로토는 양피지로 시선을 돌렸다. 미미아가 붕대를 전신에 감아 나간다. 잘 땐 항상 미미아는 붕대를 감는다.

"아직 일하세요?"

미미아가 물었다. 이미 붕대는 다 감았다.

"지금 끝난 참."

루시니아 주 엘프 장로회에 보낼 편지를 다 적고 히로토는 책상에서 일어났다. 편한 옷으로 갈아입고 침대로 파고들어가자, 미미아가 촛불을 끄고 옆으로 들어왔다.

반짝거리는 파란 눈동자가 두 개. 침대 안에서 히로토를 보고 있었다. 오늘 밤은 발큐리아가 없어서 오랜만에 둘만 있게 되었다.

"좀 피곤하네."

히로토가 쓴웃음을 짓자 미미아가 웃었다.

"발큐리아 님, 분명 쓸쓸해 하고 있을 거예요."

"그럴지도 모르겠네."

하며 히로토는 웃었다.

"큐레레는 분명 낭독을 듣고 있을 거야."

"틀림없어요."

하며 미미아가 웃었다. 히로토는 침대 안에서 미미아에게 다가갔다. 붕대로 둘러싸인 미미아의 몸을 꽉 껴안는다. 미미아도 히로토에게 안겼다.

"히로토 님, 무리하지 마세요……."

미미아가 속삭였다.

"끄떡없어."

"전부 혼자서 하려고 들지 마세요."

배려 깊은 상냥한 말에 히로토는 고개를 끄덕였다.

제13장 레그르스의 화살

1

청록색 커튼이 침실 덮개에 달려 있었다. 바닥의 양탄자도 벽도 청록색이다. 천장에는 금을 아낌없이 쓴 벽화가 그려져 있었다.

레이스로 짠 시트를 깐 캐노피 침대에서 남자가 흥분해 숨을 반복해서 몰아쉬고 있다.

남자는 40대였다. 조금 신경질적인, 하지만 늠름한 얼굴이 쾌감으로 일그러져 있다. 남자는 붉은 공단 앞자락을 펼치고 있었다.

그 앞에 무릎을 꿇고 있는 여자는 상당히 젊은 얼굴이었다. 모성적인 느낌이 물씬 나는 둥그스름한 귀여운 콧등, 보는 이의 마음을 누그러지게 할 것 같은 용모. 풍성한 흑발이 달걀형 얼굴을 감싸며 가슴팍까지 내려와 있다. 그 앞쪽에 풍만한 두 개의 구체가 남자의 그것을 끼우고 있었다.

히브리드 왕국 국왕 모르디아스 1세와 그의 애첩 오르피나였다. 오르피나는 끊임없이 가슴을 흔들어대고 있었다.

모르디아스 1세에겐 이 침실에서 오르피나와 있을 때만이 자신이 자신으로 있을 수 있는 시간이었다. 국왕이란 항상 허세를 부리는 직업이라 생각한다. 알현을 청하는 자들은 수없이 많고, 알현실에서 얼굴을 본 자들도 한 해에만 2천 명이 넘는다. 말을 건네고 악수를 한 이름 없는 항간의 자들도 포함하면 1만 명은 넘을 게 틀림없다. 1주일 전에 만났던 항간 사람의 얼굴이나 이름은 이미 다른 자들 위에 덧써져 사라졌다. 재상들의 말을 듣고 처음으로 떠올릴 정도다.

알현 땐 흉한 꼴은 보일 수 없다. 항상 가슴을 펴고 위엄을 보여야 한다. 설령 아무리 몸이 안 좋아도 그런 기미를 보일 순 없다. 항상 위엄을 보이고 건강하게. 그런 일을 매일 반복하면 저절로 심적 피로가 쌓인다. 그 피로는 애첩이 달래준다.

오르피나의 움직임이 격렬해졌다. 두 개의 부푼 구체가 덜렁덜렁 들썩임을 반복했다.

"오르피나여……!"

애첩의 이름을 신음하듯 부르며 모르디아스 1세는 몸을 떨었다. 왕의 용솟음을 받아들이며 기쁜 듯이 오르피나가 눈을 빛냈다.

"폐하……."

"짐은 이제 끝인가 보다."

농담에 오르피나가 눈을 가늘게 뜨며 웃는다.

"그래도 멋있으세요."

모르디아스 1세는 웃으며 애첩을 가까이 끌어당겨 안았다. 평범한 소녀라면 "그런 말, 마시고 힘내세요, 이 나라의 기둥은 폐하이십니다" 하고 말할 것이다. 하지만 오르피나는 보여선 안 될 모습을 좋다고 말해준다. 그 상냥한 말에 마음이 위로된다. 사람은 지쳤을 땐 격려의 말보다 긍정과 동의 쪽이 위로되는 법이다.

(짐에게 이 소녀는 보석이다.)

그리 모르디아스 1세는 생각했다.

2

마기아 왕국에서 사절단이 인사를 하러 왔다. 그 소식을 들은 히브리드 왕국의 국왕 모르디아스 1세의 반응은 차가웠다.

"그냥 내버려 둬라."

그 한 마디뿐이었다. 재상 파노프티코스도 딱히 진언하지 않았다.

외교는 나라와 나라의 위신을 건 싸움이다. 초등학생들 싸움도 아니고, 남녀의 싸움도 아니다. 외교란 위신과 경의를 둘러싼 전쟁인 것이다. 상대에게 얕잡아 보이지 않고, 얕잡아 보이지 않도록 하는 게 중요한 일 중 하나다.

마기아 왕국은 먼저 히브리드 왕국의 국왕을 모욕했다. 다음 왕이 즉위하면서 첫인사 상대로 변경백을 선택했다. 국왕을 무시한 것이다.

이런 굴욕을 당했는데 순순히 응하면 마기아에게 얕잡아 보인다. 이 나라의 왕은 업신여겨도 딱히 화내지 않는다. 그렇게 되면 한층 더 국왕은 얕잡아 보이고 경시당한다. 그 시점에서 외교는 실패다. 일국이 얕잡아 보이면 한층 더 깔보며 침략의 근거를 마련한다. 땅이 잇닿아 있는 나라는 그런 사태가 생길 수 있다.

마기아 왕국의 국왕은 히브리드 왕국의 국왕을 경시했다. 그럼 히브리드 왕국의 국왕도 마기아 왕국의 국왕이 보낸 사절단을 무시한다. 거센 보복을 해준다. 그건 상대에게 얕잡아 보이지 않기 위한 일이다.

"얼마나 미룰까요?"

파노프티코스가 물었다.

"1주일이든 2주일이든 기다리게 하라."

불쾌한 듯이 모르디아스 1세는 대답했다.

3

부하로부터 보고를 받고 재상 자리아는 가볍게 고개를 끄덕였다.

(역시 이렇게 됐구나.)

이건 그릇이 작다거나 하는 문제가 아니다.

바보 취급당했으니 당연한 반응이다. 이래야 위엄, 체면을 지킬 수 있으니. 우릴 거부하지 않았다면 이곳 왕은 그저 허허거리는 어수룩한 사람인가 하는 생각만 들었을 거다. 모르디아스 1세도 왕인 것이다.

하지만 이걸로 네스트리아의 연락을 기다릴 수 있다. 일이 잘되면 네스트리아의 보고를 이용할 수도 있겠지.

기다리기만 하면 된다. 이미 두 번째 화살도 날아갔다. 특히 두 번째 화살은 두 발이다. 하나는 이쪽, 또 하나는———.

4

방 벽면을 장식한 커다란 아치 문양 너머엔 경사가 완만한 수로가 보였다. 그 양측을 푸른 수풀이 뒤덮고 있다.

큰 창엔 반쯤 커튼이 쳐져 있었다. 기둥은 모두 대리석이었다.

레그르스 공화국 최고 집정관 코그니타스의 방이었다. 모르디아스 1세가 접견을 연기하고 있는 사이, 마기아 왕국 친위대 대장 네스트리아가 강 너머 이웃 나라에 당도했다. 우르세우스 왕의 유학에 동행해 5년 체류. 조국에 귀국하고 나서 7개월 만의 재회였다.

"어서 앉으시게."

네스트리아가 앉길 기다리다 따라 앉았다.

얼굴은 장방형이고 앞머리는 위로 쓸어 올렸으며 입술은 얇았다. 정에 흔들리지 않을 타입이었다. 냉정하게 보이는 건 엘프의 특징인가.

그는 조용하면서도 분위기가 있는 남자였다. 잠자코 있어도 아우라가 뿜어져 나왔다. 엘프의 나라에서 가장 힘 있는 남자다웠다.

"오랜만에 뵙습니다."

네스트리아가 정중하게 머리를 숙였다.

"오랜만이군. 먼저 우르세우스 왕의 즉위를 축하하네. 이곳에서 지내시는 동안은 술잔을 주고받은 술친구였는데 벌써 이렇게 되었군."

"예. 폐하께서도 꼭 각하께 잘 부탁한다고 말씀하셨습니다. 또 맛있는 술을 마시자고 하셨습니다."

"꼭."

코그니타스가 대답한다.

"유학 중에 사라브리아까지 호위를 붙여주신 것도 감사하고 있습니다. 그 덕분에 눈을 떠 세상을 볼 수 있었다고 하셨습니다."

네스트리아의 말에 가볍게 코그니타스가 고개를 끄덕였다.

본론으로 들어가도 좋을 때라고 네스트리아는 생각했다.

"폐하께서는 히브리드를 우려하고 계십니다. 지금은 평화로워 보이지만, 그들의 위협이 퍼져나가고 있다고 말이죠."

"뱀파이어족을 말하는 게로군."

네스트리아는 고개를 끄덕였다.

"독자적인 힘을 허용할 수 없습니다. 어떤 나라든 힘이 균등해야 평화가 유지되는 법. 누가 누구를 지배할 수 있어선 안 됩니다."

네스트리아는 거듭 말했다. 코그니타스가 고개를 끄덕

였다.

"우르세우스 왕의 의견은 충분히 이해하오."

"히브리드는 홀로 강력한 힘을 가지고 있습니다. 그리고 그게 주변 나라에 위협이 되고 있지요. 국경을 넘어 뱀파이어족이 마기아에도 모습을 보입니다. 언젠가는 이 땅에도 그 모습을 보일지도 모르지요. 레그르스에도 위협을 끼치는 겁니다. 그렇게 되기 전에 두 나라가 힘을 합쳐 위협을 저지해야 합니다. 폐하께서는 지금이야말로 단호하게 나서야 할 때라고 생각하고 계십니다."

네트스리아의 말에 두 번 세 번, 코그니타스는 고개를 끄덕였다.

"우리도 히브리드가 주변 나라의 위협이 될지를 주시하고 있네. 그건 피해야 하니까 말일세."

네스트리아는 가슴속으로 쾌재를 불렀다.

언질을 받았다. 레그르스 공화국의 수장이 히브리드의 힘을 위협이라 인정하고, 염려를 표한 것이다.

제14장 퓨리스 방문

1

깊고 검은 숲속을 마기아 사냥꾼이 화살을 겨누며 이동하고 있었다. 마기아 왕국의 서부, 히브리드 왕국과의 국경지대다. 그는 멧돼지를 쫓고 있었다. 신장이 1m 가까이 되는 덩치가 큰 놈이다.

마기아 서부 숲엔 큰 곰이나 멧돼지는 있어도 승냥이는 없었다. 덕분에 오래도록 흡혈귀도 볼 일이 없었지만 최근 흡혈귀의 목격이 이어지고 있다.

하지만 마기아 사냥꾼은 동료가 잘못 본 것뿐이라고 생각했다. 이 근처에 뱀파이어족이 올 이유가 없었다.

갑자기 개가 짖기 시작했다. 숲 깊은 곳을 향해 으르렁대고 있다.

(곰이라도 있나?)

시선을 준 사냥꾼은 얼어붙었다.

나뭇가지에 빨간 날개를 접은 흡혈귀가 웅크리고 앉아 있었다. 마치 품평이라도 하듯 자신을 보고 있었다.

(날 노리고 온 건가!)

화살을 겨누자,

"활 내려놓지?"

흡혈귀가 먼저 입을 열었다.

"그 활을 쏘면 우리도 널 쏴 죽일 거야. 그게 우리 방식이니까."

압도적인 존재감이었다. 키는 사람과 다를 바 없었으나 곰보다도 위험해 보였다.

마기아 사냥꾼은 화살을 내렸다.

"말귀가 통해서 다행이군."

흡혈귀가 말했다.

"좋은 숲이야. 히브리드와 달리 개간하지도 않았고. 마음에 들어."

한 마디 남기자 흡혈귀는 날아올랐다. 수 미터의 빨간 날개를 펼치며 힘차게 날갯짓했다. 붉은 형체는 바로 푸른 하늘로 훨훨 날아올라 금세 작은 붉은 점이 돼 사라졌다.

2

"아이구 이런, 너무 오래 있었습니다."

파르바이 백작은 머리를 숙였다. 옆에서 새 신부도 머리를 숙인다. 이제 마기아로 돌아가려는 모양이다.

"다시 꼭 와주세요."

전송하는 벨페골 후작은 웃었다. 옆엔 라스무스 백작과 르메르 백작도 있다.

"각하께서도 꼭 마기아에 와주세요."

파르바이 백작은 웃으며 말에 올라탔다. 새 신부도 그 뒤에 탄다.

총 백 명의 가신을 거느리고 파르바이 백작의 행렬이 움직이기 시작했다. 이윽고 벨페골 저택을 나가 모습이 보이지 않게 되었다.

벨페골 후작 일행은 응접실로 돌아와 각자 마음에 드는 자리에 앉았다. 피나스 재무장관은 오늘 궁전에 나가 자리에 없었다.

"마기아 사절단이 궁정에 도착한 모양이야. 폐하는 알현을 거절했다고 하네. 벌써 10일 가까이 방치됐다고 하더군."

라스무스 백작이 귓속말했다.

"두 번째 화살이군."

벨페골이 대답했다.

"우리도 두 번째 화살을 준비해야겠는데. 우르세우스는 세 번째 화살을 쐈을까?"

라스무스가 심술궂은 미소를 짓는다.

"그건 우르세우스에게 운이 있는지에 달렸지. 우르세우스에게 강한 운이 따를지 지켜보세나."

벨페골의 대답에,

"그리고 우리의 운도 말이야."

라스무스가 덧붙이며 사람 좋아 보이는, 하지만 살짝 심술궂은 미소를 지어 보였다.

3

라켈은 국왕 모르디아스 1세에게 귀국 보고를 마치고 마차로 동생 집으로 향하던 참이었다. 국왕에겐 우르세우스 1세도 평화와 우호를 바라고 있다는 걸 전했다. 하지만 마음에 걸리는 말도 했다.

라켈은 아마 우르세우스 왕이 뭔가 변화를 일으킬 생각일지도 모른다고 모르디아스 1세에게 전했다. 아울러 우르세우스 왕이 교류할 생각이 없다는 것도 전했다. 아마 모르디아스 1세에게 사절단은 썩 반갑지 않을 것이다.

하지만 재상 파노프티코스는 상당히 만족스러운 듯했다.

《역시 공주는 여러 방면을 볼 줄 아시는군요. 제가 가는 것보다 훨씬 도움이 되었습니다.》

하고 말해주었다.

하지만 신경이 쓰이는 건 자신보다 먼저 마기아 사절단이 도착한 일이었다. 자신이 출발하기 전에 나갔다는 의미가 된다.

(기선제압을 노린 건가?)

마기아가 무슨 일을 저지를지도 모르겠다.

종일 달려 겨우 저녁이 돼서야 동생의 은신처에 도착했다. 동생은 일부러 입구 근처까지 마중 나와 주었다.

"이런 곳에 와선 안 돼. 들키면 어쩔 거야."

라켈이 질책하자,

"지금껏 누구도 안 온 터라⋯⋯."

하며 요아힘은 쓴웃음을 지었다. 라켈은 저택 안으로 들어가 그곳에서 동생과 부둥켜안았다.

"사람이 온 건 두 달 만입니다. 최소한 백작과 자유롭게 왕래할 수 있으면 몰라도, 줄곧 틀어박혀 있으니⋯⋯."

요아힘이 어두운 표정을 짓는다. 마치 외로움 많이 타는 아이 같았다.

"넌 왕엔 어울리지 않는구나. 너무 응석받이 같은 구석이 있다."

그리 말은 매정하게 하면서 라켈은 팔에 힘을 주었다. 요아힘은 왕위와 인연이 없다고 생각하면서 어린 시절을 보내다, 12살 때 돌연 왕이 될 자격이 있다는 말을 들은 것이다. 마음은 아직 어린아이일지도 모르겠다—— 아무리 위정자처럼 성장했다고 해도.

"언제나 페르키나 백작을 만날 수 있을지⋯⋯."

요아힘이 물었다.

"조만간 폐하가 허락해주실 거야."

동생을 껴안은 채 라켈은 대답했다.

4

네스트리아가 레그르스 공화국을 떠난 지 이미 10일이 지났다. 그녀는 지금 퓨리스 왕국에 와 있었다.

눈부시게 화려한 순금장식을 단 왕좌에 이슈 왕이 앉아 있었다. 옆엔 재상 아브라힘이 서 있었다.

"우르세우스 왕에게 축복한다고 전하라."

"감사합니다."

하며 네스트리아는 머리를 숙였다. 자연스레 가슴골이 엿보였다. 분명 이슈 왕은 봤을 것이다.

"폐하께선 무엇보다 평화와 우호를 바라고 있습니다. 한 나라가 평화를 어지럽히고 위협하는 걸 걱정하고 계십니다."

네스트리아는 말을 꺼냈다.

"어느 나라 하나가 압도적인 힘을 가지면 평화를 어지럽히기 마련입니다. 모두 균등해야지만 평화를 지킬 수 있지요."

이슈 왕은 대답하지 않았다.

"그래서?"

재상 아브라힘이 재촉한다.

"레그르스 국의 코그니타스 님께도 그 말을 하고 왔습니다. 코그니타스 님은 히브리드가 주변 국가에 위협 끼치는 걸 막아야 한다고 하셨습니다."

"그래서 우르세우스 왕은 뭐라 하시더냐?"

아브라힘이 물었다.

"폐하께선 히브리드와 평화협정을 맺을 생각이십니다. 하늘의 힘을 막지 않으면 평화를 지킬 수 없습니다."

"뱀파이어족과의 동맹을 끊으라는 말이라도 할 작정이냐?

히브리드는 듣지 않을 거다."

아브라힘이 추궁했다.

"한 번 부탁해서 좋은 대답을 들을 거라곤 생각지 않습니다. 하지만 두 번 부탁하면 듣지 않을 수 없겠지요. 히브리드는 그렇게 할 수밖에 없을 겁니다."

자신만만하게 네스트리아는 말해 보였다.

"허허. 자신감이 대단하구나."

아브라힘이 반쯤 웃으며 대답했다.

"평화협정으로 히브리드는 하늘의 힘에 제약이 생길 겁니다. 그때 퓨리스가 새로이 평화협정을 맺으면 이 땅에 진정한 평화가 찾아오는 것이지요."

네스트리아는 입술에 미소를 띠었다.

"만약 다른 나라가 누군가의 공격을 받는다면 폐하는 어떻게 하십니까?"

네스트리아의 질문에 이슈 왕은 대답하지 않았다. 대신 아브라힘이 대답했다.

"어떤 나라든 틈을 보이면 뺏기는 법이다."

제15장 제한요구

1

소이치로의 침실 침대에 엎드린 채 큐레레가 자고 있었다. 분명 여기저기서 신나게 놀다 지친 것이리라. 행복한 듯 무방비 상태로 새근새근 숨소리를 내고 있다.

소이치로는 오늘 일어난 일을 일기에 적고 있었다. 히브리드에 온 이래 일기를 계속 쓰고 있다. 원래 세계로 돌아갈 때 들고 갈 수 있을까, 돌아가도 과연 히브리드 어를 읽을 수 있을까, 하는 의문은 있지만, 반드시 책으로 내겠다는 야망을 가슴에 품고, 기록을 이어가고 있다.

오늘은 라켈 공주의 편지가 도착했다. 소이치로도 편지를 읽었지만, 신경 쓰이는 내용이 적혀 있었다. 우르세우스 왕은 사절단을 보내 모르디아스 1세에게 무언가를 제안할 거라고 했다.

《양국의 평화와 우호를 올바르게 구축하기 위한 제안입니다. 자세히는 사자가 전할 겁니다》.

그리 재상 자리아가 말했다고 하는데 '올바르게'라는 부분이 마음에 걸렸다. 지금이 올바르지 않다고 말하는 거니까. 그리고 그들이 말하는 건 아마 뱀파이어족——.

히로토 일행도 같은 생각이었다.

《하늘의 힘이 어쩌고 하면서 족쇄를 달려 하겠지.》

히로토는 이미 안다는 듯 중얼거렸다.

그럼 히로토는 어떻게 할까? 거절하려나? 받아들이진 않 겠지. 아마 국왕이 그리하라 명해도 히로토는 또 빠져나갈 길을 찾으려 할 거다.

또 하나 마음에 걸리는 건 우르세우스 왕의 말이었다.

《짐의 바람을 이룸에 있어 교류는 필요 없다.》

재상 자리아는 그것도 제안에 적혀 있다고 보충 설명을 했다는데, 라켈 공주는 뭔가를 속이고 있는 듯이 보였다고 적었다.

《저에겐 뭔가를 획책하는 듯이 보입니다. 적어도 히브리 드와 교류를 돈독히 하고 우호 관계를 쌓을 듯이 보이진 않 았습니다.》

엘빈은 어차피 시답잖은 내용이 아닐까 생각했다. 하늘의 힘을 버리라는 말을 할 게 뻔하다고.

《하늘의 힘을 버려라, 두 개 연합과의 동맹을 해제하라는 말을 들으면 어떻게 하실 겁니까?》

히로토는 즉시 대답했다.

《발큐리아와 헤어지기는 건 싫으니까 거절해야지.》

냉큼 발큐리아가 기뻐서 히로토에게 달라붙었다. 소이치 로는 일부러 히로토가 저걸 노리고 말했다고 생각했다.

응.

틀림없어. 저 녀석, 얼굴이 무척 빨개졌으니까.

소이치로는 일기를 다 적고 훌훌 앞 페이지를 넘겼다. 히로토가 얼마나 거침없이 언변을 펼쳐 보였는지, 기억하는 대로 가능한 한 정확히 기록했다. 벌써 몇 번이고 다시 읽었지만, 다시 읽을 때마다 대단하다는 생각이 들었다. 퓨리스 재상과 두 장군을 앞에 두고 실력을 뽐낸 연설은 특히 강렬했다.

(나도 저렇게 되받아칠 수 있으면…….)

하고 소이치로는 생각했다.

2

루시니아 주는 히브리드 왕국 동부에 있어 마기아 왕국과 국경을 접하고 있다. 주장관은 귀족으로 이른바 귀족 주──귀족이 주장관을 맡은 주다.

루시니아 주장관 린페르도는 벨페골 후작으로부터 편지를 받은 참이었다. 린페르도도 벨페골 후작의 이름은 알고 있다. 본인도 몇 번인가 만난 적이 있다. 전 재상을 맡았던 나라의 실력자이다. 그 후작으로부터 편지──.

린페르도는 흥미를 느끼고 편지를 펼쳤다.

《──에 대해 주장관령으로 금지──》

생각지도 못한 제안에 린페르도는 조금 놀랐다. 볼고르 백작의 비극을 반복하지 않기 위한 예방적 조치라 적혀 있다.

《뱀파이어족이 정해놓은 주만을 다닐 수 있도록 하는 것이 이 나라 사람들 사이에서 쓸데없는 다툼이 일어나지 않는, 가장 좋은 방책이라 생각하오. 꼭 동의한 뒤 준비해주시기 바라오.》

편지를 다 읽자 린페르도는 후작의 사자를 가까이 불렀다.

"후작께선 뭘 노리고 계시나?"

벨페골의 사자는 대답했다.

"족쇄를 채우는 겁니다."

3

모르디아스 1세가 마기아의 사절단에게 궁에 들라 한 것은, 그들이 도착하고 3주가 흐른 뒤였다. 응징은 충분하다고 생각한 것이다.

파노프티코스가 왕의 집무실로 들어가자, 아름다운 달걀형 얼굴의 대머리 노인이 기다리고 있었다. 머리 윗부분은 반들반들했지만, 커다랗고 뾰족한 귀 주변에는 아직 백발이 남아 있다.

대장로 유니베스테르였다. 엘프 장로회의 최고 정점에 선 실력자이다. 예전 이 나라의 왕을 선출하는 건 엘프였다. 지금이야 왕을 선출하는 건 엘프만이 아니지만, 국가에 대한 엘프의 영향력은 지금도 여전히 뿌리 깊게 남아 있다.

국왕이 침실을 나와 모습을 보였다. 이미 마기아 사절단은 알현실에 도착해 있다. 세 사람은 호위병의 경비 속에 이동을 시작했다.

(우르세우스 왕이 보낸 사자 녀석들, 무슨 소릴 할 작정이냐. 히로토에게 했던 이야기를 내게도 할 셈인가.)

(설마 50년 전 전쟁 얘기를 할 작정은 아니겠지?)

나팔이 울려 퍼지고 호위병이 알현실로 들어갔다. 먼저 유니베스테르가 그리고 국왕 모르디아스 1세가 그리고 재상 파노프티코스가 뒤를 따랐다.

옥좌에 도착했다. 모르디아스 1세가 착석한다.

"얼굴을 들어라."

국왕의 명령에 고개를 숙이고 있던 안경 낀 여자가 얼굴을 들었다.

야무지고 자못 엄격해 보이는 얼굴의 여자였다. 미인인데 여자다운 요염함이나 사냥함이 없다. 하얀 천에 파란 줄이 들어간 코트 같은 상의를 입고 있다. 상의의 옷깃이 펼쳐져 있어 그 아래로 형태가 좋아 보이는 풍만한 가슴이 엿보였다.

"마기아에서 온 재상 자리아입니다."

마기아 국 재상은 딱딱한 목소리로 자기소개를 했다.

(재상이라고?)

마기아의 왕 우르세우스는 최상급 사자를 보낸 셈이다. 일전에 왕보다 먼저 변경백에게 사자를 보내는 무례를 한 터라 반성한 걸까.

"짐보다 먼저 변경백에게 사자를 보냈다고 하더구나. 언

제부터 마기아는 예의를 모르는 나라가 되었는가. 나사르 1
세는 결코 그런 짓을 하실 분이 아니었다."

모르디아스 1세는 위압적으로 나섰다.

"평화가 걸린 중요한 일이었기에, 제일 먼저 친위대 대장
을 파견했습니다."

자리아가 딱딱한 목소리로 설명한다. 물론 수긍할 모르디
아스 1세가 아니다.

"평화를 생각한다면 제일 먼저 짐에게 인사하러 와야 하
는 거 아니냐?"

"뱀파이어족을 통제하는 건 변경백 한 사람뿐입니다. 그
리고 그 변경백의 일거수일투족에 의해 평화가 흔들릴 수
있습니다. 만약 변경백이 자신의 원한으로 뱀파이어족에게
어떤 나라를 습격하고 오라 명하면, 그 나라는 돌연 위기를
맞겠지요. 뱀파이어족이 퓨리스 수도에 적의 머리를 내던
진 것처럼."

"변경백은 그런 인물이 아니다."

"폐하는 몇 번이고 만나셔서 알고 계실지 모르겠지만, 저
희는 모릅니다. 어떤지도 모를 인물이 혼자 하늘의 힘을 가
지고 있는 건 매우 심각한 문제이지요. 그렇기에 한시라도
빨리 변경백을 만나고 오라고, 저희 왕이 명하신 겁니다."

자리아가 변명을 한다.

"그래도 짐에게 제일 먼저 인사했어야 했다."

"지당하신 말씀입니다. 폐하께서는 이제 막 즉위하시어

젊으신 탓에 이런 과오가 있었던 것이지요. 모두 평화를 위협하는 자를 두려워했기에 일어난 일이니 부디 너그럽게 봐 주시옵소서."

하며 자리아가 머리를 숙였다. 모르디아스 1세는 입을 다물었다. 슬슬 용서할지, 아니면 더 몰아칠지를 생각하는 것이리라.

"우르세우스 왕은 짐과 나사르 왕이 가꾸어온 평화와 우호의 끈을 한순간에 깨부수려 했다. 왕이 할 일이 아니다."

강하게 모르디아스 1세가 내뱉었다. 조용히 자리아가 대답한다.

"폐하께서는 히브리드가, 변경백이 언제 우리나라에 어금니를 드러낼지를 염려하고 계십니다."

"위협이라?"

모르디아스 1세가 되묻는다.

"얼마 전에 어느 귀족이 뱀파이어에게 죽은 사건이 있지 않았사옵니까? 백작에게도 죽어 마땅한 잘못이 있었다고는 하오나, 이는 국왕의 권리로 처벌을 집행했어야 하는 일. 아무리 국경의 방위와 얽힌 문제였다고는 해도, 뱀파이어가 그를 처벌할 권리는 없습니다. 허나 그들은 법과 왕의 권리를 짓밟고 마음대로 움직였습니다."

"볼고르는 어리석은 자이기에 뱀파이어족이 짐을 대신해 토벌한 것뿐이다! 그대가 참견할 바가 아니다!"

모르디아스 1세가 분노를 터뜨렸다.

"이국의 법과 왕의 권리를 짓밟는 자들이 진정 평화를 지킬 수 있다고 말씀하시는 겁니까?"

지지 않겠다는 양 자리아가 다그친다.

정론이다. 하지만 정론이면 일수록 인간의 감정을 거스르는 법이다.

"뱀파이어족이 이미 평화를 지키고 있지 않더냐!"

모르디아스 1세는 호통치며 대답했다.

"하오나 저희는 그들에게 위협을 느끼고 있습니다. 땅을 날아서 넘어 적의 목을 수도에 내던질 수 있는 종족이 바로 옆에 있사옵니다. 그들은 법을 지키지 않고, 왕의 명령도 듣지 않습니다. 짐승같이 자유로운 그들을 어찌 두려워하지 않을 수가 있겠습니까."

딱딱한 목소리로 자리아가 다그쳤다. 모르디아스 1세가 발끈 화를 내며 외쳤다.

"짐의 나라는 귀국을 침략한 적이 없다!"

한순간 거북한 침묵이 생겼다.

왕은 분명 짐은 귀국을 침략한 적이 없다고, 말하고 싶었을 것이다. 하지만 너무 화가 나 '짐'이 아니라 '짐의 나라'라는 공식적인 말투를 하고 말았다. 그리고 그로 인해——.

"——마기아는 50년 전에 히브리드에게 침략을 당했사옵니다. 그렇기에 더욱더 위기를 느끼는 것이옵니다."

기다리기라도 한 듯 차갑고 담담한 말투였다. 모르디아스 1세가 발끈하며 눈을 크게 부라렸다.

"짐은 전쟁을 건 적이 없다! 어느 나라에도! 그런데 네가 감히 짐의 나라가 위협이 된다 하는 것이냐! 짐에게 무례를 범한 것도 모자라 짐을 비난하려 드는 것이냐!"

이 부분은 왕을 위해서라도 변호를 해야 한다고 생각한 파노프티코스가 한 걸음 앞으로 나왔다.

"전에도 상인을 통해 전했소만, 마기아 왕국은 폐하께 무례를 범했소. 그런데 그로도 모자라 감히 폐하 앞까지 나와 비난하려 하는 것이오? 히브리드는 지난 50년간 마기아 왕국을 침략한 적이 없소. 그대들은 일방적으로 우리를 위협이라 떠들면서 평화와 우호가 유지되기를 바라는 게요? 그것이 우르세우스 왕의 방식이오? 그대들이 하는 건 평화를 파괴하려는 어리석은 짓이오. 진정 이 평화를 깨려거든 썩 돌아가 마음대로 하시오."

재상 자리아가 가만히 파노프티코스를 보았다.

흥미가 담긴 눈빛으로.

조금 기쁜 듯한 표정으로.

같은 부류를── 실력자를 만났을 때의 반응이었다.

"하오나 이를 위협이라 생각하는 건 마기아 왕국뿐만이 아니옵니다. 폐하께서는 레그르스와 퓨리스에도 사절단을 보내셨습니다. 코그니타스 님과 이슈 왕께서도 하늘의 힘이 위협적이라 말씀하셨습니다."

파노프티코스는 침묵했다. 모르디아스 1세가 격노해 접견을 뒤로 미루는 사이, 상대는 착착 아군을 늘려가고 있었다.

자리아가 딱딱한 목소리로 말을 이었다.

"히브리드를 제외한 주변 모든 나라에서 같은 의견이 나왔습니다. 히브리드의 독보적인 힘은 힘을 갖지 못한 나라에 너무나도 위협적인 존재입니다. 특히 마기아 왕국은 히브리드와 가까이 있으니, 더욱 그렇사옵니다. 이런 위협을 그대로 방치하는 건 왕의 자세가 아니옵니다."

상당히 언변이 좋은 여자였다. 말의 검은 간단히 꺾일 것 같지 않다.

"그럼 우리에게 하늘의 힘을 버리라고 말할 작정이오? 그 대답은 이미 변경백이 충분히 했을 터."

파노프티코스가 따끔하게 공격하자,

"알고 있습니다. 저희도 방패를 버리라고 할 생각은 없사옵니다. 저희는 양국의 평화와 우호가 앞으로 영원히 이어지기를 바라고 있습니다. 하지만 세상에 불변이란 존재하지 않는 법. 히브리드를 둘러싼 상황도 이미 크게 변하였습니다. 가장 큰 변화는 바로 그 하늘의 힘입니다. 히브리드는 하늘의 힘을 이용함으로써 몹시 광대하고 빠른 연락망을 만들었습니다. 하늘의 군대는 산도 강도 나아가 높은 성벽조차 아무런 의미가 없습니다. 그들이 있는 한 국경의 방위선은 안전을 보장할 수 없습니다."

자리아가 반박했다. 막힘이 없는 반론이었다. 히브리드의 상황이 변했기 때문에 마기아 왕국도 대응하지 않을 수 없다는 이야기다.

즉시 파노프티코스도 되받아쳤다.

"히브리드가 무차별적으로 인접국을 공격하는 일은 없을 것이다."

"저희도 그렇게 생각합니다. 하지만 가능하다는 '객관적 사실'은 사라지지 않지요. 이에 구체적인 방책이 나오지 않는다면 주변 국가들은 언제고 안심할 수 없을 것이옵니다. 양국의 진정한 우호와 평화도 찾아오지 않겠지요."

자리아가 설명했다.

"짐에게 불침략 확약이라도 바라는 게냐?"

모르디아스 1세가 따져 물었다. 아직 분노가 남아 있는 모양이다. 분명 마음은 난폭하게 날뛰는 호랑이일 터이다.

"폐하께서 바라는 건 확약이 아닙니다. 말은 사람을 배신합니다. 저희는 현실적인 제약을 해주시길 바랄 뿐입니다."

자리아는 대답했다. 즉 구체적으로 하늘의 힘을 제한하라는 것이다.

"응할 수 없다."

파노프티코스는 즉답했다.

"마기아와 평화를 이어갈 생각이 없으신 겁니까?"

자리아가 가볍게 도발했다.

"그대들이 태도에 변화를 보이지 않는데, 일방적으로 요구하는 건 다소 오만한 것 같군. 그 오만함에 무슨 평화를 쌓으란 말인가? 그대들이 바라는 건 끊임없는 의심으로 양국을 갈라놓는 것이다."

줄곧 침묵을 지키던 유니베스테르가 추궁했다.

"히브리드가 홀로 강력한 힘을 가지고 있다는 사실은 변하지 않습니다. 그걸 조정하려고 했을 뿐인데 오만하다니요? 군주된 자라면 당연히 조정하려 하지 않겠습니까?"

다시 자리아가 딱딱한 목소리로 반론했다.

"변경백이 말한 대로, 지금도 평화가 이어지고 있다는 건 이대로 괜찮다는 의미다. 조정할 필요가 없다."

파노프티코스는 대답했다.

"그럼, 새로이 평화협정을 맺자고 제안하는 것도 오만하다고 하실 건가요?"

자리아가 말을 꺼냈다.

(그게 진짜 노림수였나.)

파노프티코스는 안경 너머로 날카롭게 빛나는 자리아의 두 눈동자를 보았다. 자리아는 파노프티코스 일행 앞에서 평화협정의 원안을 제시해 보였다.

양국은 항구적인 평화를 강하게 바라며, 그를 위해 이하의 협정을 맺기로 한다.

하나. 땅, 하늘, 강을 불문하고 서로 국경 부근에 군대나 군대에 준하는 걸 배치하지 않는다.

둘. 양국은 서로의 영토 및 그 상공에 군대나 군대에 준하는 걸 단 한 사람도 진격시키지 않는다.

셋. 한쪽이 타국으로부터 공격을 받을 경우, 양국은 서로 지원할 의무를 진다.

노림수는 분명 뱀파이어족이었다. 퓨리스와 맺은 협정에선,
양국은 국경을 넘어 군대를 진격시키지 않을 걸 약속한다.

라고 명기돼 있었을 뿐으로, 그곳에 땅·하늘·강의 구별은 없었다. 뱀파이어족을 대상으로 삼지 않았기에 굳이 히로토가 '군대'라는 문언으로 한 것이다.

하지만 자리아의 안에선 '군대 및 군대에 준하는 것'. '군대에 준하는 것'이 뱀파이어족을 가리키는 건 눈에 보였다. '서로의 영토 및 그 상공'이라는 문항은 명백히 뱀파이어족을 의도하고 있다. 땅에서 병사가 월경하는 것도 금지지만 뱀파이어족이 하늘에서 월경하는 것도 금지라고 말하는 것이다. '단 한 사람도'라는 표기에서도 단 한 사람의 뱀파이어족이라도 월경은 금지라는 강한 의사가 보인다.

마지막 조항은 그다지 의미가 없는 것이었다. 히브리드가 타국의 공격을 받으면 마기아의 지원을 기대할 수 있지만, 마기아가 타국에 공격받을 때도 히브리드는 마기아에 병사를 보내야 한다.

"짐이 이런 걸 받아들일 거로 생각했느냐?"

조금 어이없는 기색으로 모르디아스 1세는 자리아에게 시선을 돌렸다.

"폐하가 현명한 분이시면."

"현명하다면 이런 제안에 응하지 않겠지. 애초 이런 제안 자체를 취급하지 않는다. 퓨리스와도 맺지 않은 걸 어째서 마기아와 맺어야 하느냐."

단호히 모르디아스 1세는 거절했다. 그래도 자리아가 끈덕지게 버텼다.

"실은 우리나라와 귀국의 국경 부근에서 뱀파이어족이 많이 출몰하고 있습니다. 언제 우리 신민에게 위해가 가해질지, 위험한 상태입니다. 제1조엔 그걸 방지하는 의미도 있습니다. 제2조는──."

"그만 됐다."

모르디아스 1세가 말을 가로막았다.

"이런 평화협정을 맺을 생각은 없다."

"아쉽습니다. 이번 일이 원인이 돼 우리 신민에게 위해가 초래되는 일이 없기를 바랄 뿐입니다."

하며 자리아는 물러났다.

4

얼굴이 번들번들한 남자가 수도 바비로스에서 온 방문객, 네스트리아를 맞았다. 눈은 가늘고 차가웠다. 어딘지 모르게 파충류를 연상시키는 얼굴이다.

퓨리스 왕국의 장군 게르메슈였다. 그가 다스리는 베오크

주 강 맞은편엔 히브리드 왕국의 시길 주가 있다.

"그래서 나에게 무슨 볼일이?"

조금 높은 목소리로 게르메슈는 물었다.

"적당할 때 히브리드를 도발해주셨으면 합니다—— 전처럼."

네스트리아가 호소했다.

"이국의 지시는 안 받아."

"이걸 보시고 말씀하시죠."

네스트리아의 부하가 금괴를 옮겨왔다. 게르메슈의 입술이 살짝 일그러졌다. 뒤늦게 웃으며 얼굴을 바싹 갖다 댔다.

"그래서 적당할 때란——."

제16장 죽음의 화살

1

마기아 왕국 재상 자리아는 평화협정을 요청했다, 하지만 국왕은 거절했다──. 그 소식은 협정 내용과 함께 벨페골 저택에 전해졌다. 피나스 재무장관, 라스무스 백작, 르메르 백작, 그리고 벨페골 후작은 협정에 담긴 세 가지 조건을 확인했다.

양국은 항구적인 평화를 강하게 바라며, 그를 위해 이하의 협정을 맺기로 한다.

하나. 땅, 하늘, 강을 불문하고 서로 국경 부근에 군대나 군대에 준하는 걸 배치하지 않는다.

둘. 양국은 서로의 영토 및 그 상공에 군대나 군대에 준하는 걸 단 한 사람도 진격시키지 않는다.

셋. 한쪽이 타국으로부터 공격을 받을 경우, 양국은 서로 지원할 의무를 진다.

"두 번째 화살인가."

하며 벨페골 후작은 만족스러운, 살짝 심술궂은 미소를 지었다. 네스트리아라는 여자가 말한 대로다.

"역시 뱀파이어족을 봉쇄하러 왔군."

라스무스 백작은 냉정한 어조로 감상을 말했다. 생각한 이상으로 심도 있는 내용이다. 유니베스테르도 분개하고 있으리라. 하지만 마기아 왕국엔 엘프는 거의 없다. 장로회 자체가 존재하지 않는다. 유니베스테르도 현지의 엘프 장로회에 손을 쓴다는 방법은 쓸 수 없다.

"땅, 하늘, 강을 불문하고, 라는 게 노골적이군. 노리는 건 확실히 뱀파이어족이야."

벨페골 후작이 중얼거렸다.

"변경백을 향한 언급은 없는데."

"뱀파이어족 봉쇄로 충분하다고 판단한 거겠지."

벨페골 후작은 라스무스 백작에게 대답했다. 즉시 피나스 재무장관이 끼어들었다.

"변경백에겐 우리가 간접적으로 일격을 가해야 하는 거 아닙니까? 세 번째 화살이 날아오면 우리도 같이 화살을 쏘아야 합니다. 그중에 미라족을 향한──."

"쓸데없는 수는 필요 없다고 했을 텐데."

라스무스 백작이 견제한다. 피나스 재무장관은 불만스러운 듯 침묵을 지켰다.

"그런데 세 번째 화살은 쏠 수 있으려나."

하며 벨페골 후작은 턱을 쓰다듬었다.

두 번째 화살이 이 정도면 세 번째 화살은 어떤 내용이 될까. 세 번째 화살을 쏜 뒤에는 시끄러워질 거다.

(이거 재미있어졌는데. 우리도 원조사격을 준비해야 해.)

벨페골 후작은 라스무스 백작에게 얼굴을 바싹 갖다 댔다.

"왕령 개정안은 어떻게 할 건가?"

이전에 백작 일행이 제출한 개정안은 총 5개의 조항이 있었다.

하나. 변경백은 사라브리아, 오르시아, 하갈, 안셀 4개 주에서 밖으로 나올 수 없다.

둘. 변경백은 자신이 통치하는 주의 주민이 접수하는 진정만을 받도록 한다.

셋. 변경백은 추밀원에 가입할 자격을 가지지 못한다.

넷. 변경백 임기는 최장 2년으로 한다.

다섯. 변경백이 왕령 위반을 범했을 경우, 즉시 해임시킨다.

이전 걸 그대로 내봐야 아무런 의미도 없을 것이다. 세 번째 화살의 결과에 따라 개정 내용도 변하겠지만, 첫 시안은 빨리 만들어두는 편이 좋다.

"제1조는 그대로 두고 제2조에 뱀파이어족은 마기아 국경을 넘을 수 없다는 걸 추가하면 충분하지 않을까?"

라스무스가 대답한다.

"제3조는?"

"이번엔 다섯 항목이나 필요 없지 싶은데. 잘해야 두세

개. 너무 많으면 폐하가 고개를 가로저을 거야."

"돈 문제는 적어도 되는 거 아닌가?"

라스무스 백작이 가만히 보고 있었다. 백작의 의도를 알아차린 모양이다.

"변함없이 뱃속이 시커멓군."

가볍게 질책하며 미소를 짓는다. 벨페골 후작도 웃으며,

"다시 서명을 모아야 해. 하다못해 궁정 고문관이라면 폐하게 법안 제출을 할 수 있는데 말이야."

벨페골은 재상을 해임하고 나서, 중요한 직책은 맡고 있지 않다. 궁정 고문관에도 선출되지 않았다. 즉 단독으로 법안을 제출할 자격이 없다. 국왕에게 법안을 제출하기 위해선 귀족들 10명의 서명이 필요하다.

"거북한 녀석이 누군지, 폐하는 잘 알고 계셔."

절친 라스무스 백작의 말에 벨페골 후작은 이 녀석 좀 보라는 양 미소가 번져 나왔다. 절친이라 할 수 있는 독기어린 농담이다.

"10명은 금방 모을 수 있겠지."

"문제는 주장관령이군. 노브레시아, 오제르, 에큐시아, 루샤리아가 막히는 건 타격이 커. 이번에야말로 페르키나의 협력을 얻어야 해. 전번엔 거절당했지만."

하며 벨페골 후작이 비아냥대는 미소를 짓는다.

"또 거절할 것 같은데? 자넬 싫어하잖나."

"그래도 협력은 받아야지."

벨페골 후작은 의미심장한 미소를 지어 보였다.

2

자택에서 히로토가 보낸 편지를 기다리던 라켈 공주도 마기아 왕국의 평화협정 제안내용엔 놀라워했다.

협정은 명백히 뱀파이어족 봉쇄를 노리고 있었다. 타국의 공격을 받았을 땐 서로를 돕는다는 조항도 들어 있지만, 메인은 뱀파이어족 봉쇄였다. 퓨리스의 평화협정에서 배운 것이리라. 퓨리스와의 협정엔 뱀파이어족은 들어 있지 않다.

마기아 재상 자리아는 나중에 사자를 파견해 제안하겠다고 말했는데, 이거였나.

(이런 짓을 한들 평화와 우호는 깊어지지 않는데.)

라켈은 한탄했다.

히로토 님은 평화의 열쇠다. 그 평화의 열쇠에 뱀파이어족이 연결돼 있다. 히로토 님과 뱀파이어족을 적대시해도 아무런 득이 없다.

(어쨌든 히로토 님께 편지를 써야만…….)

3

페르키나도 역시 평화협정 내용을 알고 놀라워했다. 이전 히로토로부터 마기아 국 친위대 대장이 방문해 반론했다는 편지가 있었지만, 그게 이거였던 모양이다. 분명 뱀파이어 족을 정찰하기 위한 방문이었으리라.

변경백 방문.

국왕께 평화협정 제안.

우르세우스는 포석을 착착 진행하고 있는 듯이 보였다. 그렇다면 다음 수도 있을 터. 그게 뭔지 모르겠지만, 우르세우스 왕은 세 번째 방법을 생각하고 있을 거다. 아니면 이미 손을 썼거나.

백작은 갑자기 히로토의 질문이 떠올랐다.

《각하라면 어떤 식으로 군대를 편제해, 어떤 식으로 공격을——.》

그 질문에 대답해줄까?

대답해주는 편이 좋지 않은가?

그런 기분이 가슴을 스쳤다. 하지만 곧 생각을 멈췄다. 저 남자는 자신과 요아힘 전하의 꿈을 깨부쉈다. 후의를 베풀 필요는 없다.

4

마기아 왕국의 대귀족 파르바이 백작은 히브리드 왕국의 루시니아 주 주장관을 방문하고, 모국으로 돌아가던 참이었다. 길이 나빠 마차가 아니라, 말로 이동하는 여행이다.

일행은 젊은 부인에 호위 기사에 하인들을 포함해 총 백 명이 넘었다.

여행은 즐거웠다. 아내의 모국을 아내와 함께 둘러볼 수 있었고, 관계도 깊어졌다. 만난 사람들도 즐거웠다. 벨페골 후작도 친절히 대해줬다. 라스무스 백작과의 대화도 즐거웠다. 르메르 백작에게 화살 활용법을 가르친 것도 좋은 추억이 됐다. 그리고 무엇보다 우르세우스 왕이 전한 임무를 완수할 수 있었다. 네스트리아를 후작과 대면시켰다. 후작은 우르세우스 왕에게 협력할 모양이다. 물론 조건이 붙었지만 좋은 수확이다.

하지만——.

숲속을 걸어가자 그 감흥도 하나씩 하나씩 사라지고 있었다. 검은 불길한 숲이 더 깊어진다. 이 주위엔 도적이 많다. 곰도 나온다고 들었다. 숲속에서 잠을 잔다니, 생각하고 싶지도 않다.

얼마 전 마기아 측 숲으로 정찰 나온 일이 떠올랐다. 그땐 네스트리아라는 아주 솜씨 좋은 여검객이 있었다. 덕분에 든든했지만, 지금은 네스트리아가 없다.

빨리 나가고 싶다고 파르바이 백작은 생각했다. 국경을 넘으면 조금은 안전해진다. 바로 호수도 있고 큰 성당도 있다. 길도 좋아져 단숨에 검은 숲을 빠져나갈 수 있다.

기사들은 투구를 내리고 검과 화살을 들었다. 모두 긴장한 얼굴이었다.

도적들은 화살도 사용한다.

가장 걱정인 건 아내였다. 1년 전에 막 결혼한 갓 20살이 된 아내다. 아직 아이를 낳지는 않았지만 흡족한 아내였다.

바스락 소리가 들렸다.

기사가 말을 멈춘다. 파르바이 백작도 엉겁결에 화살을 쏠 태세를 갖췄다. 활은 자신이 있다.

"도적이냐?"

기사들은 대답하지 않는다. 파르바이 백작은 숲 깊은 곳까지 뚫어지게 쳐다보았다.

움직임은 없었다.

기사들이 말을 앞으로 몰기 시작했다. 도적은 아닌 듯했다. 백작은 조금 질퍽한 길을 급히 나아갔다.

또 바스락 소리가 들렸다. 전방에서 뭔가가 하늘을 가로질렀다.

(도적인가! 나무에 숨어 있었는가!)

"악당 녀석, 썩 나오거라!"

검은 형체가 뛰어나왔다.

재빨리 화살을 겨눠 백작은 당기려 했다. 빨간 날개가 보였다.

(뱀파이어족──?!)

빨간 날개의 소유자는 화살을 겨누고 있었다.

빨간 눈이 백작을 포착했다.

화살이──날아들었다.

둔탁한 충격이 스쳤다.

한순간 목 부근이 맹렬히 뜨거워졌다. 머리가 탁 크게 흔들렸다. 소리를 지르려 했지만, 이상하게도 소리가 나오지 않았다. 맥 빠진 소리가 새어 나왔을 뿐이었다.

(당했다……!)

어디야.

어디에 맞았지.

시선을 아래로 내리자 생각지도 못한 가까운 곳에 화살이 보였다. 화살은── 자신의 목에 꽂혀 있었다.

(이놈이…….)

말을 하려다 파르바이 백작은 말에서 떨어졌다.

"백작님!"

기사들이 소리쳤다.

휘익 소리가 나고 뱀파이어족이 날아올랐다. 기사들이 일제히 얼굴을 돌렸다.

흠칫 놀란 표정으로 보고 있다. 빨간 날개의 뱀파이어족은 큰 날개를 펄럭이며 허둥지둥 날아올랐다. 그 직후 젊은 아내가 비명을 질렀다.

아아, 여기서 죽는구나.

어찌 이런 불명예가.

화살도 쏘지 못하고 괴물 손에 죽어 생을 끝낼 줄은. 어찌 이런 불명예가. 어차피 죽는 거면 전장에서 죽고 싶었다……. 하지만 이걸로 폐하는 세 번째 화살을 쏠 수 있다…….

181

"백작님!"

기사가 달려왔다.

"이 일을 결코 히브리드 사람들에게 알려선 안 된다…….
이건 정령님이 주신 선물이다……우르세우스 왕께만 알려
라……."

그게 파르바이 백작의 마지막 말이 되었다.

제17장 호기도래

1

게젤키아는 연합 일원 중 하나가 인간을 실수로 쐈다고 한 소문을 부하로부터 전해 들었다.

마기아 왕국과의 국경 근처였던 듯하다.

여행객이 자신에게 화살을 겨누는 터라, 반사적으로 화살을 쏘고 말았던 모양이다.

뱀파이어족에게 화살을 겨눈 것이다. 당연한 보복이라 게젤키아는 생각했다. 우리를 죽이려 들면 우리 손에 죽는다.

하지만 당사자는 상대가 놀란 얼굴이었다고 말했다.

(놀란 얼굴?)

게젤키아는 의문을 느꼈다.

상대가 뱀파이어족인 걸 몰랐나?

하지만 그럼 왜 화살을 겨눴지? 우릴 죽이려 한 게 아닌가?

뱀파이어족에게 화살을 겨누는 건, 뱀파이어족에게 적의가 있기 때문이다. 분명 뱀파이어족이라 생각하고 죽이려 한 것이다. 그리 게젤키아는 결론을 내렸다.

2

마기아 왕국의 대귀족이 뱀파이어족에게 죽임을 당했다──.

그 소식은 귀국한 귀족의 가신들에 의해 마기아 궁전에 전해졌다. 이로 선왕 곁에서 온건을 추진해왔던 자들은 두려워 오싹 몸을 떨었다.

뱀파이어족은 위협적이지 않다. 마기아에 어금니를 드러내지 않는다. 그 대전제가 흔들리기 시작한 것이다. 뱀파이어족이 무고한 마기아 귀족에게 어금니를 드러냈다. 게다가 목숨을 잃은 사람은 마기아 왕국의 대귀족 중 한 명인 파르바이 백작이었다.

《백작은 한 발도 화살을 쏘지 않았습니다. 그런데도 뱀파이어족이 갑자기 화살을 쏴 백작을 죽였습니다.》

울면서 가신은 그리 말했다고 한다. 전 재상 라고스는 표정이 어두워졌다.

정말로 뱀파이어족은 아무 짓도 안 한 백작을 죽이려 했을까? 무슨 착오가 아닌가? 만약 뱀파이어족이 일방적으로 화살을 쏜 거면 라고스 일행은 한층 더 불리한 상황에 빠진다. 아무리 뱀파이어족은 마기아에 간섭하지 않는다고 떠들어봐야 의미가 없다. 폐하는 기세등등해져 하늘의 힘의 약화를 실현하려 들 것이다.

라고스는 급히 궁전으로 달려갔지만, 라고스 일행 온건파는 이미 관료단에서 배제된 후였다.

라고스가 국왕 집무실로 안내됐을 때, 이미 파르바이 백작의 젊은 아내가 눈시울을 적시며 무릎을 꿇고 있었다. 우르세우스 왕이 위로하고 있다. 조금 떨어진 곳에 친위대 대장 네스트리아와 재상 자리아가 대기하고 있었다. 둘 다 귀국한 모양이다.

　"폐하. 판단을 서두르지 마시길."

　라고스는 아뢰기 시작했다.

　"정말로 뱀파이어족이 일방적으로 공격해왔는지, 확인해야 합니다."

　"이미 확인했다. 가신들은 뱀파이어족이 일방적으로 화살을 쐈다고 증언했다."

　우르세우스 왕이 일축했다.

　"백작이 화살을 겨눴을지도 모릅니다. 그래서 공격당한다고 착각해 뱀파이어족이 화살을 쏜 건지도 모릅니다."

　"저희 남편이 잘못했다는 겁니까?! 저 괴물이 아니라 남편이 잘못했다고 말씀하시는 겁니까?!"

　백작의 젊은 아내가 눈물 젖은 분노의 눈으로 쳐다보았다. 저 여자가 여기 있는 이상 무슨 말을 해도 역전하기는 어려웠다.

　"백작이 살의를 가졌다고 말하는 게 아닙니다. 국경 근처에선 도적이 출몰한다고 들었습니다. 백작은 도적을 경계하다 착각해 뱀파이어족에게 화살을 겨누었고 이를 공격이라 본 뱀파이어족이 쐈을지도 모릅니다."

라고스는 사고일 가능성을 강조했다.

"그대가 뱀파이어족에게 확인할 텐가? 당연히 놈들은 백작이 먼저 화살을 쐈다고 할 테지! 분명히 말해두마. 그대들은 뱀파이어족은 위협이 아니라고 주장해왔지만, 이게 현실이다! 마기아의 소중한 가신이 뱀파이어족에게 목숨을 빼앗겼단 말이다! 이 꼴을 보고도 안전하다고 지껄일 셈이냐?!"

우르세우스 왕이 어조를 높인다.

"그럼 적어도 히브리드에 항의를 미루――."

우르세우스 왕이 단숨에 폭발하듯 소리를 질렀다.

"사람이 죽었는데도 그런 소릴 하는가! 뱀파이어 놈들은 전에도 히브리드의 귀족을 죽였다. 귀족을 처벌할 수 있는 건 오직 국왕뿐이거늘! 변경백이 단단히 흡혈귀를 통제하고 있었다면 그런 일이 있었겠는가?! 파르바이 백작 국경에서 그렇게 허망하게 죽었겠냐는 말이다! 짐이 지금 침묵으로 치달으면 짐의 가신들은 왜 폐하는 소리를 높이지 않느냐고 불만을 쏟아낼 것이다. 짐은 침묵하기 위해서 즉위한 게 아니다. 짐은 소리를 높이기 위해서 즉위한 것이다!"

라고스는 이미 틀렸다는 걸 실감했다. 상황은 예상대로 악화하고 있었다.

"폐하의 분노를 모르는 바는 아니나, 지금은 자중하셔야 하옵니다. 국가 간의 충돌이 일어나선 아니 됩니다."

우르세우스 왕의 눈이 확 커졌다.

"싸울 때 싸우지 않고 충돌할 때 충돌하지 않는 나라는 얕잡아 보인다! 짐의 소중한 가신이 인접국 뱀파이어족에게 살해당했거늘, 그대는 짐에게 가만히 있으라고 말하는 거냐?! 재상 경험자가 그런 말을 하느냐!"

라고스는 침묵했다. 국왕에게 대답할 말이 없었다.

"짐은 이전에 다음과 같이 예언했다. 왕의 권리를 짓밟고 법을 무시하는 무법자는 반드시 우리에게 위해를 가할 것이라고."

우르세우스 왕은 일단 말을 끊었다.

"짐이 말한 대로 됐지 않았느냐! 그래도 그대는 반대라고 할 것이냐! 이번 일은 무법자와 무법자를 방치한 자에게 책임이 있다곤 생각지 않느냐?"

"짐은 책임 추궁보다도 파르바이 백작의 보상을 요구해야 한다고 생각합니다."

여전히 라고스가 끈덕지게 버티자,

"돈 문제가 아니다! 짐은 레그르스 공화국에서 법의 중요함을 배웠다! 하지만 흡혈귀들은 어떻게 하고 있느냐?! 법을 무시하고 왕의 권리도 무시하고 있다! 그걸 왕도 내버려 두고 있다! 그것이 파르바이 백작의 죽음을 초래했다! 그걸 고쳐 잡지 않으면 제2 제3의 파르바이 백작이 나올 것이다! 지금은 국경 부근에서 그쳤지만, 이번엔 국경을 넘어 우리나라 영토에서 흡혈귀 녀석들이 짐의 백성을 죽일 것이다! 그렇기에 짐은 흡혈귀 녀석들은 위협적이라 말하는 것이다!"

라고스는 대답하지 않았다. 사실이 어쨌든 결과가 그렇게 되어버렸으니까.

(이제 설득은 불가능. 이제 꼼짝없이 히브리드와 전쟁에 돌입하겠구나.)

절망하는 가운데 우르세우스 왕의 목소리가 울려 퍼졌다.

"짐은 힘을 바로잡을 것이다. 짐의 신민에게 위해를 가하는 위협을 감축시킬 것이다. 그것이 마기아 왕국, 왕의 임무다."

3

라고스와 파르바이 백작 부인이 퇴실하자, 집무실 안은 우르세우스 왕과 친위대 대장 네스트리아와 재상 자리아 세 사람만 있게 되었다.

"정령님은 하늘의 힘을 꺾길 바라는 듯하다."

우르세우스 왕이 중얼거렸다.

첫 번째 화살과 두 번째 화살은 계산에 넣은 화살이었다. 하지만 세 번째 화살은 천운에 달려 있었다. 뱀파이어족이 국경 부근에 출몰하는 건 알고 있었다. 언젠가는 마기아 사람 중에 피해가 나왔을 거다. 그때 세 번째 화살을 쏘려고 했는데, 설마 그게 마기아의 귀족이 될 줄은———. 이런 식으로 세 번째 화살까지 연달아 쏘게 될 줄은.

확실히 정령님은 자신을 뒤에서 밀어주고 있다. 세 번째 화살을 쏘고 네 번째 화살을 쏘고. 히브리드의 방패를 약화하고 우리의 방패를 튼튼하게 하고 계신다. 힘의 균형을 바로잡으라고 말씀하고 계신 거다.

"싸움을 걸까요?"

재상 자리아가 물었다.

"물론이다. 호기를 놓치는 건 왕이 아니다. 너희들도 알고 있듯이 이번 일은 그저 귀족이 죽은 사고가 아니다. 힘의 과잉이, 즉 위협이 히브리드 귀족을 공격한 것도 모자라 마기아의 귀족까지 해한 사건이다. 이를 엄중히 다루어야 한다."

우르세우스 왕은 자리아에게 얼굴을 돌렸다.

"막 귀국했는데 미안하구나. 다시 엔페리아로 가라. 짐의 생각을 확실히 전하고 오라. 반드시 성과를 움켜쥐고 오너라."

자리아가 고개를 끄덕인다. 우르세우스 왕은 네스트리아에게로 고개를 돌렸다.

"너는 퓨리스 장군과 후작에게 가거라. 시길의 암여우도 만나고 오너라."

"암여우라 하심은?"

"너도 한 번 만났다. 짐이 예전에 돈을 빌려준 준 암여우가 있다."

네스트리아는 고개를 끄덕였다.

"그 전에 나머지 한 건——."

4

밤의 복도를 걸으며 라고스는 생각에 잠겼다. 우르세우스 왕은 전쟁을 시작할 작정이다. 히브리드와 전쟁하기를 망설이지 않는다. 힘의 불균형이라나 뭐라나 하는 걸 바로잡아야 한다는 광신적인 생각에 사로잡혀 있다. 나사르 1세와 모르디아스 1세 사이에서 키워온 평화와 우호는 무너져 사라지리라.

오늘 같은 때가 올 걸 우려해 히브리드에 왕과 왕자의 불화를 전했는데, 이미 그것도 우르세우스 왕에게 들켰을지도 모르겠다. 머지않아 나를 말살하려 들겠지. 그 전에 나사르 1세가 밝힌 평화의 등불은 어떻게 해서든 남겨둘 계획을 마련해야 한다.

누구에게——.

이 나라 사람에게?

아니.

다른 나라 사람에게——.

라고스는 방에 틀어박혔다. 즉시 편지를 적는다. 친위대가 방으로 뛰어든 건 그때였다.

"왕에 대한 중상모략을 타국에 흘린 혐의로 귀하를 체포한다."

맨 앞에 서 있던 친위대가 소리쳤다.

예상보다 빨랐다. 이리 빨리 움직이실 줄은. 게다가 꼬리까지 이미 잡고 있었다.

"날 죽일 작정이신가?"

라고스는 물었다. 자신이 진심으로 모신 건 돌아가신 나사르 왕뿐. 우르세우스 왕이 아니다.

"동행해주시기 바랍니다."

친위대는 차갑게 용무를 고할 뿐이었다.

그렇구나.

어느 길이든 이제 끝났다. 그럼, 그걸로 됐다. 그저 폐하 곁으로 가면 될 뿐이다.

제18장 세 번째 화살

1

네스트리아는 다시 퓨리스 국 장군 게르메슈를 방문했다. 변함없이 게르메슈는 번들번들한 얼굴을 하고 있었다. 그다지 침대를 함께 쓰고 싶지 않은 남자다.

"때가 왔습니다. 도발을 부탁드리겠습니다."

하며 네스트리아는 머리를 숙였다.

"어금니를 보일 때군. 평화라는 옷 아래 숨겨둔 어금니를."

게르메슈는 대답했다.

2

처음 보고가 올라왔을 때 루시니아 주 부장관은 설마 하고 생각했다. 얼마 전에 마기아 왕국의 파르바이 백작이 방문했다. 주장관 저택에서 하루 묵었다고 들었다. 자신도 만찬 때 얼굴을 보이고 줄곧 얘기를 들어주며 함께 자리했었는데, 마기아 귀족이 죽었다는 소식이 날아왔다.

설마 파르바이 백작인가?

요즘 국경에 도적이 출몰해 어려움을 겪고 있었다. 백작께도 며칠 전에 도적의 습격이 있었다는 건 전했다. 하지만 백작 일행은 근 백 명에 이르렀을 터이다. 기사도 있었다. 그런데 도적에게 졌다니?

보고로는 범인이 뱀파이어라고 되어있었지만, 정작 그 뱀파이어는 이곳까지 잘 오질 않는다. 가신들은 흡혈귀가……하고 분한 듯 중얼거린 모양이지만, 뱀파이어에게 죽었다니, 뭔가 착오가 일어난 게 틀림없다. 그건 그렇다 치더라도 저만치 병력이 있었는데, 이런 일이 일어나다니.

부장관은 우선 루시니아 주장관에게 보고를 마쳤다. 희생자가 파르바이 백작이라면 분명 우리 쪽에 연락이 있었을 거다. 주장관은 딱히 당황하지 않았다. 주장관도 믿지 않는 거다. 부장관은 만약을 위해 살해현장 부근 마을로 병사를 보냈다.

일주일 후 현장에 파견한 기사가 돌아왔다. 다만 그가 도착했을 때 시체는 이미 관에 넣은 후였다고 한다. 현장에는 10명 이상이 있었는데, 모두 기병이었다고 한다. 마님을 기다리게 할 순 없다는 말도 했다고 한다.

마님——.

역시 파르바이 백작이 피해자인 모양이다. 하지만 확증이 없다.

부장관은 만약을 위해 파르바이 가에 편지를 보냈다. 정기보고를 할 때 재상에게도 알렸다. 파르바이 가에서 답장은 없었다. 답장은 다른 형태로 부장관이 아니라 히브리드 왕에게 왔다.

3

파르바이 백작 건은 루시니아 주장관이 한 정기보고 안에 적혀 있었다. 귀족이 한 명 죽었고, 그 귀족은 파르바이 백작일 가능성이 있고, 파르바이 백작은 루시니아 주장관 저택에 묵었고, 죽인 건 뱀파이어족인 듯하고, 마을 사람들에게 관을 만들게 했지만, 파르바이 가에서 연락이 없다는 등등의 일들이 적혀 있었다.

(가짜 정보인가?)

파노프티코스는 의심이 들었다. 파르바이는 파노프티코스도 만난 적이 있다. 바로 얼마 전에도 히브리드에 관광을 다녀갔다는 이야기를 들었다. 새 신부의 고향이 루시니아라는 것도.

(그런 일이 있었으면 루시니아 주장관에게 연락이 와야 하는 거 아닌가?)

만약 진짜 파르바이 백작이 죽었다면?

(심각한 사태다…….)

파노프티코스는 재빨리 부하에게 조사를 명했다.

도적을 만나 피해가 생겼다면 책임은 주장관에게 있다. 혹여나 가장이 죽었다고 하면 책임도 더욱 커진다.

하지만 도적이 아니라 뱀파이어족에게 죽었을 때는 어떻게 하라는 규정이 없다. 도적과 달리 뱀파이어는 하늘의 종족이다. 루시니아 주 관할도, 히브리드 왕국 관할도 아니다. 주장관에게 책임이 없다——.

논리상으론 그렇게 되는 얘기였다.

(아직 사태는 모르겠지만 폐하께 미리 설명해둬야 하리라.)

4

국왕 모르디아스 1세는 집무실에서 설명을 듣고,

"우리에게 책임이 있나?"

하고 확인해왔다.

"법적으론 없습니다. 하지만 모른 척하면 마기아와 관계가 나빠지겠지요. 루시니아 주에서 위로금을 내도록 하는 게 가장 원만할 것 같습니다."

파노프티코스는 대답했다.

"국가 차원에서는 어떻나?"

"히브리드가 공식적으로 이야기를 하면 히브리드의 과실이라 보일 수 있습니다. 그건 피하는 게 좋을 것 같습니다."

"흐음, 그렇군."

모르디아스 1세가 고개를 끄덕인다.

"만약 정말로 파르바이 백작이 뱀파이어족에게 죽었다면 매우 성가신 사태다. 평화협정을 다시 밀고 들이닥치겠지."

"그럴 가능성은 있습니다만 응할 필요는 없습니다."

파노프티코스는 대답했다. 머리에 마기아 국 재상 자리아가 떠올랐다. 저 여자는 3개 조항을 밀어붙이려 했다. 첫 조항이──.

파노프티코스는 한순간 말을 잃었다.

(낭패다.)

그때 저 여자는 제1조의 이유를 설명했다. 분명 최근 뱀파이어족이─.

갑자기 호위병이 방에 모습을 보였다.

"마기아 국에서 대사가 왔습니다. 파르바이 백작 사건을 항의하러 왔답니다."

5

재상 자리아는 전번과 똑같은 표정이었다. 교태도 없고 미소도 없다. 눈빛도 여전히 차분하고 날카로웠다.

재상 파노프티코스는 모르디아스 1세의 뒤쪽에서 상황을 지켜보고 있었다. 막상 무슨 일이 생길 시엔 폐하를 보조해야 한다. 유니베스테르 대장로는 오늘 용무로 부재중이다. 마기아 왕국에는 엘프가 거의 없어서 큰 힘이 되진 못할 테지만.

"마기아의 귀족이자 우르세우스 폐하의 가신, 파르바이 백작이 히브리드와 우호를 다지기 위하여 여행 중 뱀파이어의 손에 죽었습니다. 이에 마기아 왕국은 히브리드에 강력하게 항의하는 바입니다. 마기아 왕국은 이번 사건을 용서할 생각이 없습니다."

자리아는 꽤 엄중한 어조로 말을 늘어놓았다.

상대가 마기아 대귀족인 만큼 소홀히 대할 순 없다. 어려운 문제이다.

"짐도 애통하게 생각한다. 히브리드와 우호를 다지기 위하여 왔던 만큼 더욱 애석하게 여기는바, 두 번 다시 이런 일이 일어나질 않기를 바라노라."

모르디아스 1세는 대답했다.

"이번 사건은 두 나라의 신뢰를 뒤흔들고 평화를 위협하는 사건이며, 예견되어 있던 재앙입니다."

자리아가 험악한 어조로 주장했다.

(예견된?)

파노프티코스는 자리아를 주시했다.

(또 그 이야기를 할 셈인가?)

"전에 평화협정을 맺고자 요청했을 때, 첫 번째 조항이 마기아의 국민에게 피해가 나올 것을 우려하여 말씀드린 것이었으나, 이를 거절하셨습니다."

왕은 침묵했다.

(역시……)

평화협정의 1조는 사실상 뱀파이어를 가리키는 항목이었다. 언젠가 사고가 나면 이런 식으로 공격해올 줄 알고 있었다.

"이는 필연적인 재앙입니다. 평화협정을 맺었더라면 피

할 수 있었던 재앙입니다!"

왕은 대답하지 않았다.

파노프티코스는 대신 답변에 나섰다.

"실례인 줄 알면서 묻겠네만, 둘 중 먼저 공격한 사람이 어느 쪽인가?"

"뱀파이어족입니다. 백작은 도적이라 생각했다고 합니다. 그래서《악당 녀석, 썩 나오거라!》하고 외쳤습니다. 그 순간 뱀파이어족이 나와 화살을 쏘았습니다."

파노프티코스는 입을 다물었다.

최악이었다. 저 말이 사실이라면 책임을 피할 길이 없다.

"먼저 백작이 화살을 당긴 건 아닌가? 위협 사격을 했다던가."

"아닙니다."

"증거는 있는가?"

"목격자가 있습니다."

"목격자가 거짓말을 했을 수도 있지 않은가."

"대귀족을 모시는 기사들이 거짓말을 했다 하시는 겁니까! 기사 여럿이 목격했습니다! 그들 작당하여 거짓을 고했다고 말할 작정입니까?! 그들은 마기아 왕국의 기사입니다! 이는 마기아 왕국을 모욕하는 것입니다!"

자리아는 위압적으로 언성을 높였다. 파노프티코스는 입을 다물었다.

상당히 언변이 잘 돌아가는 사람이었다. 무심코 히로토의 얼굴이 떠오를 만큼.

다만 설령 기사들이 그렇게 말했다 해도, 뱀파이어족이 먼저 공격했다는 생각은 들지 않았다. 무슨 이유가 있었기에 그렇게 됐을 거다. 하지만 진실은 알 수가 없다.

파노프티코스는 방법을 바꿨다.

"히브리드의 법은 여행 중에 도적을 만나 피해가 생기면 해당 주의 주장관이 이를 보상하게 되어있지만, 뱀파이어에게 공격당한 경우는 상정하지 않고 있다. 다만 아무런 대응이 없으면, 양국 관계에 영향이 생길 터이니 루시니아 주가 직접──."

"저희가 원하는 건 위로금이 아닙니다. 두 번 다시 이런 일이 일어나지 않도록 장치를 만드는 것이지요."

자리아는 단호하게 말했다.

"무슨 장치 말이오?"

파노프티코스는 되물었다.

"일전의 평화협정을 다시 들이밀 생각이라면 응하지 않을 것이다."

모르디아스 1세가 먼저 입을 열었다.

"이미 사건이 터진 이상, 이전의 평화협정은 의미가 없습니다. 두 번 다시 희생자를 내지 않기 위해선 다른 장치가 필요합니다."

자리아는 태연하게 말하며 문서를 직접 건넸다.

마기아 왕국의 왕 우르세우스 1세는 히브리드 왕국의 왕 모르디아스 1세가 다음 사항을 확실히 실행하길 바란다.

  하나. 뱀파이어족의 통행을 규제할 것.

  둘. 뱀파이어족의 수를 제한할 것.

  셋. 뱀파이어족을 법 아래에 둘 것.

  넷. 변경백은 교섭에 입회할 수 없다.

  파노프티코스는 침묵했다. 평화협정보다 더 명확하게 뱀파이어족을 노리고 있었다. 제1조는 평화협정의 제1조와 같은 내용이지만, 제2조는 뱀파이어족을 줄이라는 의미고 제3조는 그들을 히브리드의 통치 대상에 포함하란 의미다. 아마 볼고르 백작 건을 염두에 둔 조항일 것이다.

  (설마 뱀파이어족을 재판장으로 끌어낼 셈인가?)

  게다가 네 번째는 노골적으로 쓸데없는 조항이었다.

  "이건 무슨 소리냐?!"

  모르디아스 1세가 언성을 높였다.

  "폐하께서 흔쾌히 승인하시리라 믿고 있습니다. 이 조항만이 또 다른 희생자가 나오는 걸 막을 방법입니다."

  "너희의 제안을 말하는 게 아니다! 이 네 번째 조항이 대체 무슨 의미냐 물은 것이다!"

  모르디아스 1세가 소리쳤다.

  "변경백은 뱀파이어족 편을 드시는 분. 그분이 교섭에 나오면 한사코 반대하여 지연이 생길 뿐입니다. 폐하께서는 순수한 히브리드 인과 교섭해 사태를 해결하길 원하고 계십니다."

"뱀파이어족 문제를 다룬다면 더욱더 변경백이 나오는 게 도리가 아닌가?!"

모르디아스 1세가 소리를 높인다.

"변경백은 뱀파이어족 소녀하고도 사귀던 이야기를 들었습니다. 그는 사실상 뱀파이어족의 일원이나 마찬가지인 셈이지요. 저희는 히브리드와 교섭하려는 것이지 뱀파이어족과 교섭하려는 게 아닙니다. 변경백이 나선다면 교섭을 중단하겠습니다. 검토해주시기 바랍니다."

"그게 너희의 방식인가! 이렇게 우격다짐으로 나올 셈이냐!"

모르디아스 1세의 얼굴이 분노로 붉게 물들었다.

"이 제안이 마음에 들지 않으시면 이 자리에서 저를 베시면 됩니다. 교섭에 응할지는 폐하의 선택이나, 만약 교섭이 결렬되면 마기아 왕국 7천의 군사가 히브리드를 향할 것입니다."

모르디아스 1세도 파노프티코스도 말문이 막혔다. 설마 전쟁으로 협박에 나설 줄은 생각지도 못했다.

재상을 죽이고 교섭을 거절하면 전쟁 돌입이다.

(허세를 부리나?)

모르겠다.

"……평화를 위해 평화를 버리겠다니, 참으로 대단하군."

파노프티코스는 야유를 날렸다. 하지만 자리아는 꿈쩍도 하지 않았다.

"저는 평화협정 얘기를 하러 온 게 아닙니다. 그 건은 이미 대화로 끝났지요. 이건 마기아 왕국 백성의 안전을 이야기하고 있는 겁니다. 마기아 왕국의 백성이 히브리드의 뱀파이어에게 희생당하는 일이 없도록 조치하고 있는 겁니다."

자리아가 차갑게 대답했다.

"그 수단이 바로 무력이고?"

"교섭에 응하시면 저희도 칼을 들 이유가 없습니다."

파노프티코스는 입을 다물었다.

"대답은 일주일 이내에 부탁드립니다. 만약 기한을 넘긴다면 제안을 거부했다 판단하여 군사를 움직일 것입니다."

제19장 퓨리스의 위협

1

테르미나스 강 강가에 퓨리스 군이 나타난 건 한낮의 일이었다. 저번에는 200여 명이었는데 오늘은 500여 명에 달하고 있었다. 기병들은 연안을 행진하다 모의전을 펼치기 시작했다. 그렇게 그들은 배 위의 사람들에게 2시간가량 군사들의 모습을 보여주더니 아무 일 없다는 듯 다시 돌아갔다.

2

마기아 국의 안경 낀 재상이 사라지자, 모르디아스 1세는 분통을 터뜨렸다.

"감히 짐을 협박하려 들다니!"

"50년 전과 상황이 뒤집혔군요."

파노프티코스는 대답했다.

"당시 루시니아 주 주장관이었던 한 귀족이 국경 부근에서 어떤 자의 화살을 맞아 사망한 사건이 있었습니다. 국경을 넘어 히브리드로 들어온 사냥꾼이 멧돼지로 착각해 주장관을 쏘았던 것이지요. 이에 곧장 마기아 왕국에 항의했으나 마기아는 이를 모른 척했습니다. 이 사건이 불씨가 되어 전쟁이 일어났지요."

"설마 마기아가 복수를 꾸미고 있다는 게냐……?!"

모르디아스 1세가 물었다.

"복수인지는 모르겠으나 백작의 죽음을 이용하려는 건 틀림없습니다. 마기아는 히브리드에 불리한 조건을 제시하고 있습니다. 아마 병사를 보내겠다는 것도 이를 위한 압력이겠지요."

"진정 군사가 7천이나 된다면 쉬이 무시할 수 없느니라."

"목적이 목적인지라 그저 허풍일 수도 있습니다. 루시니아 주장관에게 확인해보겠습니다. 추밀도 모두 소환하도록 하지요. 변경백도 바로──."

"그렇군! 어서 히로토를 불러라! 이 문제를 그와 상의해야겠다."

모르디아스 1세의 목소리가 커졌다.

"그리하겠습니다."

가볍게 고개를 숙여 인사하고, 파노프티코스는 방을 나왔다.

일이 꼬이기 시작했다.

폐하께서 히로토를 부르라고 하셨으나, 왕도에는 아직 비행 택배가 없다. 도중부터 비행 택배를 보내도 히로토에게 편지를 보내려면 5일은 걸린다. 아무리 빨리 출발해도 일주일 이내에 도달할 수가 없다.

(그걸 예상하고 일주일 안에 답하라고 한 거겠지만.)

왕도에도 비행 택배가 있었다면 시간에 맞출 수 있었을 텐데.

어쨌든 지금은 일각이라도 빨리 히로토에게 연락을 취해야 한다. 시간 내에 못 온다고 해도 말이다. 그리고 루시니아에도 확인해야 한다. 7천의 군사가 국경에 있다는 건 교섭을 유리하게 이끌려고 한 허풍일 수도 있다. 다만 허풍이 아니라면 급히 병사를 파견해야 한다.

하지만 왕도를 경호하는 3천의 병사를 모두 보낼 순 없다. 루시니아 주와 인근 주에서 지원군을 파견해야 한다. 하지만 인근 주 병사를 다 끌어모아도 7천이 되질 않는다…….

3

네스트리아가 보여준 교섭 내용에 벨페골 후작은 흐뭇한 미소를 지었다. 라스무스 백작과 르메르 백작도 마찬가지였다.

파르바이 백작이 비명횡사 한 건 참으로 안타까운 일이었으나, 이는 후작에게도 마기아 왕국에도 대단한 기회를 만들어 주었다. 이 덕분에 우르세우스 왕은 생각보다 빨리 세 번째 화살을 쏠 기회를 얻을 수 있었다.

"과연, 사후의 화살이란 그런 의미인가."

벨페골은 고개를 끄덕였다.

"하지만 이 정도로 폐하는 고개를 끄덕이실 분이 아닐

텐데."

그러자 네스트리아가 대답했다.

"그때는 7천의 마기아 군대가 히브리드의 국경을 넘을 것입니다."

"……그래서?"

"퓨리스 군이 시킬 주 건너편 기슭에서 기병 500명이 모여 모의전을 했다 합니다. 다음에는 몇 명이 모일지 모르겠군요."

과연, 벨페골은 웃으며 고개를 끄덕였다.

마기아와 퓨리스가 동시에 군사를 움직이면 히브리드는 어느 한쪽과 반드시 타협할 수밖에 없는 상황에 빠진다. 마기아만 움직였다면 맞대응하면 그만이겠지만, 퓨리스가 자꾸 자극적인 움직임을 보인다면, 무시할 순 없는 노릇이다.

"변경백이 움직이겠는가?"

벨페골은 네스트리아에게 물었다.

"움직이기도 전에 기한이 다할 겁니다. 비행 택배라는 걸 사용해도 편지가 5일은 걸린다고 하니, 아무리 빨리 움직여도 불가능하죠."

꽤 세세하게 조사해놓았군.

"설령 그가 온다고 해도 교섭에는 나올 수 없습니다. 그가 모습을 비치면 곧장 중단하게 되어있으니까요."

"그리고 7천의 병사가 국경을 넘는 건가."

벨페골은 흐뭇하게 웃었다.

"그러나 군을 움직이면 어느 쪽이든 변경백이 결국은 움직일 텐데? 뱀파이어족을 데리고."

"그건 걱정할 필요 없습니다. 병사들을 숲속에 숨기면 퓨리스를 괴멸했다는 괴물도 힘을 발휘할 수 없을 테지요."

네스트리아의 설명에 벨페골은 웃었다.

(상당히 머리를 썼군.)

"그럼 우리도 두 번째 화살을 쏘기로 하지. 라스무스."

"그리 합세."

라스무스 백작은 일어났다. 서재에 틀어박혀 급히 국왕에게 제출할 왕령 개정안 집필에 들어간다. 벨페골은 가신을 불러 주장관령 작성을 명했다.

"르메르. 귀하의 주에서도 주장관령 공포를 부탁하네. 많으면 많을수록 폐하께 압력을 가할 수 있으니. 그리고 페르키나의 설득도 부탁하네. 이번에야말로 암여우의 협력을 받아야겠네."

르메르 백작을 고개를 끄덕였다.

"저도 같이 가겠습니다."

네스트리아가 자청했다.

"그대가?"

"그편이 쉽게 돌아갈 겁니다. 백작은 폐하께 빚이 있는 터라. 은혜를 갚는 게 귀족의 법도가 아니겠습니까."

네스트리아가 웃으며 말했다.

퓨리스 군의 도발은 시길 주장관 페르키나 백작 귀에도
날아들었다. 페르키나는 즉시 기병 백 명에게 테르미나스
강 연안의 순찰을 명했다. 퓨리스는 대체 뭘 생각하고 있는
걸까. 평화협정을 깨려는 걸까. 시길을 공격할 생각인가?
어느 쪽이든 내버려 둘 생각은 없다.

그런 생각을 하던 차에 소식이 하나 날아왔다. 파르바이
백작이 죽어, 마기아 왕국이 이를 빌미로 교섭을 제시했다
고 한다. 페르키나는 마기아가 내놓은 조항을 보고 놀라움
을 금치 못했다.

그런가.

일부러 변경백을 만난 게 이런 이유였나. 굳이 조항에 변
경백을 제외하라는 내용을 억지로 끼워 넣은 건 직접 만나
봐 그가 위험하다는 걸 알았기 때문이다. 하지만 그럼 퓨리
스 군은 대체 왜 저러고 있단 말인가. 마기아의 꿍꿍인가?

답은 알 수 없으나 마기아가 뱀파이어를 막기 위해 움직
이고 있는 건 확실했다.

역시 억지로라도 답장을 보내야 했다. 히로토가 나라면
어떤 식으로 마기아를 공격할 건지 의견을 구했을 때는 무
슨 헛소리인가 싶었는데, 아무래도 여기까지 내다보고 한
질문이었던 모양이다. 그의 방식이 맘에 들지 않지만, 그의
발목이 잡혀 히브리드가 마기아에 놀아나는 건 더 화가 난

다. 마기아에 맞서려면 그가 필요하다. 저 남자만큼 든든한 국가의 방패는 없으니.

마음 같아선 직접 병사를 이끌고 나가고 싶지만, 퓨리스를 모른 척할 수도 없다. 영주가 먼저 영지를 비울 수는 없는 법. 어차피 아무리 빨리 움직여도 시간에 맞추진 못한다. 어차피 근신 중이고. 루시니아 주장관도 부릴 수 있는 병사가 거의 없다. 루시니아는 사람이 적으니까. 병사를 아무리 모아도 5~600명이 고작이겠지.

(어째서 그때 답장을 해주지 않았는지…….)

다시 후회가 밀려오던 참에 집사가 방으로 들어왔다.

"르메르 백작과 마기아 왕국에서 손님이 오셨습니다."

마기아 왕국?

르메르?

왜?

르메르는 같은 '국경 기사단'의 멤버였다. 국경 기사단은 북 퓨리스를 퓨리스로부터 구하기 위해 8년 전에 결성한 조직이다.

"마기아 손님?"

"이전에 뵌 적이 있다고 합니다. 우르세우스 왕이 왕자였을 무렵 한 번 뵌 적이 있다고."

우르세우스가 왕자였을 때?

그런 자가 왜 르메르와 함께?

"안내해."

집사가 물러가고 르메르 백작과 함께 폭발할 듯한 가슴의 여자가 모습을 보였다. 터질 것 같은 가슴을 붉은 옷으로 감싸고 있었다.

그녀의 얼굴을 보자 옛 기억이 되살아났다.

우르세우스의 호위였던가. 그때는 한마디도 하지 않았던 터라 만나기 전까지 생각나지 않았다. 이 여자가 히로토를 만나러 왔던 여자일 거다.

"네스트리아 님이신가?"

페르키나는 물었다.

"기억해주셔서 영광입니다. 백작 각하."

"이런 때 무슨 볼일입니까? 전 근신 중인 몸입니다. 친위대 대장이 나에게——."

페르키나가 가볍게 피하려 하자,

"지금이 아니면, 제가 아니면 안 됩니다, 각하. 폐하께서는 꼭 8년 전의 빚을 갚으라고 말씀하셨습니다. 고귀하신 백작 각하라면 설령 근신 중인 몸일지라도 사람의 후의를 잊지 않으시겠죠. 협력까지 근신인 건 아니지 않습니까?"

묘하게 불쾌한 말투였다. 어떤 내용의 부탁을 하러 온 건진 모르겠지만 변변찮은 거라는 것만은 확실했다.

"꽤 오래전의 일인 터라……."

얼버무리려 하자,

"현명한 백작 각하께서 스스로 평판을 깎을 일을 하실 리 없지요. 저희 왕도 무척 기대하고 계십니다."

네스트리아는 연거푸 쏘아붙였다.

(은근히 신경을 긁는군.)

"우르세우스 왕은 뭘 바라시는 거죠?"

어쩔 수 없이 페르키나가 묻자,

"주장관령을 공포해주시길 바랍니다."

"무슨?"

"저도 이미 주장관령을 공포하고 오는 길입니다."

르메르 백작이 양피지를 내밀었다. 양피지엔 조문이 적혀 있었다.

국내에서 마기아 귀족이 뱀파이어족에게 살해당한 사건을 거울삼아 우리 주 귀족과 백성의 안전을 지키기 위해, 주장관으로서 우리 주의 땅 및 하늘에서 뱀파이어족이 이동하는 걸 금한다.

주 안에서 이동은 물론, 비행까지 금하는 내용이다. 이른바 뱀파이어족에 대한 통행금지령.

"왜 이런 게 필요하죠?"

"변경백과 뱀파이어족을 봉쇄하기 위해서입니다."

르메르 백작이 대답했다.

"이걸 공포한다고 뭐가 달라지죠? 죽은 건 히브리드 귀족이 아니지 않습니까?"

"아닙니다. 볼고르 백작이 죽은 사건을 잊으셨습니까. 그리고 이번엔 파르바이 백작이 희생됐습니다. 대귀족이 계속해서 목숨을 빼앗기고 있는 겁니다. 당연히 조치해야 하지 않겠습니까?"

르메르가 대답했다.

울컥 화가 치밀었다.

지금이 어떤 때인지 알고 이러는 건가? 앞에서는 마기아가 군사적으로 압력을 넣고 뒤에서는 퓨리스가 수상한 움직임을 보이는데, 유일한 해결 수단을 봉인한다고?

"변경백에게 짓궂은 장난을 칠 생각이라면, 두 분끼리 하시지요. 저는 근신 중인 몸. 장난에 어울릴——."

"지금이야말로 변경백과 뱀파이어족을 저지할 마지막 호기입니다."

네스트리아가 양피지를 내밀었다.

국왕에게 보내는 청원서였다. 이미 귀족 10명의 서명이 찍혀 있었다. 내용은 다음과 같이 적혀 있었다.

변경백에 관한 왕령에 대해 다음과 같이 수정을 가한다.

하나. 변경백은 사라브리아, 오르시아, 하갈, 안셀, 4개 주에서 밖으로 나올 수 없다.

둘. 뱀파이어족은 마기아 국경에 접근해선 안 된다.

셋. 공격 의사가 없는 마기아 인을 뱀파이어족이 공격했을 경우, 그 책임은 변경백이 진다.

바로 누가 누구를 향해 법안을 만들었는지 알았다.

"벨페골인가."

"역시 현명한 페르키나 님."

네스트리아가 치켜세웠지만 기쁘지도 아무렇지도 않았다. 애초에 벨페골은 얼굴도 보기 싫다. 주장관령을 지휘한 것도 벨페골이리라.

(이런 상황에 방패에 족쇄를 채울 작정인가……!)

페르키나는 분노했다.

"이 청원서를 위해 주장관령을 내서 도우란 말입니까?"

페르키나의 물음에 네스트리아는 고개를 끄덕였다.

"페르키나 님이 벨페골 님을 싫어하는 건 알고 있습니다. 그렇지만 이게 변경백과 뱀파이어족을 봉쇄할 최대의 호기입니다."

르메르가 잘난 체하며 나섰다.

"설령 제가 주장관령을 내려도 바뀌는 건 없습니다."

"아닙니다. 이건 폐하께 빚을 갚을 좋은 기회입니다. 이번 기회에 평판을 높이시는 게 어떠실지요."

네스트리아가 촉구했다.

(암여우 같은 계집애가……!)

페르키나는 가만히 노려보았다. 머릿속엔 눈앞의 여자와 우르세우스를 향한 분노가 소용돌이쳤다.

저 남자는 그런 남자였던가. 사람을 도와주고 이럴 때 빚을 갚으라고 다그치는 남자였던가. 어쩜 이리도 야비하단 말인가. 변경백보다 못한 남자가 아닌가.

르메르도 르메르다. 국경 기사단이면서 벨페골에게 힘을
빌려주다니……!

네스트리아는 침묵했다. 말을 건네기보다 기다리는 쪽이
상책인 걸 아는 것이다.

나는 히브리드의 귀족이다. 명문 라렌테 가의 수령이다.
이국의 왕에게 받은 은혜를 갚지 않으면 귀족의 불명예. 내
가 불명예를 범할 리 없다는 걸 이 여자는 아는 것이다.

페르키나는 종을 울렸다. 바로 집사가 방에 들어왔다.

"이거랑 같은 걸 만들어 공포해."

집사는 바로 방을 나갔다. 이윽고 집사가 주장관령을 손
에 들고 돌아왔다. 페르키나는 잠자코 깃털 펜을 집어 페르
키나 · 드 · 라렌테라 서명했다.

굴욕적인 서명이었다. 불명예를 피하기 위한 불명예 서명
이었다. 뱀파이어족의 행동을 제한하는 것, 특히 마기아 국
경의 접근을 금하는 건, 히브리드에 좋을 게 하나도 없다.
마기아가 외압을 가하고 있는데, 참으로 어리석은 계책이
다. 변경백에 관한 왕령 개정안도 현시기에선 그저 개악적
인 안이다.

(이대론 끝내지 않아…….)

"폐하를 대신해 감사드립니다. 각하께 행운이 있으시길."

네스트리아는 가볍게 고개 숙여 인사하고는 방을 나갔다.
방엔 페르키나와 집사와 르메르 백작이 남았다.

페르키나는 딱 르메르 백작에게 얼굴을 돌렸다.

"귀하는 내 동료입니까! 아니면 후작의 동료입니까!"

날카로운 목소리에 르메르 백작이 당황했다.

"무, 무슨 말씀입니까, 당연히 백작님의 동료 아니겠습니까."

"그럼 내일 당장 주장관령을 취소하세요!"

"예?!"

느닷없는 이야기에 미남 르메르 백작은 저도 모르게 나사 빠진 목소리로 되물었다. 달콤한 얼굴엔 어울리지 않는 얼빠진 목소리였다.

"주장관령을 내달라 했지만, 언제까지 유지하란 말은 없었습니다. 저런 악법, 하루면 충분해요."

"하지만 그러면 변경백을——."

그러나 그가 말을 마치기도 전에 페르키나가 발끈 얼굴을 돌려 외쳤다.

"마기아는 7천의 병사로 히브리드의 국경을 위협하고 있습니다! 퓨리스도 테르미누스 강 건너편 기슭에서 군사훈련을 하고 있습니다! 이런 상황에 나라의 방패에 족쇄를 채우는 어리석은 자가 어디 있습니까!"

"하지만 각하는——."

"예, 저도 변경백이 싫습니다! 하지만 이건 다른 문제입니다. 제가 싫다고 나라의 방패를 뺏는다니 얼마나 어리석은 짓입니까!"

"이곳에는 각하가 있으니 문제없지 않습니까. 게다가 마기아의 국경은 숲이 우거져있습니다. 뱀파이어족이 도와주려 해도 방도가 없을 겁니다. 애초에 변경백은 시간 내에 오지도 못하고요."

"그럼 우리가 병사를 거느리고 루시니아를 구하러 달려갈 수 있나요! 지금 병사를 거느리고 바로 갈 수 있는 건 변경백뿐입니다!"

"하지만 변경백이 수도에 가는 건——."

"군사를 끌고 와서 압박하는데 대체 무슨 교섭을 하겠다는 겁니까!"

페르키나 백작의 외침에 르메르 백작은 입을 다물었다. 검술 실력은 르메르가 앞서겠지만 폭넓은 사고력에 있어선 페르키나 쪽이 위였다.

"전 지금 공포해 내일 취소할 겁니다. 귀하도 그러길 바랍니다."

온화한 목소리로 돌아와 페르키나 백작은 그리 전했다.

제20장 자리아의 방패

1

파노프티코스는 대사제 소브리누스와 함께 두 번째 교섭에 임하고 있었다. 자리아는 전과 마찬가지로 차가운 표정을 짓고 있었다. 차가운 두 눈동자 깊은 곳에 무슨 생각을 담고 있는지는 알 수가 없었다.

자리아는 계속 같은 요구를 들이댔다.

"저번에도 말했지만, 루시니아 주에서 위로금을 지급할 수는 있네. 하지만 그 이상은 불가하네. 50년 전 일을 잊었나? 우리 항의를 무시한 건 마기아가 아니었나."

파노프티코스가 설명하자,

"그래서 군대를 보냈다가 바로 역병이 돌지 않았습니까? 정령님의 뜻에 반하는 일이었다는 것이지요."

자리아가 설명을 이어받는다.

"그대들은 마지막까지 모른 척하지 않나."

파노프티코스는 딱 잘라 말했다.

"설마 그 사건과 상쇄하자는 말씀입니까? 저희는 미리 말씀드리지 않았습니까. 평화협정의 제1조는 마기아의 국민을 뱀파이어족으로부터 지키는 의미도 있다고. 하지만 히브리드는 이를 거절했습니다. 그리고 결국 희생자가 나왔지요. 저희는 이런 피해가 또 생기는 걸 막고자 방지책을 만들려고 하는 겁니다. 그것이 양국의 평화로 이어지기에 장치를 요구하는 것입니다."

자리아가 되받아쳤다.

"끝까지 모른 척해놓고 말은 잘하는군."

파노프티코스가 야유하자,

"사냥꾼이 뱀파이어에 비할 바가 됩니까? 뱀파이어가 있어서 이렇게 된 것 아닙니까! 사냥꾼이 하늘을 날아다닐 수 있다고 생각하십니까?"

그리 물으며 웃었다.

완전히 평행선인 채로였다. 그리고 퓨리스 군의 정보는 아직 왕도엔 전해지지 않았다.

2

다음날 대장로 유니베스테르가 왕도로 돌아왔다. 유니베스테르는 이내 재상으로부터 보고를 들었다.

(훨씬 전부터 노리고 있었군.)

새로운 왕은 즉위할 때부터 뱀파이어족의 위협을 없애는 협정을 히브리드에 들이밀 생각을 했을 거다. 다만 모르디아스 1세는 아무리 떠들어봐야 움직이지 않을 거다. 그래서 이런 무력시위를 시작한 것 같은데. 용납할 수 없다.

"그래서 7천의 마기아 군이 국경에 있다는 게 참말이요?"

"아직 확인 도중입니다."

파노프티코스는 대답했다.

"마치 50년 전의 앙갚음 같군."

유니베스테르가 투덜거렸다. 50년 전 루시니아 주장관이 마기아 사냥꾼에게 죽었을 때, 유니베스테르는 이미 성인이었다. 파노프티코스는 아직 어린아이였지만──.

"꺾을 수 있겠나?"

유니베스테르가 물었다.

"글쎄요. 저쪽은 어떻게든 뱀파이어족에게 족쇄를 달고 싶은 모양입니다."

"위협이라 간주하는 쪽이 위협적이군."

유니베스테르가 야유를 날렸다.

"일대일로 만나보지. 어떤 상황인지 직접 보고 싶소."

"너무 기대하지 마십시오. 상당히 말을 잘합니다."

파노프티코스가 충고했다.

3

마기아 왕국 재상 자리아는 대장로 유니베스테르의 방문을 받은 참이었다. 머리카락은 이제 거의 없었지만 실로 아우라가 강한 관록 있는 노인이었다. 눈빛도 날카로웠다.

논의가 평행선을 달리는 터라 일대일 논의를 걸어온 것이리라.

"처음부터 이럴 생각이었구나."

입을 열자마자 유니베스테르는 지적했다.

"저흰 평화와 우호를──."

자리아가 설명을 시작하려 하자,

"거짓말은 필요 없다. 엘프에게 거짓말이 통할 거로 생각하느냐?"

유니베스테르는 치고 들어왔다.

(엘프에게 거짓말하는 건 무린가.)

자리아는 마음속으로 웃으며 대답을 바꿨다.

"마기아 왕국은 어느 한 나라가 홀로 하늘의 힘을 가진 걸 용납할 수 없습니다. 하지만 히브리드에 하늘의 힘을 완전히 버리라고 하는 건 예의가 아니겠지요."

"이미 충분히 무례를 저지른 것 같네만."

유니베스테르가 추궁한다.

"그래서 하늘의 힘을 억제하는 정도만 하기로 했습니다. 그럼 자연스럽게 평화를 이어갈 수 있겠지요."

자리아가 그리 말하자,

"지금도 평화롭지 않은가."

다시 유니베스테르는 추궁해왔다. 자리아는 온화하게 반론했다.

"히브리드는 그렇겠지요. 하지만 마기아 왕국은 그렇게 생각하지 않습니다. 바로 옆 나라가 무엇과도 견줄 수 없는 압도적인 힘을 가지고 있습니다. 땅 위의 방위벽은 아무런 의미도 없지요. 언제든 수도에 목을 던질 수 있을 만큼."

"변경백이 머무는 성과 마기아는 거리가 상당한데."

그러자 자리아가 다시 대답했다.

"하늘의 힘 앞에서는 거리는 중요하지 않지요. 폐하께서는 그런 힘이 있다는 것만으로 불안해서 잠을 못 이루실 겁니다."

"잠을 못 이루는 자가 생각할만한 계획이 아닌 것 같은데."

지금까지의 설전 중에 가장 날카로운 추궁이었다.

"어찌 말씀하셔도 마기아 왕국이 불안해하는 건 변하지 않습니다. 옆에 있는 사람이 검을 빼 들고 있는데, 찌르지 않을 거니 겁먹지 말라고 한들, 그걸 어떻게 믿으란 말입니까? 저흰 언제 찔릴지도 모르는 두려움에 떨며 살 순 없습니다."

그리 되받아치자, 유니베스테르는 대답하지 않았다.

"대장로께선 뱀파이어족이 세력을 다룰 때는 매우 신중하시다고 들었습니다. 대장로께서 설득에 나서 주시면 폐하께서도 기뻐하실 겁니다. 폐하는 레그르스에서 유학하셨던 만큼 엘프분들을 아주 존경하고 계십니다."

유니베스테르는 한동안 잠자코 있었다. 이윽고 침묵을 깨고 입을 열었다.

"난 힘의 균형이라는 생각 좋아하지 않네. 정치는 사람과 사람이 하는 거야. 외교도 마찬가지. 등에 나라와 왕을 짊어졌을 뿐, 사람이 하는 일일세. 힘으로 하는 게 아니야. 사람이, 왕이, 나라가, 힘을 가지고 있어서, 서로 충돌할 때 그 힘이 겉으로 보일 뿐이지, 힘이 본질이라고 생각한다면 실수할 걸세."

"유니베스테르 님의 생각대로라면 우리나라는《모르디아스 1세는 좋은 분이니까 쳐들어오지 않아, 안심해도 좋아》라고 생각해야겠지요. 하지만 돌연 왕이 쓰러지고 왕자가 즉위하면 어떻게 됩니까? 새 왕이 야망에 넘쳐 호전적이라 하면? 그때는 대처하려 해도 이미 늦습니다. 외교는 사람과 사람이라 말씀하셨지만 중요한 게 빠졌습니다. 왕의 미래, 나라의 미래가 말이죠."

유니베스테르로부터 반론은 없었다.

4

다음에 자리아에게 면회를 요청해온 사람은 대사제 소브리누스였다. 수염도 많고 애정도 많은 것 같은 느낌의 온후해 보이는 노인이었다.

"우리 히브리드도 정령님의 가르침을 믿는 자. 귀국 분들도 정령님의 가르침을 믿는 자. 어째서 양국에 싸움을 일으키려고 하시나?"

소브리누스 대사제의 질문에,

"사는 나라, 사는 토지, 사는 사정이 다르기 때문입니다."

하고 자리아는 즉시 답했다.

"같은 풀꽃이라도 토양이 다르면 다른 법. 사람 역시 마찬가지입니다. 그리고 사람은 자신이 사는 땅을 지켜야 합니다."

"히브리드는 지난 50년간 평화를 지키려 했네."

소브리누스가 정중하게 항변했다.

"그렇긴 하나 50년 전엔 빼앗으려 들었습니다. 언제 또 그런 일이 일어날지 누구도 알지 못합니다. 그때가 와서 움직이려 해봐야 늦겠지요. 저희는 그때를 대비하는 겁니다."

"정령님이 뱀파이어족을 봉쇄하길 정녕 바라신다고 생각하나?"

소브리누스 대사제의 물음에 자리아는 가슴을 펴고 대답했다.

"지금도 아무런 저주가 없으니 그러신 거겠지요. 오히려 히브리드에 평화협정 요청을 거절당하자마자 애통한 사건이 일어났다는 건, 이것이 정령님의 뜻이라고 봐야 하는 게 아닐지요?"

소브리누스 대사제는 고개를 가로저었다.

"당신은 뱀파이어족 분들을 모르시네. 직접 만나면 생각도 바뀌는 법이지."

자리 아는 즉시 반론해 대사제 입을 다물게 했다.

"저희는 뱀파이어족의 인성을 문제 삼는 게 아닙니다. 히브리드가 그들을 하늘의 힘으로 쓰고 있는 것이 문제이지요. 하늘의 힘을 억누르지 않으면 진정한 평화는 오지 않습니다. 정령님도 그들의 힘을 억누르길 바라시겠지요."

5

　마지막으로 면회하러 온 사람은 라켈 공주였다. 마기아 왕국에서 만난 이래였다. 나리아보다도 훨씬 가슴이 풍만했다. 아무래도 좋지만.

　"변경백이 싫으신가요?"

　처음부터 라켈 공주는 매섭게 추궁해왔다.

　"변경백이 사람으로서 싫고 좋은 문제가 아닙니다. 히브리드가 하늘의 힘을 가지고 있다는 것만으로도 마기아엔 위협이라는 게 문제이지요. 실제로 그 하늘의 힘이 이미 마기아 왕국 백성의 목숨을 앗아갔습니다. 폐하께서는 마기아의 왕으로서 이 문제를 모른 척할 수 없으셨지요. 어느 정도의 제한은 필요합니다."

　"뱀파이어족은 장난으로 사람을 죽일 자들이 아닙니다. 나도 아는 사람들입니다."

　라켈 공주가 되받아쳤다.

　"그리 말씀하셔도 이미 피해자가 나왔습니다. 히브리드에서도 귀족이 죽었지 않습니까—— 귀족을 심판하는 건 왕의 고유 권한인데도."

　자리 아는 담담하게 대답했다. 바로 라켈 공주가 되받아쳤다.

"그건 그가 히로토 님의 목숨을 노렸기 때문입니다. 뱀파이어족은 히로토 님을 자신의 동료라 생각합니다. 동료의 목숨을 노렸기에 보복에 나섰던 겁니다."

"그들의 동료라면 더욱 협상 자리에 어울리지 않겠군요. 더구나 유일한 연결고리인 히로토 님이 그들을 제어하지 못한다면 역시 규제가 필요합니다."

자리아는 반격했다.

"그건 뱀파이어족의 반발을 불러올 뿐입니다. 오히려 마기아 백성이 위험해집니다."

라켈 공주도 지지는 않았다. 하지만 자리아도 라켈 공주의 말에 질 여자는 아니었다.

"그럼 저희는 손을 놓고 당하기만 해야 합니까?"

"뱀파이어족에게 책임을 물으면 되지 않습니까? 그렇게 한다면 반드시 히로토 님이 힘이 돼주실 겁니다. 당신들은 귀족의 죽음을, 왕의 위엄을 떨치고 히브리드의 전력을 깎는 데 이용하고 있을 뿐입니다. 정말로 두 번째 피해자를 막고 싶다면 뱀파이어족과 좋은 관계를 쌓으면 될 일. 왜 그걸 안 하시는 겁니까? 왜 히브리드에서 가장 뱀파이어족과 깊은 유대를 가진 히로토 님을 배제하고 일부러 뱀파이어족이 아니라 히브리드 왕에게 호소하는 겁니까?"

라켈 공주는 단도직입적으로 추궁해왔다. 상당히 날카롭다.

"뱀파이어족은 법을 준수하는 자가 아닙니다. 어째서 그런 자를 신용할 수 있다고 말씀하시나요? 어째서 이국의 법을 존중하지 않는 자와 대화할 수 있다고 말씀하시나요? 어째서 그런 자들과 한 약속이 유효하다고 생각하시나요?"

지지 않겠다는 양 자리아도 다그쳤다.

"뱀파이어족은 불성실한 사람들이 아닙니다."

"성실한 자들이 왕의 권리를 침해하고 귀족을 죽입니까? 성실한 자들이 공격도 하지 않은 마기아의 귀족을 죽입니까?"

라켈 공주는 날카로운 시선으로 자리아를 쏘아보았다. 자리아는 왕족의 피를 이어받은 고귀한 두 눈동자에 속내를 다 읽힐 것만 같았다.

"무슨 일이 있어도 히브리드의 날개를 꺾고 싶은 거군요."

라켈 공주는 중얼거렸다.

"우린 평화를 바라고 있을 뿐입니다."

"아니요. 그대들은 불안과 위협을 이유로 히브리드의 날개를 꺾고 싶은 것뿐이에요. 불성실한 건 당신들입니다."

딱 잘라 말을 전하고 라켈 공주는 발길을 돌렸다.

"공주께서도 꼭 모르디아스 1세를 설득해주시길 바랍니다. 양국의 평화와 우호를 위해서라도."

자리아는 등에 대고 말을 건넸지만, 라켈 공주는 돌아보지도 않았다.

제21장 마기아 군

1

루시니아 주장관 린페르도 백작은 방안을 이리저리 걸어다니고 있었다.

아닌 밤중의 홍두깨였다.

지금까지 루시니아가 전장이 된 적은 없었다. 깊고 검은 숲에 덮여 있어 군대를 움직이기 어렵기 때문이다. 이건 50년 전, 히브리드 군이 국경을 넘어 마기아로 진군했을 때 이미 증명된 사실이다. 루시니아는 안전한 땅이었다.

그런데——.

재상으로부터 국경에 마기아 병사 7천이 집결해 있다, 꼭 상세한 상황을 확인하라는 연락이 들어와 있었다. 지금은 병사를 파견해 보고를 기다리는 참이었다.

"너무 늦는군."

린페르도 백작은 중얼거렸다.

"쉬이 못 돌아오는 건가."

"뱀파이어족이라면 하루로 끝났겠지만, 숲 깊은 곳이면 갔다 돌아오는 것만으로 이틀은 걸릴 겁니다."

집사가 대답했다.

"그건 나도 알고 있다! 그러니까 재촉한 게 아니겠나!"

린페르도 백작은 무심코 소리치고는 곧 미안하다고 사과했다.

"백작님의 기분은 잘 압니다. 우리 주 병사를 끌어모아도 육백. 7천이면……."

그때 백작님! 하는 병사의 목소리가 들려왔다. 정찰 보냈던 병사가 돌아온 모양이다.

"어서 보고하라!"

린페르도의 물음에 병사가 대답했다.

2

그 소식은 추밀원 멤버들이 모인 회의장에도 전해졌다. 소브리누스 대사제도 대장으로 유니베스테르도 피나스 재무장관도, 물론 재상 파노프티코스도 동석하고 있었다.

마기아하곤 50년 전 이래 다툼이 없었다. 줄곧 평화로운 관계가 이어졌다. 그만큼 멤버들 역시 7천의 병사가 실제로 국경에 있다고 생각하는 사람은 없었다.

"루시니아 주장관으로부터 급한 전언입니다! 국경 부근 마기아 병사 다수 확인! 숲속에서 백 명 이상이 야영하는 것도 목격했다고 합니다!"

거기에 있던 전원의 낯빛이 변했다. 모르디아스 1세도 파노프티코스도 말문이 막혔다. 유니베스테르는 이를 어쩐다, 하는 후회의 표정을 짓고 있다.

"정확한 수는?!"

"모릅니다! 너무 많아 안쪽까지 가는 건 위험했다고 합니다!"

(허풍이 아니었나……!)

파노프티코스는 동요했다.

선수를 빼앗겼다. 이미 준비를 진행하라고 명령은 했지만, 조금 늦었다. 지금부터 병사를 보내도 도저히 시간 내에 갈 수가 없다. 수도에서 어느 정도 병사를 보내야 하나? 인근 주에서 어느 정도 병사를 끌어모아야 하나?

이미 교섭이 시작되고 4일째에 접어들었다. 지금부터 끌어모아도 앞으로 3일 만에 마기아 국경까지 진군하는 건 불가능하다.

"그리고 또 하나, 페르키나 백작으로부터 전갈이 있습니다. 퓨리스 기병 수백이 테르미나스 강에서 훈련했다고 합니다. 백작은 이에 대비해 경계태세에 들어갔다고 합니다."

퓨리스가! 기병이 수백이나?! 퓨리스는 진군할 작정인가?!

"평화협정은 어떻게 된 거냐!"

모르디아스 1세가 외쳤다. 설마 퓨리스가 우리나라를 공격할 작정인가?!

모르겠다.

시길도 루시니아도 빼앗겨선 안 된다. 특히 루시니아. 거길 빼앗겼다는 소식을 들으면 퓨리스 군은 시길로 치고 들어올 것이다. 하지만 너무 많은 병사를 루시니아에 보내면,

퓨리스 군은 호기라 보고 쳐들어올 것이다.

뱀파이어족을 써야 하나?

하지만 우리나라는 마기아와 퓨리스 두 나라에 맞서 동시에 전쟁해야 하는 상황이 된다.

"바로 마기아 국경에 병사를 보내라!"

국왕의 명령에 대답하고 파노프티코스는 집무실을 나왔다.

"히로토 님이 계셨으면……."

하는 소브리누스의 목소리가 들려왔다.

그 남자가 있으면——.

확실히 그 남자가 여기에 있으면 사태는 달라졌을지도 모른다. 하지만 여기에 없는 사람 얘기를 한들 무슨 소용이겠나.

어떻게 마기아 군을 물리쳐야 하나?

7천의 병사를 물릴 칠 군대를 3일 이내에 보내는 건 불가능하다. 마기아 군이 숲을 통과해 루시니아를 지배한 뒤에야 비로소 루시니아에 도착한다는 사태가 될지도 모른다. 그때까지 루시니아 주장관에게 고군분투를 바란다?

루시니아는 인구가 많지 않다. 모을 수 있는 병사는 500~600 정도일 것이다. 사냥꾼을 동원한다고 해도 1천에 이르지 못할 터. 도저히 7천의 군사를 물릴 칠 병력이 아니다.

(왜 알아차리지 못했나……! 왜 바로 군사를 보내지 않았나……!)

파노프티코스는 자책했다.

(내 실책이다……!)

제22장 왕령 개정

1

벨페골은 네스트리아와 르메르 백작으로부터 보고를 받은 참이었다. 페르키나는 통행금지령을 공포했다고 한다.

잘된 일이다. 이제 슬슬 왕궁도 마기아 군의 접근과 퓨리스 군의 군사훈련 정보를 듣고, 쩔쩔매고 있을 것이다.

이미 군사 이동 명령은 내렸을 터이다. 하지만 너무 많은 병사를 루시니아로 보내면 퓨리스가 진군할지도 모른다는 불안이 들 거다. 어느 한쪽을 고르지 못하고 의구심에 사로잡혀 잠 못 이루는 밤을 보낼 게 틀림없다. 이 사태를 피할 유일한 방법은 마기아 측의 조건을 수용하는 것뿐이다.

이미 모르디아스 1세에게 제출할 왕령 개정안은 완성되었다. 향할 거면 지금이다.

"바로 마차 준비를 해라."

침착하고 여유 있는 목소리로 벨페골은 명했다.

2

히브리드 왕국의 모르디아스 1세가 벨페골 후작과 라스무스 백작의 방문을 받은 건 저녁때였다. 긴급히 폐하께 제안할 게 있다고 한다.

마기아가 수작 부린 불쾌한 요구가 틀림없다. 상대가 전재상이라는 것도 있어 바로 모르디아스 1세는 집무실로 불렀다.

"마기아 일인가?"

모르디아스 1세가 묻자,

"그 일입니다."

벨페골 후작은 대답했다.

"사태는 긴급을 요합니다. 이대로 대답을 피하면 마기아 왕국은 기어코 히브리드의 국경을 넘을 것입니다. 변경백은 제시간에 맞출 수 없지요. 그렇다고 루시니아 병사로 마기아 군을 막을 수도 없습니다. 루시니아를 빼앗기면 되찾기는 어렵겠지요. 더구나 마기아가 히브리드의 국경을 넘는다면 퓨리스도 군대를 움직일 가능성이 큽니다. 그들에게는 절호의 기회일 테니까요. 재상 아브라힘은 그런 남자입니다."

후작은 설명에 나섰다.

"퓨리스와는 평화협정을 맺지 않았더냐!"

"그렇습니다만, 폐하도 아시는 대로 베오크의 퓨리스 군이 수상한 움직임을 보이고 있습니다. 히브리드의 주력군은 테르미나스 강 연안에 집중돼 있습니다. 만약 진심으로 루시니아를 되찾으려면 테르미나스 강 연안의 병사를 루시니아로 보내야 합니다만, 그렇게 되면 국경 방위가 허술해

집니다. 안셀 주 서쪽엔 변경백이 있습니다만 동쪽은 그의 담당이 아닙니다. 즉 퓨리스 군이 쳐들어올 기회를 주는 셈이지요. 마기아와 퓨리스 두 군을 상대로 싸우는 건 불가능합니다. 양쪽에서 공격당하는 사태만은 피해야 합니다."

한층 더 후작은 설득을 이어갔다.

"짐에게 항복하라고 하는 거냐! 짐은 변경백을 기다릴 것이다!"

모르디아스 1세가 언성을 높였다.

"이번만은 뱀파이어족도 힘이 되지 못합니다. 변경백에게 부탁해 뱀파이어족을 이용해 요격하려고 해도, 뱀파이어족이 수긍할지 어떨지 불투명합니다. 게다가 숲의 문제도 있습니다. 제아무리 뱀파이어족이라도 숲속에 숨은 병사를 냅다 몰아내는 건 불가능할 터. 저 깊은 숲을 앞에선 뱀파이어족도 무력합니다."

후작의 설명에 모르디아스 1세가 끙끙 앓는 소리를 냈다.

"그럼 어떻게 하라는 게냐!"

"저희가 자주적으로 뱀파이어족에게 족쇄를 채우는 수밖에 없습니다."

벨페골 후작은 말을 꺼냈다.

"마기아가 제시한 4가지 조건을 모두 수용할 순 없습니다. 히브리드의 체면도 있으니까요. 그러니 조건을 수용하는 게 아니라 저희가 자주적으로 대책을 세우는 겁니다."

"뭐라고?"

모르디아스 1세가 조금 불쾌한 표정을 지었다.

"이전에 제안한 걸 개선한, 변경백에 관한 왕령입니다."

하며 벨페골 후작은 공손하게 내밀었다. 파노프티코스가 받아 국왕에게 건넸다. 처음에 모르디아스 1세가 읽고 이어 재상이 훑어보았다.

하나. 변경백은 사라브리아, 오르시아, 하갈, 안셀, 4개 주에서 밖으로 나올 수 없다.

둘. 뱀파이어족은 마기아 국경에 접근해선 안 된다.

셋. 공격 의사가 없는 마기아 인을 뱀파이어족이 공격했을 경우, 그 책임은 변경백이 진다.

"꽤 잘 만들었군."

파노프티코스가 야유를 담아 말했다.

"나라의 중대사를 보고 허둥지둥 라스무스와 갈겨쓰듯 만들었습니다."

정중한 어조로 벨페골은 대답했다.

"제2조는 무익한 게 아니오?"

재상은 바로 추궁해왔다.

"허나 이게 없으면 마기아 왕은 납득하지 않을 겁니다."

벨페골은 태연히 대답했다.

"제3조는 무엇이냐. 그대는 그 정도로 변경백이 싫으냐?"

모르디아스 1세가 약간 미간을 찌푸리며 말했다. 벨페골은 정중하게 대답했다.

"여행객이 물건이나 목숨을 잃으면 해당 주의 장관이 책임진다는 규정이 있습니다만 그건 뱀파이어족을 상정하지는 않았지요. 즉 법에 구멍이 있습니다. 또 같은 문제가 일어나기 전에 빈틈을 막아야지 않겠습니까."

"하지만 그 부담이 히로토의 몫이라니, 논외다."

모르디아스 1세가 분개했다.

"이건 그저 제안일뿐입니다. 뱀파이어족 문제를 현지 주 장관에게 떠넘길 수도 없는 노릇이지 않습니까……. 현재 긴밀한 관계를 쌓고 있는 건 변경백뿐입니다. 변경백이 부담하든지 국가가 부담하든지 하는 수밖에 없습니다."

"뭐라?"

"다만 국가가 책임진다고 하면 뱀파이어족에게 당했다고 거짓말을 하는 자가 늘어나게 되겠지요. 거짓말쟁이에게 나랏돈을 쓰는 꼴입니다. 변경백은 뱀파이어족과 유대가 튼튼하니, 책임을 물려놓으면 뱀파이어족에게 여행객을 공격하지 말라고 단단히 못을 박아둘 수 있을 겁니다. 오히려 그가 가장 적임자라고 생각합니다만."

벨페골은 저자세로 나왔다.

"짐은 왕령을 개정할 생각이 없다."

모르디아스 1세가 일축했다.

"마기아를 납득시켜야 하지 않겠습니까?"

"그대는 누구 편이냐? 우르세우스냐? 아니면 짐이냐?"

불쾌한 듯 모르디아스 1세가 묻는다.

"당연히 폐하입니다. 이대로 마기아의 주장을 고분고분 받아들이면 폐하의 체면이 서질 않습니다. 하지만 거절하면 전쟁이 일어날 위기이기도 하지요. 하오니 폐하께서 왕령을 개정하시어 돌파구를 마련하셔야 합니다. 그리하면 전쟁도 피할 수 있고, 폐하의 위엄도 지킬 수 있지요. 퓨리스가 쳐들어올 걱정을 하지 않아도 됩니다."

벨페골이 제안하자,

"변경백은 우리 히브리드 수비의 중추다. 우르세우스 왕은 변경백에게 족쇄를 채우려 하고 있다. 그걸 알면서 응하면 어쩌느냐?!"

모르디아스 1세는 발끈 성을 냈다.

"그럼 폐하. 저희를 핑계 삼으십시오. 이미 저희는 주장 관령을 공포했습니다. 몇몇 주에서 뱀파이어족의 통행금지가 선고되었습니다. 그걸 왕령을 개정하는 핑계로 삼으십시오. 그러면 가신의 의견을 받아들여 왕령을 개정한 게 됩니다. 게다가 마기아와의 문제도 정리됩니다. 폐하의 위엄도 지킬 수 있지 않겠습니까?"

모르디아스 1세는 신음을 흘렸다.

국왕이 고민하고 있다.

고민하는 건 좋다만, 가능하면 변경백이 움직이기 전에 결딴을 냈으면.

"변경백과 상담해 정해야겠다."

모르디아스 1세는 대답했다.

"폐하, 시간이 없습니다. 전쟁을 피해야 합니다. 남은 시간이 이제 3일밖에 없습니다. 폐하의 심경을 모르는 바는 아니나, 이럴 때 과감한 결단을 내리는 것도 참된 임금의 길이옵니다. 부디 결단을."

벨페골은 재촉했다. 모르디아스 1세는 한층 더 낮게 신음했다.

제23장 체크메이트

1

그날 히로토는 라켈 공주의 편지 두 통을 나란히 놓고 다시 읽고 있었다. 하나는 한 달 정도 전에 도착한 편지. 다른 한 통은 일주일 정도 전에 도착한 편지.

한 달 전 편지엔 라켈 공주가 마기아 왕국에서 보고 듣고 온 내용이 적혀 있었다. 우르세우스 왕이 모르디아스 1세에게 내민 제안과 목적, 그리고 평화에 교섭은 필요 없다는 우르세우스의 방침 등──.

일주일 전 편지엔 마기아 왕국의 재상 자리아가 모르디아스 1세에게 제안한 평화협정 원안이 적혀 있었다. 원안은 다음과 같이 시작하고 있었다.

양국은 항구적인 평화를 강하게 바라며, 그를 위해 이하의 협정을 맺기로 한다.

하나. 땅, 하늘, 강을 불문하고 서로 국경 부근에 군대나 군대에 준하는 걸 배치하지 않는다.

둘. 양국은 서로의 영토 및 그 상공에 군대나 군대에 준하는 걸 단 한 사람도 진격시키지 않는다.

셋. 한쪽이 타국으로부터 공격을 받을 경우, 양국은 서로 지원할 의무를 진다.

노림수는 뱀파이어족이다. 퓨리스와 교섭할 땐 뱀파이어족을 대상에서 슬쩍 뺐다. 하지만 마기아 왕국은 이런 빈틈을 놓치지 않았다.

히로토에게는 논외였다. 메티스에게도 말했지만, 뱀파이어족 내용이 담긴다면 삼자회담이 되어야 한다. 두 나라만 모여 정하는 건 문제가 있다.

라켈 공주는 자리아의 인상도 편지에 적어 놓았다. 용모는 짧은 머리에 안경. 차가운 느낌으로 흉금을 터놓는 분위기가 아니라, 뭔가를 숨기고 있는 인상이 있다. 마음을 놓을 수 있는 상대는 아니다. 그리 라켈 공주는 편지에 적었다.

(정으로 움직이지 않는 타입인가.)

이치와 논리를 내세우는 타입.

날 만나러 온 네스트리아와 자리아 중 누가 더 강할까, 하고 히로토는 생각했다. 아마 재상 쪽이 더 강하겠지.

자리아가 나한테 오려나?

히로토는 사태의 시작부터 흐름을 정리해 보았다.

우르세우스 왕은 히브리드가 홀로 하늘의 힘을 가지고 있어서 평화를 어지럽힌다고 생각하고 있다.

그리고 네스트리아가 찾아왔다. 네스트리아는 우르세우스 왕이 생각하는 대로 히로토를 비난했다. 아니나 다를까 하늘의 힘을 억누르려는 의도가 보였다.

그 후 라켈 공주가 귀국했다. 우르세우스 왕은 히브리드와의 사이에 교류는 필요 없으며, 모르디아스 1세에게 평화를 위한 제안을 할 생각이라고 설명했다.

그리고 재상 자리아가 모르디아스 1세를 방문했다. 자리아는 국경 부근에 뱀파이어족을 접근시키지 말 것, 뱀파이어족이 국경을 넘지 못하게 할 것을 요구했다.

(이 흐름이면 자리아가 굳이 나한테 오지는 않겠구나.)

히로토는 직감했다.

우르세우스 왕의 행동은 완벽할 정도로 일직선이었지만 그만한 돌파력은 없었다. 네스트리아는 히로토에게 반론을 당했고, 자리아는 모르디아스 1세에게 평화협정을 거절당했다. 테니스로 말하면 두 번 연속 서브를 넣고 두 번 연속 리턴 에이스를 먹고 0-30(러브-서티) 상태다.

하지만 신경이 쓰이는 부분이 딱 한 곳 있다. 첫 번째보다 두 번째 서브가 노골적이라는 것이다.

첫 번째 방문에서는 하늘의 힘을 향한 비난.

두 번째 방문에서는 뱀파이어족의 이동제한.

첫 번째는 범위가 두루뭉술한 느낌이었는데, 두 번째는 노림수가 너무 명확했다.

탐탁지 않은 움직임이었다.

둘 다 노골적인 노림수였다면 목적이 오히려 분명했을 터다. 말 그대로 마기아가 히브리드를 향해 항의하는 걸 테니까.

하지만 두 번째에는 더욱 노골적으로 변했다. 즉 진정성이 높아지고 있다.

(제3탄이 올지도 모르겠군.)

히로토는 그리 느꼈다. 더욱 노골적인 녀석이──.

(우르세우스 왕은 뭘 해올 작정이지?)

군대를 움직이려나──?

아니 그건 뱀파이어족에게 힘을 실어주는 꼴이다. 애초에 하늘의 힘이 위협적이라는 이유로 군대를 움직이는 건 이상하다.

히로토는 루시니아 주의 엘프 장로회가 보낸 답장을 끄집어냈다. 히로토의 문의에 대한 회답이다.

(으~음, 이것도 소용없나…….)

뭐, 됐어. 어쨌든 다시 한번 정리해서 생각해보자.

처음엔 하늘의 힘을 비난.

다음은 뱀파이어족의 이동제한.

(세 번째는 뱀파이어족의 수를 줄이라는 제안이 나오려나. 아니면 아예 막거나? 하지만 고압적으로 다그쳐도 상대 안 해줄 게 뻔한데.)

히로토는 번쩍 깨달았다.

(때를 기다리고 있잖아──.)

재상 파노프티코스가 보낸 편지가 도착한 건 그때였다.

2

변경백 집무실엔 히로토의 고문관이 모두 모여 있었다. 큐레레도 소이치로도 엘빈도 솔세르도 발큐리아도 그리고 정무관 퀸티리스도 있다. 부장관 에크세리스도, 그녀의 부친 아스티리스도 있었다.

미미아가 여기저기 포도주를 건네며 돌아다니고 있었다. 큐레레는 꿀꺽 단숨에 전부 다 마셨다. 역시 주당이다.

파노프티코스가 보낸 편지 두 통은 히브리드가 열세에 있다는 걸 말해주고 있었다. 뱀파이어족이 마기아 왕국의 대귀족 파르바이 백작을 죽였다고 한다. 빨간 날개의 뱀파이어족이었다고 한다. 게젤키아 연합의 일족으로 봐도 좋을 것이다. 그 후 마기아 국 재상 자리아가 항의, 평화협정이 아니라 안전협정의 체결을 요구했다. 내용은 다음과 같이 적혀 있었다.

마기아 왕국의 왕 우르세우스 1세는 히브리드 왕국의 왕 모르디아스 1세가 다음 사항을 확실히 실행하길 바라마지 않는다.

하나. 뱀파이어족의 통행을 규제할 것.

둘. 뱀파이어족의 수를 제한할 것.

셋. 뱀파이어족을 법 아래에 둘 것.

넷. 변경백은 교섭에 입회할 수 없다.

게다가 회답 기일은 일주일이었다. 히로토에게 편지가 도착하기까지 6일. 지금 당장 움직여도 시간이 이틀밖에 없다. 아마 곧바로 출발해도 어렵겠지.

　"이미 늦은 거나 마찬가지잖아."

　소이치로가 언짢아하며 추궁했다.

　"사실상 그렇지요."

　엘빈이 대답한다. 목소리가 경직됐다.

　왕도는 멀다. 뱀파이어족이 바구니에 태워준다고 해도 뱀파이어족이 혼자 날 때만큼 속도가 나오진 않는다. 게다가 역시 장거리가 되면 뱀파이어족도 지친다. 누군가 혼자 날아간다면 모를까 히로토를 바구니에 태우면 상당히 중노동이다. 어려우리라.

　게젤키아 연합에 도움을 청해 계속 교대해도 역시 불가능. 정말로 시간 내에 가려면 밤낮을 불문하고 날아야 한다. 그 정도로 교대조를 짤 수 있을지 어떨지. 애초 바구니 안에서 밤을 보내다니, 히로토도 그건 어려웠다. 시간 내에 갈 수가 없다. 아무리 빨라도 기일 다음날——.

　"제기랄, 뭐야. 왜 일주일인 거야."

　소이치로가 분통을 터뜨렸다.

　"오히려 이걸 노리고 일주일로 정했겠지요. 변경백은 입회할 수 없다고 못까지 박아놨으니."

　엘빈이 히로토 대신 설명했다.

　"요전에 왔던 네스트리아라는 여자는 히로토를 정찰한 셈이네."

에크세리스의 목소리도 굳어 있었다.

"뭐야, 히로토한테 겁먹은 거잖아."

발큐리아는 반쯤 싸울 기세였다.

"분명 우르세우스 왕은 히로토 님을 경계하고 있어요. 그것도 최대급으로. 히로토 님이 교섭 자리에 나오면 뒤집히리라 생각하는 거지요. 그래서 히로토 님을 막으러 온 겁니다. 뱀파이어족도 같이 말이지요."

엘빈이 대답했다.

편지엔 마기아 재상 자리아가 병사 7천을 국경에 모아두었다는 내용도 있었다. 진위는 불명이다.

사라브리아에는 아직 새로운 소식이 도착하지 않았다. 마기아 군 결집이 사실인 것도, 베오크 주의 퓨리스 기병이 군사훈련을 한 것도, 왕도엔 알려졌지만 히로토에겐 전해지지 않았다.

"병사라니, 너무 갑작스러워 믿기 어렵습니다."

엘빈이 부정적인 의견을 표했다.

"아무리 대귀족이 죽였다지만 병사를 움직일 것 같진 않은데."

에크세리스도 믿지 않는 모양이다.

어느 쪽이지.

히로토도 마기아가 군대를 움직일 가능성은 별로 없다고 생각했다. 그저 경우의 수였을 뿐. 메티스 장군과 페르키나 백작에게 질문을 던진 것도, 루시니아 엘프 장로회에 문의한 것도 그 때문이다.

(마기아는 진짜 군대를 움직였을까?)

히로토는 자문했다.

우르세우스 왕도 재상 자리아도 만난 적이 없다. 재상이 허풍을 떨 타입인지 어떤지 알 수 없다.

하지만——.

(일주일이나 있으면 허풍인지 아닌지는 알아낼 수 있지. 허세라는 걸 들키면 뒤가 어려워. 그걸 알고 굳이 허풍을 떨까?)

"진짜 있을지도."

히로토는 분명히 말했다.

"정말 군대를 움직였다고?"

엘빈의 물음에 히로토는 고개를 끄덕였다.

"그럼 정말로 7천이나 되는 병사가?!"

엘빈이 묻는다. 히로토는 대답했다.

"진짜 7천 명이나 될지는 모르지. 루시니아 엘프 장로회에 문의해봤는데, 마기아 군이 진군한다면 숲길을 내려올 거래. 길을 피해 숲속에 흩어져 우르르 내려오는 건 생각하기 어렵다고 했어. 메티스는 자신이 지휘한다면 사냥꾼을 고용해 부대를 작게 나눠, 잠복해 있는 부대 뒤를 돌아서 공격하든지, 혹은 정예부대를 선발대에 집어넣어 적군을 격파하고 본 부대를 진군하는 식으로 움직이겠다고 했지만,

엘프 장로회의 얘기론 그다지 길이 넓지는 않다니까, 7천 명이나 끌고 왔을 리는 없다는 거지. 하지만 군대가 있기는 있다는 의미는 되려나."

"하지만── 아니, 그럴 수도 있겠군."

엘빈이 말을 바꿨다.

"하지만 상대도 뱀파이어족을 알고 있잖아? 상대가 안 된다는 것쯤이야 잘 알 텐데?"

하고 에크세리스가 추궁한다. 바로 엘빈이 부정했다.

"그건 아닙니다. 1년 전 퓨리스 군 내습 땐 테르미나스 강이었어요. 땅이 확 트여 있었지요. 큐레레 님도 자유롭게 비행할 수 있었어요. 하지만 마가아와의 국경은 깊은 숲입니다. 큐레레 님이 활공해 날려버리는 건 아마 불가능할 겁니다."

"그런가?"

하며 소이치로가 발큐리아에게 얼굴을 돌린다.

"숲속에 들어가면 큐레레라도 어쩔 도리가 없지 않을까. 평지라면 몰라도."

큐레레가 다시 두리번두리번 좌우를 본다.

"그럼 전쟁인가? 폐하는 일축하겠지? 마기아 군과 전쟁이 일어나잖아?"

소이치로가 물었다.

"아마도."

엘빈이 대답한다.

(전쟁인가…… 뭔가 걸리는데.)

히로토는 머리를 긁적였다.

(저런 4개 조항의 요구를 들이대면 결국 전쟁이 일어날 건 불 보듯 뻔한 일. 처음부터 전쟁이 목적이었다면 그냥 조건을 들이밀고 루시니아를 공격했으면 그만이야. 왜 조건을 내밀고 무력시위를 하고 있지?)

무슨 일이 있어도 조건을 수용하게 만들고 싶어서?

하지만 마기아 군을 국경에 집결시킨 것만으론 모르디아스 1세는 조건을 수용하지 않는다. 모르디아스 1세가 조건을 수용하게 하려면──.

"설마 퓨리스 군이 동시에 움직이거나 하진 않겠지?"

히로토는 물었다. 일동이 히로토에게 일제히 얼굴을 돌렸다.

"무슨 바보 같은 소리를."

말한 건 엘빈이다.

"평화협정을 맺은 건 너잖아?"

에크세리스가 추궁한다.

"하지만 마기아 군을 국경에 놨다고 폐하가 우르세우스 왕의 조건을 받아들일까? 설령 루시니아를 빼앗긴다고 해도, 차라리 전쟁을 고를걸? 그래서 날 부른 거고."

"하지만 퓨리스는 뱀파이어족의 무서움을 알고 있을 텐데."

"마기아 군이 국경에 집결함과 동시에 퓨리스 군도 테르미나스 강에 집결하면 제아무리 폐하라도 생각하게 되지 않을까. 마기아와 싸우는 건 괜찮지만 그걸로 마기아의 침공을 허용하면 퓨리스도 공격에 나서는 게 아닐까 하고."

"하지만——."

에크세리스는 부정적이다.

(역시 아닌가?)

"히로토 님의 예상대로든 아니든 결국 히로토 님은 엔페리아에 가야 해요. 하지만 시간이 없습니다. 애초에 히로토 님은 교섭에 낄 수도 없어요. 뱀파이어족을 데리고 가도 의미가 없죠."

엘빈이 절망적인 말을 했다. 일동은 침묵했다.

"마기아 왕국의 엘프 장로회는?"

소이치로가 물었다.

"마기아에 장로회는 없네. 애초에 마기아에 엘프가 거의 없어."

프리마리아 장로회 지부장 아스티리스가 대답했다.

우르세우스 왕은 꽤 머리가 좋은 인물인 듯하다. 일을 일으키기 전에 먼저 이쪽으로 정찰을 보냈다. 그리고서 평화협정을 들이밀고, 그 후 대귀족이 사고를 당하자 평화협정 거부 책임을 물으며, 안전협정을 꺼냈다. 게다가 7천의 군을 국경에 파견해 압력을 가한다. 어쩌면 퓨리스도 같이 움직이고 있을지도 모른다. 그렇지 않더라도 뱀파이어족은 숲에서는 힘을 발휘할 수 없다. 다 노리고 한 거다.

(최악이군.)

테니스로 말하면 0-30(러브-서티)에서 브레이크 찬스가 눈앞에 다가왔는데, 40-30(포티-서티)로 판이 뒤집힌 상태였다. 이제 한 번 더 밀리면 진다. 그리고 적의 서브는 이미 바닥까지 내려와 있다.

(자, 어쩌지?)

히로토는 생각했다. 기일까지 못 가는 가운데 내가 뭘 할 수 있지? 지금부터 난 어떻게 움직여야 하나?

뱀파이어족으로 먼저 퓨리스 군을 친다? 하지만 정말 움직일지 어떨지도 모르는 퓨리스 군에 맞서 뱀파이어족에게 출동해달라고 부탁할 수 있을까?

(어렵겠지.)

퓨리스 군이 움직이지 않는다면, 마기아 군만 상대하면 되겠지만, 뱀파이어족을 데리고 간들, 과연 얼마나 효과가 있을지.

(미묘하다.)

내가 마기아 군에게 가고, 나 대신 누군가를 파견해 재상 자리아를 논파, 마음을 돌리게 한다면?

(이것도 안 되나.)

내가 왕도로 향해 국왕과 상담하고 다시 루시니아로 향해?

(그렇게 한대도 상황은 뒤집지 못하겠지. 애초에 순간이동이라도 하지 않는 한은 불가능하다.)

손을 쓰기 전에 이미 길이 막혀 있다. 체스로 말하면 체크메이트. 손쓸 방도가 없다.

그리 생각한 순간, 히로토는 웃음을 참을 수 없게 되었다.

(재미있어졌군…… 이만큼 난제가 되다니, 기대된다……!)

심장이 두근대기 시작한다. 최고법원 심문에 갔을 때도, 승리 이외엔 방법이 없는 상황에서 승리는 불가능했고, 게다가 적지라 심장이 두근댔는데, 그 이상의 최악의 상황을 맞이했다. 가슴이 떨린다.

"변경백이 루시니아로 가는 건 왕령을 보아도 문제는 없습니다만……."

정무관 퀸티리스의 말이 허무하게 울렸다. 문제는 없어도 해결책이 없는 것이다.

(움직이기 전에 방책이 다 떨어졌구나.)

히로토는 편지에 적힌 주장관령에 눈길을 주었다.

국내에서 마기아 귀족이 뱀파이어족에게 살해당한 사건을 거울삼아 우리 주 귀족과 백성의 안전을 지키기 위해, 주장관으로서 우리 주의 땅 및 하늘에서 뱀파이어족이 이동하는 걸 금한다.

(땅 및 하늘 말이지…… 차라리 땅속으로 기어들어서 가줄까.)

순간——머릿속에서 빛이 번쩍였다. 땅과 하늘이라는 단어에서 탁 대답이 떠올랐다. 마치 칠흑 같은 어둠 속에서 집 불빛이 뚜렷이 드러나듯이——.

(오오.)

(어쩌면 될지도? 어쩌면 가능할지도?)

웃음이 나왔다.

(이거면 가능해!)

(그것도 이용할 수 있을지도……. 하지만 마음을 돌리는 건 무리……. 역시…….)

히로토는 다시금 번쩍 떠올랐다.

(마음을 돌리지 못해도 되잖아?)

한층 더 히죽댔다.

(됐어! 이러고 있을 때가 아니야…… ♪)

"뭐야, 갑자기 웃어대고."

소이치로한테 추궁을 당했다.

"좋은 생각이 났어."

히로토는 웃음을 터뜨렸다. 발큐리아도 엘빈도 에크세리스도 놀라 히로토를 본다.

"저쪽은 나더러 오지 말라고 하는 거잖아? 그럼 안 가지 뭐."

한순간 공백이 생기고,

"뭐라고?!"

소이치로가 외쳤다.

"네가 안 가면 누가 가냐! 멍청하게 그들이 하는 말을 곧이곧대로 듣는 녀석이 어딨어!"

"그렇게 화낼 일이야?"

히로토는 고개를 까우뚱했다.

"안 나겠냐! 널 부른 건 어명이라고?! 안 간다고 하면 어떻게 해! 또 상황이 나빠지잖아!"

"하지만 내가 모습을 보이면 교섭을 그만두겠다잖아? 아마 진심일걸? 오히려 그걸 빌미로 군을 움직일 수도 있어."

"그래서 처음부터 꼬리를 내리고 도망치겠다고?! 네가 그러고도 변경백이야?! 네가 아는 히로토는 그런 녀석이 아니라고!"

소이치로가 한층 더 소리를 질렀다.

"진정해. 딱히 내가 가지 않아도 더 우수한 사람이 둘 있잖아."

"둘?"

히로토는 고개를 끄덕이며 말했다.

"한 사람은 비밀. 다른 한 사람은 눈앞에."

히로토는 소이치로를 손가락으로 가리켰다.

에크세리스도, 엘빈도, 발큐리아도, 미미아도, 솔세르도, 정무관 퀸티리스도 얼어붙었다.

다시금 침묵이 흐르고,

"뭐~~~~~~~~~~~~~~~~~~~~어!!"

소이치로의 절규가 집무실에 울려 퍼졌다.

3

소이치로는 머릿속이 새하얘졌다. 설마 히로토가 자신을 지명할 줄은 생각지도 못했다.

내가 히로토보다 뛰어나다고? 그런 바보 같은!

"난 전혀 우수하지 않아! 그저 공부를 잘할 뿐이야! 내가 고문관인 건 네 친구여서일 뿐이라고! 난 큰 고기가 남긴 거나 먹는 빨판상어 같은 존재야! 너한테 들러붙어 있을 뿐이지! 너처럼 언변으로 상대를 쓰러뜨릴 순 없어!"

"그렇지도 않을걸."

히로토는 태연한 표정으로 대답했다.

"아니기는! 차라리 에크세리스를 파견해! 그녀가 훨씬 우수하잖아!"

"아니, 이번엔 네 차례야. 게다가 설득할 필요는 없어. 어차피 설득할 수 있는 상대도 아니고."

"뭐어?!"

소이치로가 소리를 높였다.

"무슨 의미야?"

에크세리스도 묻는다.

"결렬시켜버려."

"뭐라고~~~~~~?!"

소이치로는 절규했다.

"나더러 가서 판을 뒤엎으라고?! 최악이잖아!"

"걱정하지 마. 일단 예상 문답집은 만들어 줄 테니까. 너는 가서 지금 출발 준비를 해."

"네 얘기 듣고 있는 거야!"

히로토는 전혀 사람 얘기를 안 듣는다.

큐레레가 두리번두리번 둘러보았다. 소이치로를 보고, 히로토를 보고, 다시 소이치로를 보았다. 혼자 남을까 걱정이 되는 모양이다.

(맞다!)

"너, 큐레레는 어쩌려고? 내가 없는 사이 누구 큐레레에게 책을 읽어줄 건데? 설마 큐레레도 왕도에 데려가라고?!"

이러면 히로토도 대답하기 곤란해질 거라고 소이치로는 확신했다.

자.

어쩔 거냐?

"그렇게 하면 되겠네."

"뭐라고~~~~~?!"

다시 소이치로가 절규했다.

제24장 루시니아의 위기

1

이미 엘프와 기병으로 이뤄진 혼성 군단이 주 수도를 출발했다. 목표는 마기아와의 국경이다. 국경엔 작은 산이 있고 거기다 깊고 검은 숲이 펼쳐져 있다.

인원은 300.

머지않아 원군이 합류할 예정이지만, 불안하다.

저녁 해가 서쪽 저 너머로 다가가는 중이었다. 소문으론 마기아 왕국이 과도한 요구를 밀어붙였고, 이를 받아들일 가능성은 거의 없다고 한다. 만약 결렬되면 국경에 머물러 있는 마기아 군이 국경을 넘을 것이다. 지금 보는 저녁노을이 어쩌면 마지막으로 보는 저녁놀이 될지도 모른다……하고 기사들은 생각했다.

2

밤이 루시니아 주를 찾아왔다. 주 수도에 있는 성관에서 루시니아 주장관 린페르도 백작은 방을 여기저기 돌아다녔다. 낮에 재상이 보낸 편지는 절망적이었다.

《마기아 군이 침공한다면, 우선 귀하가 저지하라. 지원군은 뒤따라 보낼 것이다.》

이미 화살의 생산량을 늘리기 시작했지만, 병사는 쉽게 늘릴 수 없다. 루시니아 주 병사를 끌어모아도 지금 당장 동원할 수 있는 건 500~600명.

적의 수는 7천.

막을 수 있을 리 없다.

"어떻게 지키라는 건가! 나에게 기꺼이 목숨을 바치라는 건가!"

저도 모르게 속이 터져버릴 것 같아 소리를 질렀다. 벨페골 후작에게서 통행금지령을 공포하라는 편지가 도착했지만, 신경 쓸 여유는 없었다.

제25장 노와 바구니

1

신문이 끝나고 게젤키아의 움막에서 심약해 보이는 뱀파이어족이 나온 참이었다. 게젤키아와 마찬가지로 빨간 날개를 하고 있다.

움막 안엔 게젤키아가 촛불을 밝히고 편지를 읽고 있었다. 조금 침울한, 생각에 잠긴 듯한 표정이다.

"실수했구나……."

하며 얼굴을 들고 중얼거렸다.

수하가 마기아 귀족을 죽이는 사고가 일어나 히브리드 국과 마기아 국이 충돌했다. 히브리드 국이 멸망하든 말든 알바 아니지만, 히로토에게 폐를 끼친 게 문제였다. 바로 요전에도 한껏 낚시를 즐긴 참이건만. 그때도 히로토는 마기아 국 사자보다도 자신을 배려해 온천에도 동행해주었다. 그런데 히로토에게 폐를 끼치고 말았다. 자신들 움막에도 묵었던 히로토에게——.

왜 맨 처음 소문을 들었을 때 부하를 신문하지 않았는지. 왜 손을 쓰지 않았는지. 자신의 늦은 대처에 화가 났다.

게젤키아는 다시 한번 편지에 시선을 돌렸다.

《고기는 잡지 못했지만, 명예와 승리는 잡을 수 있어. 같

이 명예를 잡자. 같이 불명예를 떨쳐내자.》

　게젤키아는 편지를 놓고 일어섰다.

　"바로 소집하라!"

2

　어두운 감색으로 온통 칠해진 별이 총총한 밤하늘 아래를, 커다란 검은 새들이 이동하고 있었다. 백 마리 이상의 거대한 새들이 날개를 펼치고 동쪽 하늘로 향하고 있었다.

　별은 조용히 잠들어 있다.

　그리고 새들은 조용히 날아갔다――.

3

　밤의 강은 으스스하다. 하지만 그 으스스한 밤의 테르미나스 강을 돛과 노를 갖춘 큰 쾌속 상선이 빠르게 나아가고 있었다. 주위는 어둠에 둘러싸여 있는데 쾌속 상선은 하류를 향해 날듯이 가고 있다.

　노를 젓는 건 하얀 붕대의 거인들이었다. 밤인데도 즐거운 듯이 영차영차 저어 나갔다.

　뱃머리엔 날개를 가진 남자가 서서 칠흑 같은 어둠을 보고 있었다. 검은 강 위를――동쪽 앞을 바라보고 있다. 남자 뒤엔 텅 빈 큰 바구니가 두 개 실려 있었다.

제26장 운명의 시간

1

아침부터 여자 둘이 풍만한 가슴을 쑥 내밀고 있었다. 그 틈으로 긴 금발의, 앞머리를 늘어뜨린 남자가 골반을 쑥 내밀고 있었다. 여자들은 희희낙락대며 신이 나 있다. 남자는 신나게 움직이더니 이윽고——.

"전하! 전하!"

"뭐냐, 지금은 공부하느라 바쁘다."

금발의 청년이 대답했다.

"히브리드와 마기아 왕국 사이에서 큰 문제가 생겼습니다. 황급히 히브리드로 돌아가는 게 좋을 것 같습니다."

"굳이 내가 왜?"

금발의 청년은 대답했다.

"전하의 나라가 아니옵니까!"

"아니, 내 나라가 아니라 아버지 나라겠지. 아버지 문제는 아버지가 처리하면 돼. 난 지금 내 문제를 처리하기도 바쁘다."

금발의 청년은 다시 움직이기 시작했다.

2

레그르스 공화국 최고 집정관 코그니타스는 화강암으로 만든 광대한 테라스에서 아침 해를 바라보고 있었다. 바로 옆엔 디아로고스 의장도 있었다.

"마기아에 저런 언질을 줘도 되는 거였나?"

디아로고스가 말했다.

"히브리드가 강대해지는 건 막아야지요."

코그니타스가 대답한다.

"그렇긴 하네만, 우르세우스는 히브리드의 힘을 깎고 싶을 뿐이잖나."

디아로고스의 말에 코그니타스는 얼굴을 돌렸다.

"방식은 막무가내지만 의도는 나쁜 게 아니지 않습니까."

"전쟁이 일어날 걸세."

"그럼 못을 박아두지요."

코그니타스는 대답했다.

"어느 쪽에?"

디아로고스의 물음에 코그니타스는 대답하지 않았다.

"히브리드의 왕자에겐 알리지 않을 건가?"

그 물음엔 코그니타스는 대답했다.

"저런 녀석에게 굳이 알릴 필요 없지요."

3

침대에서 일어난 이슈 왕은 평소처럼 가슴이 큰 여자에게 가슴으로 발을 닦게 하던 참이었다. 옆엔 재상 아브라힘이 대기하고 있다.

퓨리스 왕국엔 아직 파르바이 백작의 사망 소식도 재상 자리아가 안전협정을 제안한 일도 전해지지 않았다.

"우르세우스는 평화협정을 거절당했구나."

하며 이슈 왕은 고개를 끄덕였다.

"아쉽습니다. 만약 모르디아스 1세가 받아들이면 다시 평화협정의 재고를 요구할 참이었습니다만."

아브라힘이 대답했다.

"무얼, 《군대》가 아니라 《군대와 뱀파이어족》이라고 고쳐 쓰기라도 할 작정이냐."

이슈 왕의 말에,

"그게 더 좋지 않겠습니까?"

"변경백이 그리하겠느냐? 그대의 권유로 마기아 사자에겐 그리 대답했다만, 만약 실패해도 변경백과의 사이에 문제가 없도록 하라. 히브리드와의 관계는 중요하다."

이슈 왕이 대답했다.

"성공하겠느냐?"

이슈 왕의 물음에 재상 아브라힘은 대답했다.

"성공하면 저희도 어부지리로 얻는 게 있겠지요. 뱀파이어족이 위협인 건 변함이 없는 터라."

4

마기아 왕국의 국왕 우르세우스 1세는 아침부터 바후람 대성당의 정령의 불 아래에서 기도를 올리고 있었다.

슬슬 운명의 시간이다.

첫 번째 화살로 씨를 뿌리고 두 번째 화살로 복선을 깔고 세 번째 화살로 역전시키고 네 번째 화살로 궁지에 몰아넣는다.

위협을 억눌러야 한다. 하늘의 힘을 깎아야 한다. 정령님은 이를 반대하지 않으실 모양이다.

어차피 시간을 들여서 해결할 문제가 아니었다. 예의를 다해 정중하게 진행한들 모르디아스 1세는 응할 리 없다. 압력을 가하는 것 이외엔 방법이 없는 것이다. 게다가 자신의 부친에게 일어난 일이 모르디아스 1세에게 일어나지 않으리라곤 말할 수 없다. 혹 모르디아스 1세가 서거하면 저 멍청한 왕자가 즉위할 터. 여자를 탐하고 힘을 휘두르는 것 말곤 흥미가 없는 어리석은 왕자가——.

지금이 아니면 안 된다. 때가 찾아온 지금, 할 수밖에 없다.

5

재상 자리아는 이국에서 마지막 기일인 7일째 아침을 맞은 참이었다. 어제도 모르디아스 1세, 재상 파노프티코스, 대장로 유니베스테르, 대사제 소브리누스가 한데 모여 토론을 했지만, YES라는 대답은 끌어내지 못했다.

네스트리아가 공작을 무사히 완수했다는 이야기도 전해 들었다. 퓨리스 군은 움직였다. 페르키나 백작도 통행 금지령을 공포했다. 벨페골 후작도 변경백에 관한 왕령 개정안을 제출했다.

마기아라는 외부에서 공격. 대귀족이라는 내부에서 공격. 퓨리스의 불온한 움직임. 하지만 이 와중에도 히브리드는 끈덕지게 버티고 있었다.

《막판까지 끌어도 변경백은 안 옵니다. 타결하시는 게 최선입니다.》

살살 찔러봤지만, 모르디아스 1세는 고개를 가로저었다. 기다려도 상황이 바뀌지 않을 텐데.

루시니아 주 인구가 적은 건 알고 있다. 병사를 끌어모아도 겨우 5~600명. 내세울 만한 숫자가 아니다. 그런데도 설마 변경백의 도착을 기다리는 걸까?

변경백에게 편지가 도착한 건 아마 비행 택배라나 뭐라는 하는 걸 이용해도 빨라야 6일째. 변경백이 출발할 수 있는 건 7일째.

변경백이 뱀파이어족이 끄는 바구니에 매달려 이동하는 건 알고 있다. 그로 인해 자유롭게 변경백이 이동할 수 있는 것도 알고 있다.

하지만 바구니는 무겁다. 제아무리 뱀파이어족이라도 변경백을 태우고 장거리를 이동하기는 쉽지 않다. 아무리 빨리 날아도 기일까지 도착하는 건 불가능하다. 가령 시간 내에 오더라도 숲속이라면 뱀파이어족도 속수무책이다.

루시니아를 엉망으로 만들어야 말을 들을 셈인가. 폐하는 틀리지 않으셨다. 정령님은 뱀파이어족을 압박해 제지하길 바라고 계신다. 폐하께 좋은 소식을 전할 수 있을 것 같다.

제27장 파담(破談)

1

루시니아 주 장로회 지부장은 그날 식전 댓바람부터 엘프 병사 소리에 잠을 깼다.

"면회자입니다."

"면회시간이 아니잖나."

다소 언짢게 대답했다.

"그게 좀 묘하다고나 할까……."

"이상한 사람이면 그냥 무시하면 될 것을."

"그럴 수도 없는 상대입니다. 프리마리아 장로회 지부장 아스티리스 님과——."

"거절해."

"정말로 괜찮으신가요?"

"상관없다."

엘프 병사는 방을 나가려다,

"그럼 뱀파이어족에겐 그리 말해두겠습니다."

침대에서 눈을 감았던 장로회 지부장은 허둥대며 벌떡 일어났다.

"뱀파이어족이라고?!"

2

30분 후, 엘프 병사가 말을 몰며 엘프 장로회 건물에서 날 듯이 튀어나왔다. 목적지는 동쪽—— 국경이다.

3

퓨리스 병사들은 그날 아침, 무서운 걸 목격했다. 건너편 기슭의 히브리드 왕국 시길 주 항구에 미라족이 젓는 배가 도착했는데, 그 배에서 빨간 뱀파이어족이 내린 것이다. 게 다가 배에서 바구니가 날아올랐다.

(왜 흡혈귀가……!)

설마 우리를 죽일 건가?

퓨리스 병사들은 허둥지둥 게르메슈 장군이 있는 곳으로 달리기 시작했다.

4

페르키나는 기사들에게 지시를 내리던 참이었다. 퓨리스 군이 강을 넘었다는 소식은 아직 없었지만 방심할 수는 없다.

집사가 갓 짠 사과 주스를 들고 왔다. 페르키나는 잔을 받 아 마셨다.

"통행 금지령은 취소했느냐?"

"네. 분부하신 대로 했습니다."

"르메르는?"

"조금 전에 취소했다는 연락이 있었습니다."

만족스럽게 고개를 끄덕이던 페르키나의 눈에 돌연 거대한 그림자가 보였다. 거대한 바구니가 푸른 하늘을 가르고 있었다. 바구니엔 끈이 매여져 있고, 거대한 새가 그 바구니를 들고 있었다.

아니——새가 아니다.

바구니가 갑자기 하강을 시작했다.

"백작님."

"당황하지 마라. 너희들도 손대지 마라."

페르키나는 기사들에게 말하고, 다시금 저택으로 향하며,

"절대로 손대지 마라!"

하며 목청 높여 명했다.

바구니와 뱀파이어족 네 명이 착지하자, 소년이 한 명 바구니에서 내렸다. 아는 얼굴이었다.

"죄송합니다. 물을 좀——."

소년의 표정이 살짝 굳었다. 아무래도 급하게 내려왔을 뿐, 내가 있는 줄은 모르고 온 모양이다.

"저기…… 물을 좀——. 뱀파이어족들에게——."

하고 소년—— 히로토가 부탁했다. 페르키나는 집사에게 얼굴을 돌렸다.

"내가 마시는 주스를 가져오너라."

집사가 물러났다. 한참을 히로토와 마주 보는 상태가 되었다. 뱀파이어족들은 움직이지 않았다. 기사들도 움직이지 않았다. 한때는 그와 대립하기도 했지만, 페르키나는 딱히 그가 얄밉지 않았다. 아아, 역시 와줬구나. 마기아에 철퇴를 내리기 위해 달려왔구나 하는 마음이 솟구칠 뿐이었다.

이윽고 집사가 돌아왔다.

"고맙습니다. 감사합니다."

히로토는 잔을 받아 흡혈귀 곁으로 돌아갔다. 한 사람 한 사람에게 잔을 손수 건넸다.

맛있는데, 하는 뱀파이어족 소리가 들려왔다.

이윽고 히로토가 돌아왔다.

"후의에 감사드립니다."

인사를 하고 바로 히로토가 등을 돌렸다.

갑자기 이대로 보내면 안 된다는 기분이 들었다. 분명 히로토는 아직 소식을 받지 못했을 거다.

히로토가 바구니에 기어올라 안으로 들어갔다. 천천히 바구니가 떠올랐다. 페르키나는 바구니를 향하여 외쳤다.

"마기아 왕국이 루시니아 주 경계에 병사 7천을 보냈습니다! 그리고 얼마 전에는 퓨리스 군이 기병 500명을 데리고 군사훈련을 했습니다!"

"역시 그랬군요."

소년이 웃으며 대답했다.

(알고 있었단 말인가?!)

페르키나는 계속해서 외쳤다.

"벨페골 후작과 라스무스가 주장관령을 공포해 뱀파이어족의 비행을 금지했습니다! 하지만 무시하세요! 우리 주는 이미 통행 금지령을 취소했습니다. 반드시 마기아 군을 쫓아내세요!"

그러자 히로토는 조금 놀라더니 그러고는 빙긋 웃으며 다시 대답했다.

"맡겨주세요."

히로토가 바구니 안에서 가볍게 고개 숙여 인사했다. 바구니는 천천히 멀어져갔다.

5

뱀파이어족 넷이 바구니를 매달고 드넓은 하늘을 날고 있었다. 소이치로는 털가죽 모자를 쓰고 털가죽 코트를 걸치고 푸른 하늘을 보고 있었다. 바로 옆을 큐레레가 즐거운 듯 날고 있다.

"소이치로와 같이 ♪"

큐레레는 신이 나 있다. 어젯밤엔 큐레레와 배 안에서 같이 있었는데도, 소이치로는 아직도 함께인 게 믿기지 않았다. 젤디스가 큐레레의 상경을 허락할 리 없다고 생각했다.

하지만 큐레레는 강했다.

《큐레레, 소이치로와 가고 싶어~~어!!》

271

딸이 졸라대는 바람에 젤디스가 꺾였다. 물론 히로토의 설득도 있었지만──.

　소이치로 일행이 탄 배는 바로 멀어져 갔다. 용케도 시간 내에 왔어, 하며 소이치로는 감탄했다. 기일까지 시간을 맞추기 위해 히로토가 생각한 건, 돛과 노가 달린 쾌속선을 이용해 밤새도록 달리는 것이었다.

　왕도는 하류에 있고, 뱀파이어족은 밤눈이 밝다. 칠흑 같은 어둠에서도 배를 유도할 수 있다. 뱃머리엔 인간과 뱀파이어족을 앉혔다. 사공은 히로토가 미라족을 모집하자 바로 사람이 모였다. 《히로토 님은 우리 동료를 구해주셨어. 지금은 우리가 도울 차례야》. 그리 미라족은 말했다고 한다. 덕분에 저녁엔 출발할 수 있었다. 도중에 들른 항구에서도 뱀파이어족이 앞질러 가 미라족 사공을 모집해주었다. 모두 히로토 님을 돕는 거라면, 하며 모여 주었다. 덕분에 항구에 들를 때마다 사공을 교대해 배를 날듯이 저어갈 수 있었다.

　소이치로 일행은 배에 싣고 온 바구니로 조금 전에 갈아 탄 참이었다. 바구니를 두 개밖에 들고 오지 못했던 터라, 이번엔 미미아는 도미나스 성에서 성을 지키고 있다.

　소이치로는 자신이 탄 바구니에서 조금 떨어져 날고 있는 바구니를 보았다. 바구니 주위엔 여자 흡혈귀 둘이 날고 있다.

　한 명은 발큐리아였다. 다른 한 명은 게젤키아이다.

　《우리 부하 때문에 미안해…… 너한테 폐를 끼치게 됐어.》

시길 주 항구에서 히로토를 재회했을 때, 그리 게젤키아
는 사과하자,

《사과할 필요 없어. 같이 다시 명예와 승리를 잡자. 이런
낚시는 꽤 잘하거든.》

하고 히로토가 윙크하며 대답했다.

(정말로 잘 될까.)

이면 작전이라니, 무리잖아. 난 달변가가 아니야.

소이치로는 히로토가 건넨 문답집에 눈길을 돌렸다. 자리
아가 추궁해올 사항. 거기에 대한 반격이 자세히 적혀 있다.

내용은 전부 외웠지만, 외웠다고 해결될 문제는 아닌 것
같았다.

(애당초 결렬시키라니 너무 터무니없잖아! 나, 국왕이 노
려보는 거 아냐!!)

모처럼 활약할 순간이 왔다고 생각했는데, 이런 역할이
라니⋯⋯.

기척이 느껴져 얼굴을 들자, 뜻밖에도 바로 옆을 게젤키
아가 날고 있었다. 빨간 야성적인 두 눈동자가 자신을 응시
하고 있었다.

의외로 얼굴이 미인이라 소이치로는 허둥댔다.

"너, 좀 남자다워졌는데."

"뭐?"

생각지도 못한 한 마디에 얼굴이 달아올랐다.

"크크크, 아직 어린애 같은 구석도 있고. 귀엽군."

점점 더 소이치로는 얼굴을 붉혔다. 낄낄낄 게젤키아가 웃는다. 그러자 바로 옆으로 스르르 큐레레가 다가오더니 게젤키아를 노려보았다.

역삼각형 모양의 의혹이 가득한 눈초리다. 게젤키아가 소이치로를 빼앗으려 한다고 착각한 듯하다.

"소이치로, 큐레레 꺼야!"

큐레레는 소유권을 선언했다.

6

재상 파노프티코스, 대장로 유니베스테르──. 추밀원의 주 멤버가 국왕 집무실에 모였다. 두 사람 사이에는 히브리드 국왕 모르디아스 1세가 앉았다.

테이블 너머엔 마기아 왕국의 재상 자리아, 그리고 친위대 대장 네스트리아와 서기관이 앉아 있었다. 네스트리아는 도중에 교섭에 가담했다.

"전에도 말했지만, 우리가 줄 수 있는 건 위로금뿐이다. 애초에 무력시위로 협정을 맺는다니, 말도 안 되는 일이건만."

재상 파노프티코스가 어제까지 했던 논리를 반복했다.

"저희는 교섭을 이대로 중단해도 괜찮습니다만? 우리가 금방 움직이지 못할 거다, 생각하신다면 재고해주십시오. 교섭이 중단되면 수 시간 내에 마기아의 정예부대가 국경을 넘을 겁니다. 안전협정을 맺지 않는 이상, 상대의 땅을 마

기아의 땅으로 만드는 것이 백성의 안전을 지킬 수 있는 최선의 길이겠지요."

재상 자리아는 차갑고 딱딱한 목소리로 대답했다.

"50년 전의 앙갚음을 할 작정이냐?"

유니베스테르가 추궁했다.

"사냥꾼 사건을 말씀하시는 겁니까? 아니요. 이건 그저 안전의 문제입니다. 우르세우스 왕께서는 그런 속 좁은 남자가 아닙니다."

시치미를 뚝 떼며 자리아가 대답했다.

(결말이 안 나는구나.)

마기아와 군사충돌에 들어가면 퓨리스에게 협공당할 수도 있다──그 불안이 히브리드 진영을 무겁게 짓누르고 있었다. 퓨리스 상인을 불러 격렬하게 항의했지만, 이슈 왕에게 전해지기까진 상당한 시간이 걸린다. 대답이 오기도 전에 시간이 다하겠지.

오늘 아침도 파노프티코스 일행은 국왕과 회의를 했다. 왕과 나라의 위엄을 위해, 오전 중은 어디까지나 위로금 노선으로 끝까지 밀고 나간다. 그리고 휴식 전에 타협 가능한 포인트 탐색에 나선다.

슬슬 휴식 시간이 다가오고 있다. 타협지점을 탐색할 시간이다.

"그럼 이리하면 어떠냐. 히브리드에는 변경백에 관한 왕령이라는 게 있다. 그중에 변경백의 행동 범위를 사라브리

아, 오르시아, 하갈, 안셀, 네 개 주로 한정하고 주 밖으로
나올 때는 국왕의 허가를 받아야 한다는 문항이 있지."

파노프티코스는 탐색에 나섰다.

"우리가 요구하는 건 뱀파이어족이라는 위협에 대한 억제
입니다. 변경백의 억제가 아닙니다."

자리아가 차갑게 대답했다.

"그럼 공격 의사가 없는 마기아 사람을 뱀파이어족이 공
격했을 경우, 변경백이 책임을 지게 하는 건 어떠냐. 그러
면 변경백이 뱀파이어족을 더 주의 깊게 다룰 것이다."

다시금 제안하자,

"우리가 요구하는 건 직접적이고 구체적인 뱀파이어족 제
지입니다. 변경백이 신경을 쓰는 정도로 인정할 수는 없지요.
어린아이조차 말을 안 들을 때가 있잖습니까?"

다시 냉담하게 일축했다.

벨페골 후작의 왕령 개정안 제1조와 제3조만을 골라내 제
안했지만 허사였다.

"일단 휴식으로 하지."

유니베스테르가 끼어들었다.

"휴식 뒤엔 좋은 대답을 주실 수 있으신지요? 일몰까지
대답을 주시지 않으면 내일 아침엔 우리 군이 움직입니다.
마기아의 안전을 지키기 위한 어쩔 수 없는 조치라 이해해
주시기 바랍니다."

미소를 남기고 마기아 진영은 사라졌다. 파노프티코스 일

행은 국왕의 침실로 이동했다. 방에선 애첩 오르피나가 기다리고 있었지만,

"잠시 자리를 비워다오."

국왕의 말에 밖으로 나갔다.

7

자리아 일행 셋은 별실로 이동했다. 도청을 피하고자 방 정중앙으로 모였다.

"비로소 움직이기 시작했어."

자리아가 입을 열었다.

"그저 시간을 벌려는 겁니다. 중요한 곳은 건드리지 않았습니다. 보잘것없는 걸 쥐여주고 어떻게든 도망칠 작정인 게지요."

서기관은 신랄했다.

"어쩌면 변경백이 내일 루시니아에 도착할 예정인지도 모릅니다. 만약 우리 군이 저지당하면 성가시게 됩니다."

네스트리아가 말했다.

"이제 국경의 군을 움직여도 될 것 같군."

하며 자리아는 고개를 끄덕였다.

"연락해."

서기관은 고개를 끄덕이며 병사에게 다가갔다. 병사가 바로 비둘기 세 마리를 날려 보냈다.

파노프티코스 일행은 국왕의 침실에서 마지막 회의를 하고 있었다. 모르디아스 1세는 조금 지친 기색이었다.

유니베스테르가 파노프티코스에게 다가갔다.

"교섭으로 해결하는 건 불가능하겠소."

하고 속삭였다.

"퓨리스가 침공할 가능성은 어느 정도요?"

유니베스테르가 재확인해왔다.

"페르키나에게 경계하라고 부탁해뒀지만, 아무래도 뱀파이어족의 감시가 미치지 않는 구역인 터라……."

"난 마기아와 싸워야 한다고 생각하오. 설령 퓨리스가 배후를 치고 들어와도 말이오. 하지만 결단하시는 건 폐하지요."

파노프티코스는 유니베스테르와 함께 모르디아스 1세 곁으로 다가갔다.

"폐하. 우선 전쟁인지 협정 체결인지를 결정해야 합니다. 전쟁이 나면 퓨리스가 어부지리를 노릴 가능성이 큽니다. 당장 루시니아도 빼앗기겠지요. 그렇다고 협상을 받아들이면 히브리드의 체면이 말이 아닙니다. 어떻게 하실 겁니까?"

"협정 체결로 가면 전부 우르세우스의 조건을 모두 수용해야 하느냐?"

모르디아스 1세가 물었다. 괴로운 듯한 목소리다. 파노프티코스는 즉답했다.

"마기아 측이 제시한 세 가지 조건 중 하나만 고르시면 됩니다."

"하나인가……."

모르디아스 1세가 신음했다.

"지금은 교활하게 움직여야 합니다. 일단 협정을 맺는 척만 하고, 변경백이 마기아 군을 격퇴한 뒤 협정을 파기하는 게 어떨지요."

파노프티코스는 설득에 나섰다.

"하지만 그건 히브리드의 신뢰도를 깎는 일 아닌가?"

"우르세우스 왕에게 이미 신뢰 따윈 없습니다."

모르디아스 1세는 한숨을 쉬었다.

파노프티코스는 입을 열지 않았지만, 마음속으론 주장관의 병력을 너무 깎은 탓이라고 대답했다. 최근 일 년 줄곧 개정하고 싶었던 일이다. 주장관이 수비병으로 가질 수 있는 병사 수는 99명까지다. 왕에 맞서 반란을 일으키지 못하게 하기 위해서이다. 하지만 그건 히브리드가 항상 전쟁 없이 평화롭다는 대전제가 필요했다.

"퓨리스만 아니면 마기아에게 주력할 수 있습니다만."

모르디아스 1세가 신음한다. 이윽고 무겁게 입을 열었다.

"무엇이 가장 뱀파이어족과 마찰이 적은 방법이겠는가?"

"셋 모두 반발은 피할 수 없습니다. 하지만 굳이 말한다면 통행 규제가 그나마 낫겠지요. 마기아 국경으로 비행을 삼가게 하는 것이 가장 좋을 듯싶습니다."

모르디아스 1세가 고개를 끄덕였다. 국왕이 승낙한 것이다.

(제1조만 승낙, 맺기만 협정을 맺고 나중에 파기하면 된다. 다시 회의로 돌아간다.)

그리 파노프티코스가 생각하던 때였다.

"폐하!"

오르피나가 돌연 방으로 뛰어 들어왔다. 애첩은 정치엔 입을 대지 않게끔 돼 있다. 이 자리에 모습을 보이는 건 왕의 분노를 살 수도 있는 일이었다.

"들어와선 안──."

"뱀파이어족입니다! 뱀파이어족이 오고 있습니다!"

뱀파이어족?!

"설마 도착했느냐?!"

모르디아스 1세가 달려가기 시작했다. 허둥지둥 파노프티코스도 유니베스테르도 침실을 나왔다.

복도로 나오자 마침 마기아 재상 자리아 일행과 딱 마주쳤다.

"무슨 일인가요?! 뱀파이어족이 왔다니 설마 변경백을 동석시킬 작정입니까?!"

"궁전으로 부르는 것까지 금지돼 있진 않다!"

파노프티코스가 자리아에게 대답했다.

"동석하면 교섭은 정지, 병사를 움직일 것입니다!"

자리아가 외쳤다.

히브리드 병사가 달려왔다.

"폐하, 바구니입니다! 바구니가 정원에——!"

분명 히로토라 파노프티코스는 생각했다. 히로토가 도착한 것이다. 절대로 시간 내에 못 온다고 생각했는데…… 대체 어떻게?!

파노프티코스 일행은 중정으로 나왔다. 마기아 국 자리아와 네스트리아도 중정으로 나왔다.

이미 바구니는 착지했다. 주위에서 바구니를 실어온 뱀파이어족 넷이 어깨를 돌리며 몸을 풀고 있다. 바로 옆엔 자그마한 흡혈귀와 빨간 날개의 여자 흡혈귀가 있다.

(저 꼬마는——.)

파노프티코스는 멈춰 섰다.

(빨간 녀석은 누구지?)

바구니 안에서 안경잡이가 얼굴을 내밀었다. 키가 큰 소년이다.

(히로토가 아니잖아……! 히로토는 어디 있나?! 바구니 안엔 없는 건가?!)

키가 큰 소년이 바구니에서 내렸다. 바로 꼬마 흡혈귀가 안경잡이 소년에게 와락 매달렸다. 그리고 그 옆에서 빨간 흡혈귀가 돌아보았다.

여자였다.

상당히 야성적인 두 눈동자를 하고 있다. 몸집은 남자 흡혈귀 쪽이 좋은데도 남자 흡혈귀보다 강렬한 존재감을 뿜어내고 있다.

"허어, 마중을 다 나오다니, 몸 둘 바를 모르겠는데."

하며 여자는 대담한 미소를 지었다. 안경잡이 남자가 꼬마 흡혈귀와 손을 잡고 파노프티코스 쪽을 향했다.

"사라브리아 변경백의 고문관, 소이치로입니다."

안경잡이 장신의 소년이 자기소개했다.

"히로토는 어떻게 됐느냐?! 히로토는?!"

하며 모르디아스 1세가 걸어서 다가왔다.

"나중에 말씀드리겠습니다. 그 전에 소개할 사람이 있습니다. 게젤키아 연합대표 게젤키아 님입니다."

모르디아스 1세가 화들짝 놀란 표정을 지었다. 자리아와 네스트리아의 표정이 한순간에 변했다.

9

설마 싶은 전개였다. 자리아도 네스트리아도 상대를 보고 얼어붙었다.

히로토는 아무리 빨라도 내일이나 도착할 터였다. 도저히 시간 내에 올 리 없었다. 그런데 히로토의 고문관이 오고 말았다. 히로토가 아닌 건 예상 밖이지만, 애초 도착 자체가 예상 밖이었다. 덕분에 묘한 뱀파이어족까지 따라오고 말았다.

하나는 어린 소녀였다. 겁이 많은지 고문관 뒤에 숨어 벌

벌 떨고 있었다. 왜 따라왔는지 좀처럼 알 수 없는 흡혈귀였다.

하지만 다른 하나는 멋진 빨간 날개의 소유자였다. 파르바이 백작을 습격한 것도 빨간 날개의 뱀파이어족이었다.

뱀파이어족을 이렇게 가까이서 접한 건 처음이었다. 날개를 접은 모습은 실로 괴이했다. 존재감이 너무나도 압도적이었다.

자리아 머릿속은 혼란스러웠다. 왜, 왜, 왜, 하는 의문이 머릿속에서 연호하고 있다.

침착해. 이 남자는 히로토가 아니야. 그저 흡혈귀가——.

"재상이라는 자가 너냐?"

게젤키아가 자리아에게 돌아섰다.

"재상 자리아입니다."

자리아는 있는 힘껏 가슴을 펴고 자기소개를 했다. 여기서 얕잡아 보일 순 없다.

"부하한테서 얘기는 들었어. 그쪽에서 화살을 겨누는 터라 위협을 느끼고 얼떨결에 먼저 쏘고 말았다더군. 본인도 목에 박힐 거라곤 생각지도 못한 모양이야. 우리 뱀파이어족의 화살 실력은 뛰어나지만, 그 녀석은 드물게 실력이 없는 놈이었지. 불행한 사고에 대해 연합대표로서 사과하마."

게젤키아의 사죄에 자리아는 다시 얼어붙었다. 네스트리아도 마기아 서기관도 얼어붙었다.

설마 두목이 올 줄은 생각지도 못했다. 게다가 두목이 사죄할 줄은 생각지도 못했다. 자신들의 계획은 뱀파이어족이 동석하지 않는 걸 전제로 만들어졌다.

하지만——파르바이 백작을 죽인 무리의 두목이 오고 말았다. 그리고 사죄까지 하고 말았다. 정말로 생각 밖이었다. 기껏 모르디아스 1세를 수세로 몰아넣었는데 계획이 파탄 나기 직전이었다.

"우, 우린 사죄를 바라고 이런 자리를 마련한 게 아닙니다. 두 번 다시 이런 일이 일어나지 않도록——."

저도 모르게 자리아는 어물거렸다.

"내가 연합 사람들한텐 잘 타일러뒀어. 마기아 여행객은 죽이지 말라고 단단히 다짐을 받아두지."

만회하려는 자리아의 발언 위로 게젤키아가 겹쳐 말했다.

"그리해선 재발을——."

"연합 사람이 연합대표의 말을 안 듣는다고 말하려는 건가? 내 부하가 바보라고 모욕할 셈인가?!"

살의가 담긴 날카로운 눈으로 노려보았다.

박력이 있다.

변경백 고문관의 도착. 뱀파이어족의 사죄——. 계획이 크게 어긋나기 시작했다. 만회하기 어려워지고 있다.

(방책은? 어떻게 해야?)

"폐하. 어디까지나 이 자리는 히브리드 여러분과 우리 마기아 사람들이 두 번 다시 참극을 반복하지 않기 위해 마련된 자리입니다. 다른 분은 물러나게——."

네스트리아가 흡혈귀들을 내보내려 나섰다. 그 전에 소이치로가 가로막았다.

"마기아 재상이 제안한 4항목 중, 마지막 제4조엔 변경백이 교섭에 동석할 경우, 교섭을 중단한다고 돼 있지만, 뱀파이어족이나 고문관의 동석을 금한다고 적혀 있진 않습니다. 이번 문제는 게젤키아 연합 수하의 뱀파이어족이 예기치 않게 마기아 귀족의 목숨을 앗은 일로 인해 생긴 것입니다. 이번 사건은 본래 히브리드 국, 마기아 국, 그리고 뱀파이어족, 삼자가 모여 논의해야 할 건입니다. 더구나 재발 방지를 위한 방책이 뱀파이어족에 영향이 있다면, 당사자인 뱀파이어족을 제외한 토의는 의미가 없으며, 반드시 양국에 화근을 남길 것입니다. 오히려 게젤키아 님이 동석해야 마땅하다고 생각합니다만."

(멋대로 떠드는군!)

"이 회의는 양자로 시작한 것. 도중에 형식을 바꾸면 혼란을 초래합니다. 처음처럼 두 나라끼리 해결해야 합니다."

자리아는 즉시 논리를 뒤집었다.

"불리해질까 걱정입니까?"

소이치로가 추궁했다.

"형식의 변경은 혼란을 초래한다고 말하는 것뿐입니다."

자리아가 일축한다. 하지만 안경잡이 소년도 지지는 않았다.

"양자 협의가 타당한 건 뱀파이어족이 히브리드 사람일 경우입니다. 하지만 뱀파이어족은 히브리드 사람이 아닙니다. 그렇다면 삼자 협의가 가장 바람직하고 가장 타당합니다. 뱀파이어족을 제외하고 양자끼리 이야기를 끝낸다니, 그거야말로 뱀파이어족에 대한 경의를 저버리는 짓. 마기아가 그들에게 경의를 진다면 마기아 왕국은 뱀파이어족의 공격을 받게 될 겁니다."

소이치로가 위협했다. 꽤 끈질기다.

"우리를 협박하는 겁니까?"

"걱정하는 겁니다. 뱀파이어족을 잘 아는 자로서."

소이치로가 대답했다.

"걱정해주시는 거면 히브리드와 마기아, 양자만의 협의가 되도록 배려해주시면 양국은 평화를——."

"그런 방식으로는 평화를 얻을 수 없습니다."

소이치로는 단호히 자리아의 생각을 부정했다.

"퓨리스와의 평화협정에 뱀파이어족 조항이 들어 있지 않은 건, 뱀파이어족이 참가하지 않았기 때문입니다. 이번 회합에 뱀파이어족이 없음에도 불구하고 당신들은 뱀파이어족의 조항을 넣었지요. 이건 부당함을 넘어 그저 억지입니다. 제가 살았던 세계에선 몬스터 클레머라 합니다. 몬스터란 괴물, 클레머란 시비를 걸어 트집을 잡는 걸, 몬스터 클레머란 자신의 요구를 무리하게 관철하는 자를 말합니다."

"무례한."

자리아는 반쯤 진심으로 반쯤 연기로 화를 냈다. 하지만 소이치로는 계속 말을 이어갔다.

"당신들의 주장은 모순입니다. 평화를 위한 일이라면서, 바라는 건 혼란을 부르는 것들뿐이지요. 만약 이 뱀파이어 족 조항을 인정하면, 반드시 퓨리스도 불평하겠지요. 히브 리드와 퓨리스에 또 마찰이 생기는 겁니다. 반대로 이 교섭 을 거절하면 당신들은 전쟁을 치르려 하겠지요. 루시니아 가 함락되면, 퓨리스도 군사를 움직일 가능성이 있습니다. 히브리드는 양쪽으로 전쟁을 치러야 하지요. 그게 당신들 이 말하는 평화입니까? 그게 평화를 바란다는 자들이 할 행 동입니까? 그대들은 평화로운 세계에 전쟁을 부를 방법을 찾고 있습니다. 평화와 우호를 주장하는 왕이 할 행동이 아 닙니다."

유니베스테르가 웃었다. 말 참 잘했다, 하는 얼굴이다. 파 노프티코스의 표정은 변하지 않았다.

논의는 여기까지다, 하고 자리아는 생각했다. 상황이 이 렇게 된 이상 마지막 무기를 꺼낼 뿐이다.

"이런 식으로 저희를 모욕하시겠다면 교섭을 중단하겠습 니다. 후회하실 겁니다."

재상 자리아는 결렬이라는 검을 뽑아 들고 일어섰다. 하 지만 상대는 동요하지 않았다.

"히로토는 후회 같은 건 안 해요."

자리아는 네스트리아와 서기관과 함께 집무실을 나갔다.

10

큐레레는 손가락을 물고 있었다. 파노프티코스와 유니베스테르는 침묵했다. 모르디아스 1세는 놀라서 입을 반쯤 벌리고 있었다.

"교섭을 결렬시켜서 어쩔 작정이냐?"

파노프티코스가 소이치로에게 다그쳤다.

"히로토의 계책입니다."

"뭐?!"

저도 모르게 파노프티코스가 큰소리를 지른다.

"그 히로토는 지금 어디서 뭘 하고 있느냐?!"

"숲에서 사냥을 하고 있습니다."

소이치로는 국왕의 물음에 대답했다.

"뭐라?!"

이번엔 모르디아스 1세가 새된 소리를 질렀다.

"이곳에 오면 교섭을 중단시킨다는 말이 있긴 했다만, 그렇다고 숲에서 사냥을 한단 말이냐? 왕도에 올 생각이 없다더냐?"

국왕의 질문에 소이치로는 쓴웃음을 지으며 대답했다.

"그래서 대신 저를 보낸 것입니다. 그는 그동안 숲속의 곰을 혼내주고 오겠다고 했습니다."

제28장 변경백의 화살

1

히로토는 분명히 숲에 있었다. 다만 사라브리아의 숲이
아니었다. 딱 마기아와 히브리드 국경 근처의 숲—— 루시
니아 숲에 있었다.

히로토 옆엔 발큐리아와 젤디스, 그리고 엘프와 루시니아
수비병과 사냥꾼이 모여 있었다.

나무 사이로 간선도로가 보였다. 엘프 일행과 뱀파이어족
들이 화살을 들고 숨어 있었다.

최고의 명예를 얻을 때라고 히로토에게 설득당한 젤디스
일행은, 히로토와 떨어져 동쪽을 향해 일직선으로 갔다. 도
중에 게젤키아 연합 사람들과 합류해 그대로 동진(東進). 히
로토 일행보다 빨리 루시니아에 도착했다.

엘프 장로회에 뱀파이어족이 찾아온 건 이른 아침이었다.
젤디스 수하의 뱀파이어족이 엘프 장로회 프리마리아 지부
지부장 아스티리스와 함께 변경백 히로토의 편지를 들고 온
것이다. 편지엔 히브리드의 국경에 숨어 있는 마기아 군을
쫓아내기 위한 작전이 적혀 있었다.

엘프들은 바로 말에 날듯이 올라탔다. 먼저 간선도로로
향했던 엘프와 수비병들과 합류해, 히로토의 작전을 전했

다. 뱀파이어족 일행은 정찰하러 흩어졌고, 수 시간 후엔 거의 마기아 군 결집상황 정보를 손에 넣었다. 모든 일이 준비된 상황에서 히로토가 뱀파이어족과 함께 도착했다.

엘프나 수비병, 그리고 사냥꾼들은 흥분으로 들끓었다. 왕국의 서쪽 끝에서 변경백이 와준 것이다. 변경백은 일만의 퓨리스 군을 인간과 뱀파이어족, 총 2천의 전력으로 쳐부순 영웅이다. 그 히로토가 와준 것이다.

끌어모은 전력은 많아야 500. 숲까지 올 수 있었던 전력은 200 정도밖에 안 됐지만, 영웅 히로토가 뱀파이어족 500명을 데리고 왔다. 사기는 높았다.

숲에 들어가자 히로토는 바로 엘프들과 젤디스, 그리고 사냥꾼들에게 얘기를 들었다. 엘프는, 만약 마기아 군이 공격해온다면 어떤 루트로, 히브리드 군은 어떻게 요격할지, 히로토가 전에 문의해준 덕분에 모든 가능성을 철저히 따진 것이 도움이 되었다.

사냥꾼 얘기론 숲속에 큰 직선로가 난 곳이 있다고 했다. 뱀파이어족도 사전에 날아서 확인해주었다. 결과는 GO 사인이었다.

"갈 수 있어."

자신만만하게 히로토는 수비병과 엘프들에게 얼굴을 돌렸다.

히로토가 생각한 작전은 게릴라 전법이었다. 교섭이 결렬됐으니 반드시 마기아 군이 간선도로를 내려올 것이다. 그들을 숲속에서 활을 쏘아 쓰러트린다——.

물론 그것만으론 7천 명이나 되는 병사를 다 처리할 수는 없다. 진짜 노림수는 직선로였다. 그곳이 아마 전투의 분기점이 되리라. 중요한 최강병기의 도착이 조금 늦어지고 있지만, 아마 괜찮을 것이다.

빨간 날개의 뱀파이어족이 하늘에서 내려와 숲속을 걸어왔다.

"마기아 녀석들이 움직이기 시작했어."

게젤키아 수하의 뱀파이어족이 전했다.

"차례로 공격 개시! 우선 뱀파이어족이 화살을 쏘고 그 뒤에 엘프와 인간들이 화살을 쏴. 상대가 반격해오면 즉시 철수할 것. 방패가 될 필요는 없어. 마지막에 직선로에서 공격해 승부를 보자."

하며 히로토는 다짐했다. 빨간 날개의 뱀파이어족은 고개를 끄덕이며 날아올랐다.

2

정예가 모인 마기아 군 선발대는 숲속을 내려갔다. 간선도로를 점점 힘차게 나아간다. 병사들은 화살을 겨누며 좌우를 경계하고 있었다.

아마 히브리드 군은 잠복하고 있을 것이다. 엘프가 숨어 있을 것이다.

"잘 지켜봐. 슬슬 나타날 거야."

선발대 대장이 말을 건넨 바로 그 순간이었다. 돌연 비처럼 위에서 화살이 쏟아져 내려왔다. 곧장 비명이 들려왔다. 세 명, 네 명, 세 명, 화살을 맞고 쓰러졌다.

마기아 병사들은 좌우로 화살을 겨눴다.

다시 화살이 쏟아져 내려왔다.

두 명, 세 명, 다시 화살을 맞고 쓰러졌다.

"위다! 위다!"

뱀파이어족 10명 정도가 나뭇가지에서 몸을 앞으로 내밀어 화살을 쏘고 있었다.

마기아 병사는 일제히 화살을 겨눴다. 그 순간 옆에서 다시 새로운 화살이 날아들었다. 소리를 지르며 마기아 병사들이 쓰러졌다.

나무들 사이에서 화살을 쏘고 있는 건 엘프와 인간들이었다.

"숲속이다!!"

마기아 병사들이 숲으로 화살을 겨눴다. 이번엔 다시 하늘에서 화살이 쏟아져 내려왔다. 위와 옆에서 화살이 집중 포화처럼 쏟아졌다. 마기아 병사들은 방패에 숨어 화살을 쏘았다. 그러자 뱀파이어족과 엘프와 인간들이 퇴각하기 시작했다.

"쫓지 마라!"

선발대 대장이 부하를 막았다.

"놈들은 시간을 벌 생각이다! 말려들지 마라."

사상자를 남겨두고 선발대는 다시 움직이기 시작했다.

3

루시니아 주장관 린페르도 백작은 방안을 이리저리 돌아다니고 있었다. 오늘 아침은 경탄으로 시작한 하루였다. 엘프로부터 작전 설명을 들었다. 뱀파이어족 우두머리하고도 만났다. 뱀파이어족이 남긴 편지도 받았다. 변경백은 무사히 숲에서 엘프 일행과 합류했다고 한다.

하지만 뱀파이어족과 수비 병사들이나 기병들을 합쳐도 7백. 상대는 7천. 변경백은 7천은 허세고 기껏해야 반밖에 없을 거라 했지만, 그래도 7백 대 3천5백, 5배나 차이가 난다. 간선도로에서 기습을 해도, 그걸로 상대의 진군을 멈출 수는 없다. 수도 기껏해야 1~200명 쓰러트리는 게 고작일 터다.

즉 7백 대 3천3백——.

역시 어렵다.

변경백이 와준다는 말을 들었을 땐 기뻤지만, 지원군 얘기는 들을 수 없었다.

있는 거라곤 뱀파이어족 500명과 변경백뿐——.

(정말로 저지할 수 있을까? 여기까지 마기아 군이 오는 게 아닐까?)

그리 생각했을 때 창밖으로 뱀파이어족 여섯 명이 일직선으로 동쪽 숲을 향해 가는 모습이 눈에 들어왔다.

넷은 남자 뱀파이어족이었다. 하나는 빨간 날개의 여자였다. 그리고 다른 하나는 다섯 명보다 작았다.

(또 뱀파이어족?)

뱀파이어족은 눈 깜짝할 사이에 하늘을 가로질러 숲 쪽으로 사라졌다.

4

히로토 곁에 첫 번째 습격이 성공했다는 소식이 전해졌다. 10명 정도를 쓰러뜨렸다고 한다. 좋은 전적이다.

물론 그래도 상대는 수천——. 아주 미미한 수준이다.

(계획대로.)

히로토는 빙긋이 미소를 지었다. 기다리던 사람들이 도착한 건 그때였다. 큐레레와 게젤키아가 도착했다.

"오오, 내 귀여운 공주여♪"

재빨리 젤디스가 큐레레를 꽉 끌어안는다.

"소이치로는 잘했어?"

"협상은 결렬 났다."

게젤키아가 히로토의 물음에 대답했다.

"앞으로 재미있어질 거야."

5

마기아 군의 본 부대도 이동을 시작했다. 숲속 간선도로를 점점 돌진해나간다. 이미 선발대로부터 잠복이 있다는 소식을 전해 들었다.

뱀파이어족이 하늘에서, 엘프와 인간이 숲속에서 공격해왔다. 피해는 10명 정도.

기껏 10명이다. 뱀파이어족이 달려온 건 놀랐지만, 숲속에선 힘을 내지 못한다고 들었다. 기껏해야 나무 위에서 화살을 쏠 정도다. 퓨리스는 뱀파이어족 앞에서 전멸했다고 들었지만, 여긴 그럴 걱정이 없다. 만약 괴물이 날아온다고 해도 숲속에 숨으면 된다.

본 부대는 한층 더 깊은 숲 안을 진군하고 있었다. 이제 곧 직선로이다.

"적의 잠복이 예상된다. 직선로에 들어가는 대로, 정중앙 대원은 나무 위를 경계하라. 좌우 양측은 숲속을 경계하라."

사령관이 명령을 내렸다.

6

이미 선발대는 직선로에 들어섰다. 또 산발적인 공격이 양 측면에서 들이닥쳤다. 나무 위와 지상에서 화살이 날아들었다.

하지만 이제 면역이 생겼다. 방패로 막고 바로 요격에 들어간다. 히브리드 군은 바로 철수했다. 수가 적으니까 이렇게 똑같은 게릴라 공격을 반복할 수밖에 없는 듯하다.

선발대는 직선로를 다 지났다.

이윽고 본 부대가 모습을 보였다. 직선로에 들어서자 정중앙 대원이 머리 위를, 그리고 양측은 좌우를 살폈다.

그러나 공격은 없었다.

대열은 직선로 정중앙까지 당도했다. 1km 정도의 직선로이다. 그리고──그 길의 끝, 정중앙에 무언가가 서 있었다.

꼬마 여자아이였다.

처진 눈이 인상 깊었다.

왜 여자아이가? 하고 기병들은 생각했다. 의문에 답하려는 듯 꼬마 소녀가 등에 접어뒀던 걸 펼쳤다.

수 미터의 거대한 날개였다. 뱀파이어족이었다.

팔랑팔랑 날갯짓을 시작했다.

"뱀파이어족이 온다! 사격 앞으로!"

화살을 메긴 순간──꼬마 뱀파이어족이 속도를 올렸다. 날갯짓이 빨라졌나 싶더니만, 엄청난 기세로 대열로 돌진해왔다.

"쏴라!"

화살을 쏘았을 땐 이미 꼬마는 머리 위를 달려 빠져나갔다.

한순간 묘한 공기 소리가 울렸다.

주위가 순간적으로 진공상태가 된 듯이 조용해지고, 그리고 엄청난 폭풍이 뒤늦게 기병을 그리고 그 뒤의 보병들을 덮쳤다.

경험한 적이 없는 폭풍이었다. 마치 보이지 않는 공기의 손에 확 채인 것처럼, 허리째로 몸이 들려 날아갔다. 기병도 보병도 붕 떴다. 공기의 손에 뺨을 맞은 것처럼 병사들은 지면에 내동댕이쳐졌다. 사령관도 뒤에서 꼬꾸라졌다. 병사들은 넘어지고 나서야 상황을 파악했다. 그러나 그땐 이미 조금 전의 꼬마가 더 빠른 속도로 다가오는 중이었다.

"온다!"

외친 건 사령관이었나. 아니면 소대장이었나.

뱀파이어족 꼬마가 어처구니없는 속도로 다가왔다. 엄청난 스피드인데 무슨 일인지 얼굴은 분명히 보였다.

분명 처진 눈의 꼬마였다. 하지만 그 속도는 살인적이었다. 얼굴이 보였다고 생각한 순간, 저 멀리 뒤로 빠져나갔다. 그리고 악마 같은 돌풍이 거인의 주먹처럼 들이닥쳤다. 기병도 보병도 지면에 쓰러져 있었지만, 다시 휙 날아갔다. 사령관도 휙 날아갔다. 마기아 군 양측에 서 있던 나무들도 휙 날아갔다. 휙 날아간 나무들 안쪽에 있던 나무들이 갈라졌다. 흙먼지가 일고 쓰러진 나무들이 너울대며 날아올랐다. 병사들도 너울대며 날아올랐다. 공중에서 인간과 나무들이 부딪혀 부서지고 갈라졌다. 피가 흩날렸다.

마치 세상의 종말 같았다. 과연 몇 명이 살아남았을까. 간선도로는 붉게 물들었다. 직선로는 인간과 나무들의 잔해로 아비규환이었다.

"으악, 괴물이다!!!"

아직 직선로에 들어서지 않은 마기아 병사들이 공포의 비명을 질렀다.

"겁먹지 마라! 숲에 숨어라!"

대장이 외쳤다. 하지만 반은 이미 뒤로 도망치는 중이었다. 반은 숲속으로 흩어졌다. 그리고——다시 꼬마가 다가왔다. 이번엔 숲을 향해 돌진해왔다.

그 꼬마는 어디를 가면 곧바로 날 수 있는지, 아는 듯했다. 몸을 딱 90도 옆으로 비틀어 좁은 틈을 맹렬한 스피드로 뚫고 나갔다.

나무가, 흙이, 인간이 휙 날아갔다. 나무가, 인간이, 갈라졌다. 비명은 굉음에 완전히 지워져 들리지 않았다. 신음은 거의 들리지 않았다. 상처를 입은 자보다 즉사한 자가 많았다.

퓨리스 군을 격파한 악마다. 악마들이 온 것이다.

일만의 퓨리스 군이 뱀파이어족 괴물에게 쓰러진 건 마기아 병사들도 알고 있었다. 테르미나스 강이 갈라지고 인간이 몇 미터 높이까지 휙 날아갔다고 한다. 같은 광경이 지금 눈앞에서 일어났다.

마기아 병사들은 몸을 돌려 원래 왔던 방향으로 달리기 시작했다.

"도망치지 마라! 그래도 마기아 병사인가! 괴물은 단 한 명이다! 맞서 싸워라!"

부사령관이 외친다. 그 부사령관에게 꼬마가 돌진해왔다.

부사령관의 표정이 굳어지고──꼬마가 날아서 빠져나
갔다. 부사령관도 그 측근도 주위를 굳게 지키던 정예 병사
들도 휙 날아갔다.

"퇴각하라!!!"

최후미의 소대장이 공포의 비명을 질렀다. 하지만 그 전
부터 도주는 시작됐다. 마기아 병사는 반쯤 미쳐서 도망쳤
다. 최후미의 병사들은 굳어진 표정을 일그러뜨리며, 몇 번
이고 돌아보았다.

"우와아아아악, 온다!"

마기아 병사들은 달렸다. 모두 광기와 공포의 도가니에
빠질 것 같은 분위기 속에 간선도로를 달렸다. 몇몇이 넘어
졌지만 도와서 일으켜주는 자는 없었다.

죽는다.

휙 날아간다. 갈기갈기 찢긴다.

괴물이다. 퓨리스를 쓰러뜨린 괴물이 온다. 우리도 죽는다.

불행하게도 넘어진 자는 동료들에게 밟혀 죽었다.

마기아 군은 이제 군의 체제를 갖추지 못했다. 그저 도주하
는 오합지졸로 변해 있었다. 그저 도망치기 위한 폭주였다.

국경이 다가온 시점에서 다시 꼬마가 날아왔다. 그 뒤론
백 명이 넘는 뱀파이어족이 쫓아오고 있었다.

"도망쳐라!"

마기아 병사들은 죽자사자 국경을 넘었다. 꼬마가 고속으로 날아왔다. 하지만 국경 바로 앞에서 꼬마는 상공으로 날아올라 사라졌다.

7

발큐리아는 미친 듯이 기뻐하며 여동생의 모습을 보고 있었다.

큐레레는 강렬했다. 퓨리스 군을 쓰러뜨렸을 때도 강렬했지만, 그 이상이었다. 마기아 병사가 숲으로 도망쳐도 일직선으로 날 수 있는 코스를 눈으로 확인하고 쏜살같이 날아갔다. 그리고 물기둥이 아닌 사람과 나무 기둥이 올라오고 흙먼지가 일어났다.

파괴의 신이었다.

마기가 군은 완전히 형체를 잃고 그저 도주 집단으로 변해 있었다. 휙 날아간 사람들은 거의 움직이지 않았다.

"우하하, 엄청난데."

발큐리아가 웃는다. 그 옆에서 젤디스도 팔짱을 끼고 감탄의 소리를 토해냈다.

"내 딸이지만 강해."

8

마기아 군의 선발대 병사들도 이상 징후를 깨닫고 있었다. 후방에서 묘한 흙먼지가 일어난 것이다. 하인을 파견했지만, 하인이 가져온 소식은 본 부대의 전멸이었다.

죽음을 초래한 건 퓨리스를 괴멸시킨 꼬마 흡혈귀——.

그 소식에 선발대는 바짝 움츠러들었다. 거기에 히로토가 온 것이다.

"내 이름은 변경백 히로토! 승리의 여신이 사랑하는 자! 이미 동료들은 국경으로 패주했다! 국경으로 물러나면 공격은 하지 않겠다! 맞서면 뱀파이어족의 공격이 귀하에게 향하리라!"

숲속에 뱀파이어족의 모습이, 엘프의 모습이, 수비병의 모습이 보였다.

다가가면 몇 정도는 처리할 수 있을지도 모른다. 하지만 이미 본 부대는 전멸. 후속 부대하고도 떨어져 있다.

"내 이름은 선발대 대장 데크스! 퇴각하면 목숨을 빼앗지 않는다는 건 진짜인가!"

선발대 대장은 외쳤다.

"변경백 이름을 걸고 약속한다!"

한참 뒤, 선발대는 국경 쪽 간선도로로 돌아가기 시작했다. 천천히 그 뒤를 뱀파이어족과 히브리드 수비병과 엘프 병사가 쫓아간다. 마침내 선발대가 월경하자, 히브리드 수비병들은 함성을 질렀다.

뱀파이어! 뱀파이어!

303

하며 뱀파이어족의 이름을 외친다. 이윽고 큐레레가 돌아오자 환성이 터졌다.

큐레레! 큐레레!

최고의 영웅을 칭송한다. 대환호 속에 엘프 병사 대장이, 수비병 대장이, 나란히 히로토의, 젤디스의, 게젤키아의 손을 꽉 잡았다. 루시니아 수비병들이 세 사람 곁에 모여 감동에 겨운 눈물을 글썽였다.

이윽고 이름을 연호하기 시작했다.

젤디스! 젤디스! 젤디스! 젤디스!

환호의 외침은 또 다른 뱀파이어족을 칭송하는 연호로 변했다.

게젤키아! 게젤키아! 게젤키아! 게젤키아!

그리고 연호는 가장 중심적인 인물로 옮겨갔다.

히로토! 히로토! 히로토! 히로토! 히로토! 히로토!

승리의 외침이었다. 인간과 엘프와 뱀파이어족을 합친 7백 명 정도의 히브리드 군이 그 5배 이상인 마기아 군을 쳐부수고 패주케 한 것이다.

제29장 귀족의 눈물

1

호화로운 저택의 침실 문이 열렸다. 피부가 검은 미남이 미소와 함께 서 있었다.

페르키나 백작은 숨을 삼켰다.

(요아힘 님…….)

아아.

와줬구나.

내 편지를 읽고 걱정돼 와줬구나.

(전하…….)

꽉 껴안은 참에, 페르키나 백작은 눈을 떴다. 같은 침실이지만 문은 열려 있지 않았고 자신은 혼자였다.

꿈이었다.

꿈처럼 허무하고 슬픈 것도 없다. 꿈은 때론 사람을 더 슬프게 한다.

페르키나 백작은 깊은 한숨을 내쉬었다.

2

소식을 듣고 루시니아 주장관 린페르도는 미칠 듯이 기뻐했다. 변경백이 와준 건 고마웠지만, 이젠 틀렸다는 비관적인 기분이었다. 거기에 마기아 군이 패주한 소식이 날아들었다.

어두운 분위기에 둘러싸였던 주 수도도 축제 분위기가 되었다. 마을 사람들은 마시고 춤추며 밤까지 떠들썩하게 놀았다.

다음날 승리를 달성한 루시니아 수비병과 엘프 병사, 그리고 뱀파이어족 한 무리와 변경백 히로토가 주 수도로 돌아왔다.

주 수도는 두 번째 축제로 떠들썩한 분위기에 돌입했다.

"히로토 님!"

"뱀파이어족, 잘했어!"

"너희들 굉장해!"

"고마워!"

"루시니아를 구해줘서 고마워!"

용기 있는 소녀가 행진하는 뱀파이어족 남자에게 술을 들고 갔다. 뱀파이어족은 놀라워했지만, 바로 받아 한 잔 다비웠다.

그걸 계기로 술집 주인도 술을 마시던 남자들도 싸운 사람들을 위해 술을 주문해, 개선하는 뱀파이어족과 수비병과 엘프 병사들에게 술을 들고 갔다.

영웅들은 술을 마시며 걸었다. 게젤키아와 젤디스는 말위에서 웃고 있었다. 큐레레도 말 위에서 술을 벌컥벌컥 마서대고 있었다. 그리고 발큐리아도 히로토와 함께 말을 타면서 즐거운 듯이 웃고 있었다.

히로토도 기분이 최고로 좋았다. 이 소식을 빨리 국왕에게도, 재상에게도, 대장로에게도. 그리고 페르키나에게도 전해주고 싶었다. 항구에서 오는 도중 뱀파이어족이 목이 마르다는 말을 꺼내, 물을 얻으러 들렀던 집이 페르키나의 저택이었다. 설마 주스를 줄 줄은 생각지도 못했다. 왕도의 최신정보를 가르쳐줄 줄은 생각지도 못했다. 통행 금지령 건도 깜짝 놀랐다. 끝까지 협조하지 않을 사람이라 생각했는데——.

영웅들은 행진을 계속해 린페르도 백작이 머무는 성에 도착했다. 승리의 보고를 하기 위해서이다.

놀랍게도 저택 앞에 백작과 집사가 나타났다.

"히로토 님!"

하며 백작은 히로토의 손을 두 손으로 꽉 잡았다.

"뭐라 말씀드려야 할지! 이 루시니아를 구해주실 줄은!"

"게젤키아가 거느리는 게젤키아 연합과 젤디스가 거느리는 사라브리아 연합 덕분입니다. 그리고 엘프 여러분과 수비병 병사 덕분입니다. 난 그저 늦게 도착했을 뿐입니다. 게다가 가장 큰 공로자는 큐레레입니다."

하고 히로토는 큐레레에게 얼굴을 돌렸다.

"오오, 이 자그마하신 분이!"

린페르도가 걸어서 다가왔다.

"이 린페르도, 감사드립니다!"

백작의 말에,

"책."

큐레레는 대답했다.

"오오, 책 말씀입니까! 얼마든지 드리겠습니다!"

백작이 신명이 난 듯 소리를 지른다.

"큐레레는 이야기책을 제일 좋아합니다."

히로토가 덧붙여 말한다.

"바로 이야기책을 가져오너라!"

백작이 집사에게 명했다. 집사가 준비하는 사이, 백작은 젤디스에게 다가갔다.

"젤디스 님. 당신은 우리 루시니아의 구세주입니다!"

"히로토 님이 부탁해서 말이오."

능글맞게 웃으며 젤디스가 대답했다.

"게젤키아 님. 당신도 구세주입니다. 이렇게나 많이 와주실 줄은……!"

린페르도 백작이 게젤키아의 손을 잡는다.

"우리 종족이 벌인 일을 수습했을 뿐이야."

쿨하게 게젤키아가 대답했다. 하지만 어딘지 모르게 표정은 들떠 있다. 칭찬받고 쑥스러워 어쩔 줄 모르는 것이리라.

린페르도 백작은 한 사람 한 사람, 뱀파이어족 손을 잡고 감사의 말을 늘어놓았다. 그러고 나서 엘프 병사에게도 수비병에게도 한 사람 한 사람 말을 건넸다.

"내 생전 오늘만큼 좋은 날은 없었어요……! 혼자선 절대로 헤쳐나갈 수 없었어요! 다시금 히로토 님께 감사드립니다! 히로토 님이 계시지 않았다면——."

하며 백작은 히로토를 포옹했다.

"오늘은 천천히 쉬세요. 오늘이라는 날을, 뱀파이어족 여러분을, 전 잊지 않을 겁니다. 자, 꼭 연회를!"

3

소이치로는 왕의 집무실에서 모르디아스 1세와 재상 파노프티코스 일행들과 함께 길보(吉報)를 기다리던 참이었다.

"연락은 아직인가?"

모르디아스 1세는 조마조마하고 있었다.

소브리누스 대사제가 대답했다.

"역시 고전 중인지도 모르겠습니다."

히로토가 고전?

설마.

소이치로는 생각했다.

큐레레가 힘을 발휘 못 했나?

(아니면 게릴라전에서 시간이 걸리나? 히로토는 큐레레가 날아다니면 마기아 군이 동요할 거라고 했는데…….)

소식이 없는 채 시간만이 흘러갔다.

상당히 숨 막히는 시간이었다. 국왕, 재상, 대사제, 재무장관——. 나라의 중추, 거물들이 모인 가운데 자신도 어울리지 않게 앉아 있었다.

히로토가 있으면 균형이 맞을지도 모르겠다. 히로토는 변경백이다.

하지만 자신은 고문관.

교섭을 결렬시킨 장본인.

과감하게 반론할 땐 정말 기분 좋았지만, 지금은 침울…….

(낯선 땅에 온 느낌이 물씬……! 엄청 있기 괴롭다……! 빨리 히로토, 돌아와!)

간절히 바라고 있는데, 뱀파이어족이 도착했다. 국왕도 재상도 대장로도 뱀파이어족 주위에 모였다.

"이겼소."

입을 열자마자 뱀파이어족이 딱 내뱉었다.

"사실이냐?!"

모르디아스 1세가 큰소리로 다그쳤다.

"큐레레 아가씨 덕분이오. 숲속의 직선로를 날아가 나무도 마기아 병사도 갈기갈기 찢겼소. 숲으로 도망쳐도 곧장 돌파할 수 있는 길을 찾아내 다시 공격했소. 지금은 모두 도망쳐 국경 너머로 사라졌소."

오오오오……! 감탄의 소리가 일었다. 땅 깊은 곳에서 으르렁대는 듯한 탄성이다.

"정말로 마기아 군은 국경 너머로 돌아갔느냐?!"

유니베스테르도 큰소리로 확인했다.

"돌아갔소. 지금쯤은 연회 중일 거요. 나도 연회에 가야 해서. 그럼."

"기다려라!"

모르디아스 1세는 뱀파이어족 등에 대고 말을 건넸다. 손목에서 금팔찌를 뺐다.

"길보를 가져다준 포상이다! 받거라!"

뱀파이어족의 얼굴이 빛났다.

"오오! 고맙소! 잘 받겠소!"

"히로토에게 잘했다고 전하거라!"

"알겠소!"

뱀파이어족은 손에 금팔찌를 끼고 밖으로 날아갔다.

방에선 큰 소동이 났다.

"우하하! 히로토 녀석, 해냈구나! 또 격파했구나!"

모르디아스 1세는 소리를 질렀다.

"정령님의 가호입니다……!"

소브리누스 대사제도 웃음을 지었다. 방안에서 포옹이 반복된다. 유니베스테르도 파노프티코스도 아주 기뻐한다. 오직 한 사람, 얼어붙은 표정을 짓고 있는 건 피나스 재무장관뿐이었다.

"술이다! 술을 가지고 오너라! 건배하자!"

바로 시녀들이 모습을 보이며 잔에 술을 따랐다. 건배사는 재상 파노프티코스가 했다.

311

"히브리드를 지켜낸 변경백와 뱀파이어족의 활약에, 그리고 정령님에 대한 감사를 담아, 건배!"

건배! 하는 소리가 일고 전원 잔을 들었다. 단숨에 비운다. 소이치로도 전부 다 비우고 그 자리에서 쓰러졌다.

4

변경백이 마기아 군을 격파했다는 소식이 궁전에서 시끄럽게 떠드는 자들을 통해 자리아 곁에도 전해졌다.

"그럴 리가!"

자리아는 부정했다.

"뱀파이어족은 숲에서 힘을 쓰지 못하는 게 아니었나?! 기껏해야 간선도로에서 기다리다 화살로 조금씩 수를 줄이는 게 고작이었을 터인데! 3천 명을 무슨 수로 쓰러트린단 말인가!"

자리아는 단언했다.

네스트리아는 침묵했다. 서기관은 불안한 표정을 지었다.

"하지만 궁전은 이겼다고 야단법석이고 궁녀들은 술을 나르느라 분주하다고——."

"그저 우릴 불안하게 만들려고 연기하는 것뿐이야! 조만간 사령관한테서 연락이 올 거다."

연락은 다음 날 왔다. 마기아 상인 손에——.

뱀파이어족에 의해 마기아 군이 패배. 살아남은 1,200명이 간신히 마기아로 도망쳤다는 소식이었다.

"도망?! 무슨 소리입니까! 1,200명이나 있으면서 도망치다니! 폐하께선 반드시 히브리드 왕에게 뱀파이어족에 대한 제약을 약속받고 오라고 말씀하셨습니다! 그러기 위해 보낸 3천의 병사입니다!"

분개하는 자리아에게 마기아 상인은 대답했다.

"퓨리스를 파멸시킨 그 꼬마한테 당했다고 합니다. 숲속에 길이 곧장 나 있는 곳에 잠복했다, 그곳에서——. 숲으로 도망쳐도 그 꼬마는 돌진해 우리 병사들을 몰아냈다고 합니다. 사람도 나무도 아주 높게 너울대며 날아올라 마치 지옥 같았다고 합니다. 병사들에게 남아서 싸우라는 건 가혹한 처사입니다."

"그럼 우리는 어쩌라는 겁니까?! 어떻게 폐하의 바람을 이루라는 겁니까?!"

저도 모르게 자리아의 목소리가 날카로워졌다.

"그럼 남은 1,200명도 죽어야 만족하시겠습니까? 그걸로 폐하의 바람을 이룰 수 있습니까?"

자리아는 말을 잇지 못했다.

상인이 돌아간 뒤, 방에 무거운 공기가 흘렀다. 세 사람만 중력이 강해진 것 같은, 악령이 등에 올라탄 것 같은 느낌이었다.

마기아 군은 패주했다.

히브리드에 가하던 압력이, 비장의 수단이 쓰러졌다. 히브리드는 우르세우스 왕의 제안을 거절할 여유가 생겼다.

(왜 변경백이……!)

자리아는 참지 못하고 머리카락을 움켜쥐었다.

시간 내 오지 못한다며? 뱀파이어족은 숲에서 힘을 발휘하기 어렵다며?

"자리아 님."

네스트리아가 보고 있었다.

"제안을 거두고 철수해야 할 것 같습니다."

"폐하께 패배를 전하란 말인가?!"

"폐하는 한 번의 패배로 망가지실 분이 아니십니다. 권토중래(捲土重來)를 위해서 살아남은 치욕을 감내하며 돌아가는 것 역시 가신의 임무입니다."

5

피나스로부터 소식을 받은 벨페골 후작은 말문이 막혔다. 라스무스 백작도 말을 잃었다.

"시간 내에 못 오는 거 아니었나?"

벨페골 후작은 상기된 목소리로 물었다. 사자는 대답했다.

"배와 바구니를 같이 이용한 듯합니다."

"배?"

"밤새도록 미라족에게 배를 젓게 했다고 하더군요. 아마 항구에 미라족을 배치해두고 지치지 않은 새 인원과 교체하면서 배를 저어간 모양입니다. 그리고 인접 항구에서 바구니를 타고 급히 갔습니다."

항구——.

인접 항구라 하면 페르키나가 있는 곳이 아닌가!

"변경백 녀석, 통행 금지령을 위반했어!"

저도 모르게 웃음이 새어 나왔으나,

"페르키나 백작은 공포 하루 만에 통행 금지령을 취소했다고 합니다."

벨페골 후작은 멍한 표정을 지었다.

(저 암여우!)

화내는 후작 옆에서 라스무스 백작이 한숨을 쉬었다.

"끝났어."

"아직 끝나진——."

"변경백과 뱀파이어족은 그들을 위기에서 구했어. 페오와 루시니아 둘 다. 뱀파이어족은 영웅이야. 족쇄를 달 수 있을 리 없지. 되레 명예로운 관을 씌워준 꼴이군. 우리는 영웅을 막으려던 발칙한 자들이 됐고."

후작은 신음했다. 보기 좋게 판이 뒤집힌 것이다.

나직이 라스무스 백작이 중얼거렸다.

"이번이야말로 성공할 줄 알았건만. 이제 궁전에 얼굴도 못 내밀겠군."

6

페르키나 백작은 르메르가 보낸 하인을 통해 히로토가 마기아 군을 쳐부순 걸 알았다. 전선에 달려가지 못한 자신을 대신해 마기아 군을 쫓아낸 것이다.

(승리했는가.)

페르키나는 저도 모르게 미소를 지었다. 지금도 어찌 됐나 생각하고 있었는데, 자신을 대신해 멋지게 마기아로부터 나라를 구해주었다, 히브리드를 지켜주었다.

지금만큼은 무조건 박수를 보내고 싶다고 페르키나는 생각했다.

7

히로토의 승리를 듣고 라켈 공주는 기쁨이 솟구쳤다. 자신도 자리아의 결심을 바꾸지는 못했는데, 히로토는 자리아의 뒷배, 마기아 군을 완전히 쳐부쉈다.

만나고 싶다, 하고 라켈 공주는 생각했다.

히로토 님을 만나고 싶다.

고마워요.

축하해요.

그리 전하고 싶다.

라켈 공주는 마차에 뛰어올랐다.

마지막 협의는 마기아에겐 최악의 자리였다. 명백히 히브리드 측 사람들의 표정이 변해 있었다.

모르디아스 1세의 표정은 생기가 넘치며 빛났다. 뺨도 이마도 윤기가 났다. 눈동자도 밝다. 파노프티코스도 유니베스테르도 기백이 흐르고 있었다. 적어도 다급한 분위기는 전혀 풍기지 않았다.

게젤키아와 소이치로도 여유 있는 표정이었다.

다급해진 건 마기아 쪽이었다. 마치 친한 사람의 장례식에 가는 사람들만 모인 듯한 분위기였다.

마기아 군은 패주했다. 이건 진 싸움이다. 그저 패전처리인 것이다.

"일전에 소이치로 님이 말씀한 것처럼, 삼자 간에 협의해야 할 문제라 생각하네. 그걸로 되었나."

파노프티코스가 말을 꺼냈다.

"이의 없습니다."

자리아는 대답했다.

"그럼, 분명히 말해두지. 받은 제안 4개 전 항목에 대해선 모두 단호히 거절하네. 우리 히브리드 국은 뱀파이어족에게 족쇄를 채우지 않아. 일전에 게젤키아 연합대표가 사죄한 대로, 파르바이 백작 문제에 대해선 이미 다 해결됐네.

그게 우리의 확고부동한 생각이야."

파노프티코스가 딱 잘라 말했다.

"연합대표의 사죄에 대해선 깊이 감사드립니다."

자리아는 사무적으로 대답했다. 머릿속엔 빨리 결말을 짓는 일밖에 없었다.

"다음으로 마기아 군이 낸 손해 이야기네만, 3만 빈트를 요구하네."

1빈트는 대충 소이치로가 있던 세계의 돈으로 환산하면 1,500엔 상당이다. 3만 빈트는 4천5백만 엔 상당이다.

"금액에 대해선 다시 저희 왕과 상담해 회답하겠습니다."

자리아는 대답했다.

"제안에 뭔가 이견이 있는가?"

"특별히 없습니다."

자리아는 즉시 답했다.

"그럼 모두 해결됐군. 폐하의 한쪽 손은 언제나 우호를 위해 열려 있지만, 다른 한쪽 손은 언제나 해하려 드는 자를 세차게 내리치기 위해서 있네. 우린 귀국과의 평화와 우호를 바라고 있네."

"우리나라도 귀국과의 평화와 우호를 바라고 있습니다."

자리아는 상황을 정리하며 일어섰다.

악수는 없었다.

소이치로와 재상, 대장로, 그리고 게젤키아가 서로 악수를 했을 뿐이다.

(이걸로 끝났다.)

자리아는 생각했다.

폐하껜 안타까운 보고를 할 수밖에 없다. 요구한 손해배상에 대해선 다시 마기아 측에서 파르바이 백작의 위로금으로 상쇄하는 것이 가장 좋을 것이다. 나머진 재상 레벨이 아니라 대사를 파견해 대사끼리 마무리 짓게 된다.

자리아는 네스트리아와 함께 방을 나갔다. 어두운 기분으로 복도를 직진하다 방향을 바꾼다. 참으로 암울한 기분이다.

딱 상당히 젊은 소년과 마주쳤다. 바로 뒤엔 억센 뱀파이어족 남자와 빨간 눈동자의 가슴이 엄청 큰 뱀파이어족 소녀가 있었다.

네스트리아는 화들짝 놀라 자리아에게 속삭였다.

"저자가 변경백입니다."

(이 소년이……)

자리아는 놀라며 변경백을 보았다.

소년은 젊디젊었다. 아직 어린애라고 부를 만한 얼굴이었다. 하지만 그 두 눈동자는 힘차고 밝았다── 히브리드의 현재를 상징이라도 하듯.

"자리아 님이시군요."

하며 히로토는 웃었다.

"처음 뵙겠습니다. 변경백 히로토입니다. 이제 교섭은 끝났으니 인사해도 괜찮겠지요."

하며 손을 내밀어왔다. 자리아는 손을 잡았다.

따뜻한 손이었다.

거물의 손이다. 우리 왕의 계획을 깨부순 남자는 이런 얼굴을 하고 이런 손을 하고 있구나, 하고 자리아는 생각했다.

"나라와 나라의 관계는 어떻게 평화와 우호를 구축하는가에 달렸습니다. 퓨리스와는 과거에 다툼이 있었지만, 지금은 평화를 유지하고 있습니다. 마기아 왕국과도 그렇게 되길 바라고 있습니다. 그러기 위해 왕의 활약을 기대하고 있습니다."

히로토는 윙크하더니 왕의 집무실 쪽으로 사라졌다.

자리아는 뒷모습을 눈으로 좇았다.

활약이라는 건 생각을 바꾸라고 하는 게 틀림없다. 히브리드에서 가장 만만치 않은 남자는 상쾌하게 못을 박고 떠났다.

분명히 이 나라는 저 남자가 중심이 돼 갈 거라고 자리아는 직감했다. 늙은 귀족은 퇴장하고 저 젊은이가 이 나라를 움직이게 될 거다.

(변경백이 이 나라에서 가장 만만치 않다던 폐하의 생각은 옳았다.)

하며 자리아는 고개를 숙였다.

(하지만 다 막지 못했다. 뱀파이어족의 힘도 다 확인하지 못했다. 폐하껜 용서를 구할 수밖에 없다…….)

9

퓨리스 군 게르메슈 장군은 뱀파이어족이 날아온 일, 거기다 마기아 군이 패주한 일을 듣고 말문이 막혔다.

히브리드와의 평화협정엔 솔직히 반대였다. 그래서 기병 500으로 군사훈련을 했지만, 마기아 군이 패주할 줄은……. 게다가 또 흡혈귀에게 당한 듯하다.

좌천이라는 말이 뇌리를 스쳤다.

10

모르디아스 1세는 이제나저제나 하며 히로토의 도착을 애타게 기다리고 있었다. 히로토가 미라족을 이용해 밤새도록 강을 내려와 와주지 않았다면 어떻게 됐을지. 자신은 인생 최대의 굴욕을 받았으리라.

하지만 히로토가 구해주었다. 히로토와 뱀파이어족이 구해주었다.

듬뿍 포상을 해줘야지, 하고 모르디아스 1세는 생각했다. 물론 히로토를 이곳까지 데려온 미라족도 포상해야 한다.

이젠 히로토가 그냥 옆에서 일해줬으면 하는 생각마저 들고 있었다.

추밀원?

하지만 그러면 히로토는 사라브리아를 벗어나야 한다. 히로토에겐 사라브리아에서 엄중히 국경을 감시해주길 바란다.

하지만 옆에서 도와줬으면 하는 생각도 있다.

모르디아스 1세는 문득 관직 하나를 떠올렸다.

젤디스 님! 하는 소리가 들려왔다. 젤디스가 차녀 큐레레와 함께 방에 들어오던 참이었다.

"오오, 젤디스 님!"

모르디아스 1세는 포옹하며 젤디스를 맞았다.

"또 귀하는 짐의 나라를 구해주었다! 감사하기 그지없구나! 무엇이든 원하는 걸 말해주시게!"

"책."

큐레레가 대답했다. 마기아 군을 냅다 쫓아낸 영웅이 손가락을 입에 물고 있다.

"오오, 큐레레 님!"

모르디아스 1세는 웅크려 머리 높이를 큐레레와 맞추었다.

"그대는 진정 영웅이다! 책이라면 얼마든지 주지! 짐이 20권 선물하마!"

"20권?!"

큐레레가 깜짝 놀라 모르디아스 1세를 본다.

"그 대신 짐은 낭독은 해줄 수 없네. 낭독은 소이치로에게 부탁하게."

"소이치로!"

큐레레가 소이치로를 발견하고 냉큼 달려들었다. 소이치로가 큐레레를 꼭 껴안는다.

우와 하며 한층 더 큰 환성이 일었다. 연회의 주역 변경백 히로토가 도착했다.

11

"히로토여!"

방에 들어오자마자 제일 먼저 모르디아스 1세가 다가와 히로토의 두 손을 두 손으로 잡았다. 예상 밖의 환대에 히로토는 당황한 표정을 보였다.

"그대는 짐의 보석이다! 또 그대는 짐을 위기에서 구해주었다! 히브리드를 위기에서 구해주었다. 모두를 대표해서 말하마! 고맙다!"

흥분해 외친다. 엄청 기쁜 모양이다.

"저 혼자만의 힘이 아닙니다. 게젤키아 님, 젤디스 님, 큐레레 공주, 게젤키아 연합 여러분, 사라브리아 연합 여러분, 소이치로, 미라족 덕분입니다. 페르키나 백작한테도 조금 도움을 받았습니다."

하고 히로토는 대답했다.

"뭐라? 페르키나 백작?"

국왕이 의외라는 듯한 표정을 짓는다.

"항구에 내렸다가 도중에 들렀습니다. 주스를 나눠주셨지요. 페르키나 님이 단단히 국경을 지켜주고 계신 덕분에 안심하고 마기아 군에게 주력할 수 있었습니다."

"짐은 페르키나는 아무래도 좋다. 그것보다 그대에 관해서다."

모르디아스 1세는 화제를 바꾸려 했다.

"뱀파이어족에게도 미라족에게도 감사의 선물은 듬뿍 보낼 작정이지만, 먼저 그대를 포상해야겠지. 그대는 짐의 곁에 있으면 좋겠구나."

생각지도 못한 제의였다.

(설마 추밀원?)

"사실 짐은 그대가 추밀원에 있으면 좋겠다 바라고 있다. 하지만 그대에겐 변경백의 임무가 있다. 그러니 궁정 고문관을 맡지 않겠느냐?"

피나스가 경악했다.

궁정 고문관은 추밀원 멤버에 버금가는 존재다. 일 년에 두 번, 의무적으로 왕국을 방문해야 하고, 법안을 제안할 자격도 있다. 또 군사방면 이외는 발언할 수 없는 변경백과는 달리 군사방면 이외에도 발언할 수 있는 권리도 있다.

"폐하, 그런 중요한 일은 추밀원에서――."

"닥치거라! 히로토 이외에 누가 이 위기를 해결할 수 있었느냐! 히로토 이외에 있느냐!"

피나스는 입을 다물었다.

"부족한 저로 괜찮으시다면……."

히로토는 대답했다.

"부탁하마! 그 밖에도 뭔가 바라는 게 있으면 말하거라. 짐은 그대에게 뭐든 해주고 싶구나."

하며 모르디아스 1세는 신이 나 있다.

방에서는 벌써 책이 옮겨지고 있었다. 집무실 책상 위에 점점 책이 쌓여갔다. 큐레레의 동공이 넓어지며 크게 빛났다.

"자, 큐레레 공주여, 모두 가지고 돌아가거라!"

국왕의 말에 큐레레가 환희의 소리를 질렀다. 책상으로 달려간다. 재빨리 가장 위의 책을 책상에 다시 놓아 펼쳤다. 보이는 아름다운 삽화에 눈을 크게 뜨고 본다. 큐레레는 완전히 정신이 팔렸다.

"우와 비싸 보이는 책……."

소이치로가 중얼거린다. 분명 오늘 밤은 밤새도록 낭독하는 처지가 되리라.

"히로토 님."

국왕이 히로토에게서 떨어진 틈을 타서, 라켈 공주가 히로토에게 달려왔다. 풍만한 가슴이 출렁인다. 발큐리아에게 지지 않을 정도로 볼륨이 있는 폭발할 듯한 가슴이다.

"감사와 축하를 전하고 싶어서……. 승리 축하드립니다. 히브리드를 구해주셔서 감사합니다."

"라켈 공주도 편지로 알려주셔서 감사합니다."

"그다지 도움이 못 됐어요."

라켈 공주가 부끄러워했다.

"재상한테서 편지가 도착했을 때, 마기아 군이 정말로 병사 7천을 거느리고 국경에 왔는지는 아직 몰랐습니다. 하지만 공주님이 보낸 편지로 우르세우스 왕은 진심으로 병사를 보낼 거라 판단할 수 있었어요. 공주님 덕분입니다."

히로토의 말에 라켈 공주가 기쁜 듯이 수줍어했다. 공주답다, 수줍어하는 모습이 고상하다.

"요아힘도 데려왔으면 좋았겠지만, 요아힘도 근신 중이라."

"요아힘 전하는 잘 계시나요?"

"네. 페르키나를 만날 수 없어 쓸쓸하다고 푸념했지만⋯⋯ 그 아이, 아직 어린애라서."

하며 라켈 공주가 웃는다.

페르키나 백작은 여전히 국왕의 용서를 받지 못했다. 조금 전에 말을 주고받을 때도 국왕은 백작 이야기가 나오자 노골적으로 말을 돌려버렸다.

백작은 날 싫어하겠지, 하고 히로토는 생각했다. 하지만 그래도 자신에게 최신정보를 가르쳐주었다. 통행 금지령을 취소했으니 무시하라고 전해주었다. 그때의 그녀는 자신에게 조국을 지켜주길 바라는 마음으로 가득했다. 그래서 마기아를 쫓아내라고 말한 거다. 솔직히 기뻤다. 처음으로 백작의 마음을 느낀 것 같아 기뻤다. 외부의 적으로부터 나라를 지킨다는 마음에서 보면, 페르키나는 자신과 동지인 것이다. 히브리드를 생각하는 점에선 자신도 페르키나도 아마 다르지 않다. 그녀는 결코 이 나라에 불필요한 인물이 아니다.

"히로토여."

유니베스테르가 말을 건넸다.

"귀하에게 감사의 인사를 전한다. 잘 와주었다. 게젤키아

327

님을 파견한 것도 아주 큰 도움이 되었다."

"참으로 그러하다."

파노프티코스도 대화 속에 끼어들었다.

"그걸로 마기아 녀석들은 아무런 말도 못 하더구나. 넌 상상 밖의 일을 하는 사내다."

"가장 상상 밖의 일을 하는 건 큐레레 공주입니다."

확실히, 하며 대장로와 재상이 웃는다.

"히로토여!"

다시 모르디아스 1세가 히로토 곁으로 다가왔다.

"원하는 건 찾았느냐? 있으면 빨리 말하거라. 짐은 정말로 기뻤느니라."

모르디아스 1세가 재촉한다. 빨리 히로토에게 포상을 주고 싶어 참을 수 없는 모양이다.

원하는 것——.

(그런 게 있나.)

생각하다 한 귀족의 일이 떠올랐다.

아, 이걸 말하면 화내시려나.

그럴지도 모르겠다. 하지만 생각이 난 건 어쩔 도리가 없다.

"꼭 폐하께 부탁하고 싶은 일이 있습니다만 폐하는 분명 기분이 상하실 거라 생각됩니다."

히로토는 천천히 서두를 꺼냈다.

"오늘은 화내지 않을 것이다. 무엇이든 말해보아라."

"그럼——."

12

이틀 후——.

붉은 호화로운 마차가 궁전 앞에 멈춰 섰다. 백마 두 필이 끄는 2인승 마차다. 파란 좌석에서 가슴팍이 확 펼쳐진 붉은 롱드레스 차림의 귀부인이 깃털 장식 모자를 쓰고 모습을 드러냈다.

페르키나·드·라렌테——페르키나 백작이다. 돌연 왕으로부터 궁전으로 오라는 명령을 받았다.

통행 금지령 건으로 다시 꾸지람을 듣는 걸까, 하고 페르키나는 생각했다. 요아힘을 만날 수 없는 시간이 한층 더 늘어나고 마는 걸까.

왕의 집무실에 도착하자 그다지 기다리는 일도 없이, 국왕 모르디아스 1세가 모습을 보였다. 페르키나는 바로 모자를 벗어 한쪽 무릎을 꿇었다. 귀족 앞에서도 모자를 벗지 않는 페르키나지만 국왕 앞에서만은 모자를 벗는다.

"됐다, 앉거라."

제지하며 모르디아스 1세는 자리에 앉았다. 페르키나도 의자에 자리했다.

"그대는 통행 금지령을 공포했다고 하더구나."

그 말에 페르키나 백작은 시선을 내렸다. 역시 통행 금지령 건이었다. 책망당할 것이다.

"하지만 곧바로 취소했다는 이야기도 들었다. 어째서냐?"

모르디아스 1세가 가만히 본다.

"라렌테 가도 예전에 변경백을 맡았던 집안입니다. 적국으로부터 나라를 지키는 게 라렌테의 숙명. 마기아에게 위협당해 루시니아가 빼앗기려는 때, 가장 힘이 되는 자들을 속박하다니, 어리석기 짝이 없습니다. 부득이하게 갚아야 할 은혜가 있어, 한번은 공포할 수밖에 없었으나, 이로 은혜는 갚았으니 곧장 취소하였습니다."

페르키나 백작은 대답했다. 모르디아스 1세는 고개를 끄덕였다.

"실은 그대에게 만나주길 바라는 남자가 있다."

변경백?

변경백과의 관계를 수복하라고 말하는 걸까? 그 남자는——.

문이 열리고 모습을 드러낸 청년을 보고 페르키나는 입을 반쯤 벌렸다. 청년도 입이 반쯤 벌어지고 동공이 커졌다.

(거짓말…….)

그럴 리 없다.

폐하는 줄곧 화내고 계셨다. 한동안 만나서는 안 된다, 그리 말씀하셨다. 그런데——.

왜?

왜 눈앞에 있지?

"면회 금지는 오늘로 해제하마. 앞으로 마음껏 만나거라."

청년이 페르키나에게 뛰어들었다. 페르키나는 줄곧 만나고 싶어 견딜 수 없었던 청년을——요아힘을 꽉 껴안았다.

전하는 반년 전과 비교하면 완전히 늠름해져 있었다. 키도 자랐고 분위기도 어른스러워졌다.

(이렇게 훌륭하게 변해서…….)

정신을 차렸을 땐 눈물이 흐르고 있었다. 라렌테 가의 사람은 사람들 앞에서 눈물을 보여선 안 된다. 그리 배우고 자랐지만 억누를 수 없었다.

만나고 싶었다.

줄곧 보고 싶었다.

하지만 만날 수 없다고 생각했다. 아무리 빨라도 1년, 2년은 걸릴 줄 알았다.

"폐하, 감사합……니다…….."

인사를 하면서도 눈물이 흘러나왔다. 억누르려 해도 뺨 위로 뚝뚝 물방울처럼 눈물이 떨어졌다.

"인사는 변경백에게 하라. 어떤 포상이라도 해준다고 했더니 페르키나를 용서해주길 바란다는 부탁을 받았다. 자신과 생각은 다르지만, 나라를 생각하는 여자라고."

(변경백이……?!)

자신이 싫어하는 남자가?

한 번도 편지의 답장을 하지 않았는데. 줄곧 무시했는데. 그런데 변경백이?! 날 나라를 생각하는 여자라고……?

"변경백은 루시니아를 구한 남자다. 짐이 싫어도 부탁을

331

거절할 순 없었다."

하며 모르디아스 1세는 등을 돌렸다.

13

히로토와 발큐리아와 큐레레와 소이치로를 태운 마차가 지금 궁전 앞에서 출발하려고 했다. 재상 파노프티코스와 대장로 유니베스테르, 그리고 소브리누스 대사제마저도 문 앞까지 전송하려고 와 있었다. 중신 세 사람이 전송하러 오다니, 좀처럼 없는 일이다. 그만큼 히로토 일행이 구하러 와 준 건 대단한 일이었다.

히로토는 유니베스테르와 파노프티코스와 악수했다.

"귀하는 사실 왕도에 있어야 하는데."

유니베스테르의 말에 히로토는 웃었다.

"정령님의 가호가 있기를. 또 조만간 뵙지요."

하며 소브리누스 대사제도 악수를 청한다. 히로토는 악수하고 나서,

"그럼, 사라브리아로 돌아갑니다."

하며 마차 안으로 들어갔다. 다시 왕도와는 안녕이다. 마부가 앞을 향하고——.

"잠깐!"

여자 목소리가 날아들고 뒤늦게 모자를 쓴 귀부인이 달려 왔다.

페르키나 백작이었다. 폐하가 조만간 부를 거란 얘기는 들었지만——.

"만나셨습니까?"

히로토가 창문으로 얼굴을 내밀자, 페르키나는 왕을 대면할 때와 똑같이 모자를 벗었다. 풍성한 흑발이 눈에 들어왔다. 히로토는 처음 모자를 쓰지 않은 모습을 보았다.

미인이었다. 젖은 눈이 아름다웠다. 울고 있었던 걸까. 페르키나는 가만히 히로토를 응시하며 아무 말도 하지 않았다.

편지의 답장은 한 번도 받지 못했다. 자신과 페르키나는 그런 관계—— 말을 주고받지 않는 관계인지도 모르겠다.

"이번엔 편하게 사라브리아에 놀러 오세요."

히로토가 창문에서 얼굴을 안으로 넣으려 하자, 페르키나는 히로토의 손을 잡았다.

히로토는 놀랐다. 설마 페르키나가 자신의 손을 잡을 줄은 생각지도 못했다. 따뜻한 사람의 손이었다. 피와 감정이 흐르는 사람의 손이었다.

"감사해요……."

의외의 말이 페르키나의 입에서 새어 나왔다. 눈이 촉촉했다. 터져 나오는 울음을 참고 있듯이 입술이 떨렸다.

"사과 주스와 통행 금지령에 대한 답례입니다."

히로토는 윙크했다.

마차가 달리기 시작했다. 기마 경비대의 호위 속에 변경백을 태운 마차는 왕도 엔페리아의 큰 거리로 달려나갔다.

종장 낚시의 성과

1

검은 긴 책상에 앉아 우르세우스는 잠자코 자리아와 네스트리아의 보고를 듣고 있었다.

"숲속에도 뱀파이어족이 움직였단 말인가……."

우르세우스 왕은 중얼거렸다.

마기아 군의 패주는 우르세우스에게도 상정 밖이었다. 변경백이 시간 내에 온 것도 상정 밖, 뱀파이어족의 활약도 상정 밖이었다. 변경백과 뱀파이어족을 봉쇄했다고 생각했는데——.

(설마 3,500명이나 되는 병사가 격파당할 줄은…….)

"제 책임입니다."

머리를 숙인 자리아에게,

"그대의 책임이 아니다. 변경백과 뱀파이어족을 완전히 간파하지 못한 짐의 책임이다."

우르세우스는 대답했다.

이상하게도 분함은 없었다. 지금은 그저 멍해 있을 뿐인지도 모르겠다. 나중에 분한 마음이 생기리라.

(이걸로 점점 히브리드에선 뱀파이어족이 위세를 떨치게 된다. 짐이 생각한 대로 위협이 될 것이다…….)

2

퓨리스 왕국 이슈 왕은 침실에서 여자들에게 가슴으로 발을 닦게 하면서, 재상 아브라힘의 보고를 듣고는 중얼거렸다.

"역시 이겼군."

"좀 더 재미있어지겠다 싶었는데——."

고개를 숙이는 아브라힘에게,

"그런데 그 도발 건, 그대가 관련된 건 아닐 테지?"

이슈 왕은 날카로운 시선으로 쳐다보았다. 거짓말은 용서하지 않겠다는 듯한 시선이었다. 아브라힘은 고개를 가로저었다.

"게르메슈는 좌천시켜라. 짐에게 승낙을 받지 않고 히브리드를 도발하는 장군 따위, 짐은 원치 않는다."

아브라힘은 조용히 고개를 숙였다.

3

레그르스 공화국 최고 집정관 코그니타스와 디아로고스 의장은 테라스에 서서 저녁놀을 바라보고 있었다. 마음이 편안해지는 황혼이 어두운 붉은빛으로 색을 바꿔나갔다.

"위협이 아니라고 주장하면서 결국 위협이라는 걸 되레 증명해버렸군."

디아로고스 의장이 중얼거린다. 코그니타스는 대답하지 않았다.

"경계해야 할 나라가 아닌가?"

디아로고스의 물음에,

"뱀파이어족은 국경을 넘어서는 쫓아오지 않았다고 합니다. 철저히 전수방위를 하고 있어요."

코그니타스는 대답했다.

"하지만 예전엔 퓨리스 수도에 목을 내던졌다."

"그 일격으로 퓨리스는 변경백에 대한 공격을 단념해야만 했어요. 위협 없는 억제는 성립하지 않아요. 그리고 위협이 안 되는 방패는 나라의 방패로선 기능하지 않지요."

두 사람은 한동안 침묵했다. 이윽고 디아로고스가 입을 열었다.

"우르세우스가 일을 너무 서둘러 진행했나?"

코그니타스는 고개를 가로저었다.

"천천히 했어도 마찬가지입니다. 뱀파이어족에게 목줄을 매달 수 있는 자는 없어요. 뱀파이어족은 잠재적 위협입니다."

4

"긴 은둔생활을 위해."

벨페골 후작과 라스무스 백작은 벨페골 저택에서 조촐한 건배를 나누던 참이었다.

쓸쓸한 건배였다. 국왕 모르디아스 1세는 두 사람에게 궁전에 출입을 금했다.

《페르키나의 칩거는 해제했지만, 그대들을 해제할 생각은 없다. 그대들은 국방의 적이다.》

마기아 국과 내통한 건 다행히 들키지 않았다. 하지만 저택 밖을 밀정이 감시하고 있는 건 알고 있다. 아직 목숨은 붙어있지만, 정치 생명은 사실상 끝났다. 변경백을 매장하려다 결국 관에 들어간 건 자신들이었다.

마기아 군의 침입으로 피해를 본 루시니아 주에 두 사람은 각각 4만 빈트를 냈다. 내지 않으면 감옥에 보내버리겠다는 엄명이었지만, 진상을 들킬 바에야 내는 게 나았다.

세월이 지남에 따라 성함과 쇠함이 서로 뒤바뀐다는 영고성쇠(榮枯盛衰).

자신들은 쇠망하고 변경백은 점점 융성해지리라. 두 사람은 최고급 포도주를 입에 머금었다. 살짝 패배의 떫고 쓴 맛이 느껴졌다.

5

히로토의 배를 저은 미라족 일행에겐 한 사람당 금화 3개를 나눠주었다. 생각지도 못한 포상에 미라족 일행은 껑충 뛰며 기뻐했다. 금화는 아내나 애인 손에 건네졌고, 몇 주후 인간들 옷을 입수한 미라족 여자들은 마을 사람들을 놀라게 했다.

마기아 군 정벌에 참여했던 뱀파이어족들도 한 사람당 금화 10개를 하사받았다. 뱀파이어족들은 일부러 세콘다리아까지 원정을 와, 고급술을 마시며 떠들썩하게 놀았다. 처자식이 있는 자는 그걸로 아내에게 예쁜 머리 장식을 사주었다. 또 어떤 자는 숨겨놓은 걸 아내에게 들키는 바람에 빼앗겼다. 다른 어떤 행복한 자는 그 금화로 보기 좋게 미인 아내를 손에 넣었다.

6

도미나스 성, 큐레레 방에선 목수가 물러간 참이었다. 벽엔 멋진 책장이 천장 높이까지 완성돼 있었다. 큐레레와 소이치로가 한 권 한 권, 정성스레 책을 나란히 꽂아나간다. 고향 움막에 두고 온 걸 모두 가져온 것이다. 그 중엔 국왕으로부터 막 받은 책 20권도 있다.

멋진 컬렉션을 앞에 두고 큐레레는 가슴을 펴고 흐뭇하게 웃었다. 소이치로도 똑같이 가슴을 펴고 흐뭇한 미소를 지었다. 성취감이 컸다.

"어느 걸 읽을까?"

다 쭉 꽂아 넣고 소이치로가 묻자, 큐레레는 파닥파닥 날갯짓하며 춤추듯 날아올라 책장 가장 위에 둔 책을 집어 돌아왔다. 국왕으로부터 받은 책이다.

"자, 읽는다."

큐레레는 우와, 우와 하고 신나 떠들며 침대에 엎드렸다. 눈을 깜박댄다. 준비 완료다. 큐레레는 줄곧 이 시간을 기다리고 있었다.

소이치로가 책을 펼치고 낭독을 시작했다.

7

큰 배가 투명한 호수에 있었다. 히로토를 사이에 두고 여자 넷이 낚싯줄을 늘어뜨리고 있다. 히로토 양옆엔 발큐리아와 에크세리스가, 세 사람을 사이에 두고 미미아와 솔세르가 나란히 앉았다.

화창한 낮이었다.

발큐리아가 낚시를 제쳐놓고 히로토에게 가슴을 밀어붙였다. 풍만한 로켓 가슴이 찌부러지면서 쾌감 폭탄을 터트렸다.

(기분 좋다……♪)

지지 않겠다는 양 에크세리스도 가슴을 밀어붙인다. 성숙한 탄력과 부드러움 발군의 폭발할 듯한 가슴이 뭉실뭉실 축 늘어졌다.

(이쪽도 기분 좋다……♪)

도저히 낚시할 기분이 아니다. 지금은 낚싯대를 세우고 있지만, 다른 게 설 것 같다.

다섯 명의 양 끝에서 미미아와 솔세르가 동시에 낚싯대를 당겨 올렸다. 물보라를 일으키면서, 원을 그리며 떡붕어가 너울너울 올라왔다. 이걸로 네 마리째다.

(두 사람 다, 잘 낚는데.)

히로토는 감탄했다.

발큐리아와 에크세리스의 어롱은 텅 비어 있다. 그리고 히로토의 어롱도 역시 텅 비어 있다.

마기아 군을 정벌하고 마기아 왕 우르세우스 1세의 간계를 물리친 히로토였지만, 역시 고기는 낚지 못했다.

발큐리아가 몸을 돌려 양 가슴을 히로토에게 밀어붙였다. 에크세리스도 히로토에게 몸을 정면으로 돌려 폭발할 듯한 가슴을 밀어붙였다. 두 사람의 가슴이 양 옆구리에서 이래도 안 넘어올 테냐는 기세로 쾌감과 탄력을 보내왔다.

(기분 너무 좋다⋯⋯.)

낚싯대 대신 다른 것이 일어섰다. 히로토는 티 없이 맑은 푸른 하늘을 올려다보면서 오늘도, 못 낚아도 좋아⋯⋯하고 생각했다.

후기

    지금 《팔레스타인 비극사》라는 아주 내용이 무거운 책을 읽고 있는데, 페이지를 넘길 때마다 비분과 의분으로 힘들어지네요. 홀로코스트를 경험해 인종청소의 잔혹성, 아픔을 세계에서 가장 잘 아는 사람들이 홀로코스트 기억이 오래지 않았던 1948년에 왜 주민 90% 이상을 차지하던 팔레스타인 사람들에게 나치처럼 인종청소를 했는지. 나치의 가장 큰 피해자이며 나치의 가장 큰 비판자들인 사람들이 왜 나치처럼 돼버렸는지.

    원리주의와 교조주의는 인간집단을 광기로 물들이네요. 16세기 이탈리아에선 무한소(無限小)는 신의 이념에 반한다며 가르치는 걸 금지했다고 합니다. 그것이 당시 세계에서 가장 발달했던 이탈리아의 발전을 멈추게 하는 일로 이어지고 말았습니다. 오히려 무한소를 수용한 영국은 발전해나갑니다.

    그건 그렇고 제13권입니다.

    이번엔 단숨에 무대가 넓어졌습니다. 마기아 왕국, 레그르스 공화국이라는 인근 제국이 등장합니다. 단숨에 무대가 넓어진 탓인지, 이번 역시 여느 때와 마찬가지로 여느 때처럼 괴로웠습니다. 집필 중에 플롯을 변경한 경우엔 구판을 불채택 버전으로 남겨두는데, 불채택 버전이 11개……. 낮에 코히테이(皇琲珱, 이케부쿠로 카페)에서 플롯을 수정하고 이걸로 간다! 다음날 오전 중에 적으면서, 잘못됐어……하며 다시 다음날 오전에 플롯을 수정하고……라는 짓을 일주일 연속. 마감 일주일 전엔 "이거, 정말 완성 못 할지도" 하는 생각조차 했습니다. 정말 힘들었어요!!

후기를 적는 지금, Windows 용 AVG 《거유 판타지3if 아르테미스의 화살 · 메듀사의 소망》 시나리오를 같이 적으면서, 정말이지 기시감이 느껴집니다만, 《13권》이 서점에 늘어설 무렵엔 전 해방돼 맛있는 커피를 마시고 있을 것 같아요.

그럼, 감사 인사를. 고반 선생님, 항상 멋진 일러스트 감사합니다! 편집 담당 H씨, 이번에도 감사합니다!

그럼, 마지막으로 엔딩 멘트를!

슴~~~~~~~~~~~~~~~가! 보잉!

https://twiter.com/boin_master

카가미 히로유키.

KOU 1 DESU GA ISEKAI DE JOUSHU HAJIMEMASHITA 13
©Hiroyuki Kagami
Originally published in Japan in 2018 by HOBBY JAPAN CO., Ltd.
Korean translation rights ©2020 by Somy Media, Inc.

고1이지만 이세계 성주로 부임했습니다 13

2020년 2월 8일 1판 1쇄 인쇄
2020년 2월 15일 1판 1쇄 발행

저　　　자 카가미 히로유키
일 러 스 트 고반
옮 긴 이 정우
발 행 인 유재옥
본 부 장 조병권
담당편집자 조찬희
편집 1팀 정영길 김민지 조찬희
편집 2팀 김다솜 이본느
편집 3팀 김효연 박상섭 오준영 임미나
미　　　술 강혜린 박은정
라이츠담당 김슬비 장정현
디 지 털 박지혜 이성호 전준호
디 자 인 디자인플러스
인쇄제작처 코리아피앤피
발 행 처 ㈜소미미디어
등　　　록 제2015-000008호
주　　　소 서울시 마포구 토정로222, 403호 (신수동, 한국출판콘텐츠센터)
판　　　매 ㈜소미미디어
마 케 팅 한민지 한주원
물　　　류 허석용 최태욱
전　　　화 편집부 (070)4164-3962, 3963 기획실 (02)567-3388
　　　　　　판매 및 마케팅 (070)4165-6888, Fax (02)322-7665

ISBN 979-11-6507-354-1 04830
ISBN 979-11-85217-72-7 (세트)